何常在◎著

武动苍穹 ⑤

北京联合出版公司
Beijing United Publishing Co.,Ltd.

图书在版编目（CIP）数据

武动苍穹.5/何常在著. -- 北京：北京联合出版

公司，2015.4

ISBN 978-7-5502-4850-2

Ⅰ.①武… Ⅱ.①何… Ⅲ.①长篇小说—中国—当代

Ⅳ.① I247.5

中国版本图书馆 CIP 数据核字（2015）第 050665 号

武动苍穹 . 5

作　　者：何常在

选题策划：北京宏泰恒信文化传播有限公司

责任编辑：徐秀琴

策划编辑：万小红　张艳婷

封面设计：书舟设计

版式设计：王玉双

责任校对：张艳婷

北京联合出版公司出版

（北京市西城区德外大街 83 号楼 9 层　100088）

北京凯达印务有限公司印刷　新华书店经销

字数 260 千字　710 毫米 ×1000 毫米　1/16　15 印张

2015 年 5 月第 1 版　2015 年 5 月第 1 次印刷

ISBN 978-7-5502-4850-2

定价：25.00

目 录

1

眼见崔向的法宝离真平不过一丈之遥，张翼轸的元水剑却后发先至，横亘在真平面前，生生将法宝拦下。剑光一闪，以元水剑之力，竟将法宝从中一分为二。随后光芒一收，法宝变回原先大小，一晃，便又飞回崔向手中。

乳滴一入双眼，张翼轸只觉一股钻心的疼痛由双眼传来，痛入肺腑，几乎难以忍受。尽管张翼轸紧咬牙关，仍觉双眼犹如被人生生剜掉一般痛不可言，不过呼吸之间却犹如过了无比漫长的时间，浑身大汗淋漓，全身湿透。

极目远眺，但见远方海天相连，仍是海水不绝。张翼轸心中纳闷，其余三处两海相交之地，一到相交之时，行不多远便可见奇异之处，此地为何偏偏不同，眼下前行不下两万里，怎的还不见咫尺天涯所在？

蓦然，紫金钹光柱扩展到一丈粗细，张翼轸置身其中，只觉全身猛然收紧，如同十万大山压身，浑身骨骼噼啪作响，直欲被压得粉碎。若无流光飞舞护身，只怕在紫金钹的重压之下，已经心意松懈，当场认输了。

01　方丈山

　　张翼轸和画儿来到方丈山前，一眼望去，此山并无独特之处，与远处连绵不断的群山相对而立，犹如被人以大法力硬生生从群山之中分出一峰一般。方丈山高不过百丈，方圆也顶多数十里，倒更如一座土坡。如今正是仲夏季节，山上遍布花草，生机勃勃，也是一派欣欣向荣景象。

此去北海忆旧事

话说中土世间虽不如四海宽广，却也无比辽阔，方圆不下数十万里。其间有人居住之处尚不足十之四五，约有半数之地不是不毛之地，便是高山密林，未名凶险之处，人迹罕至。是以张翼轸一行十数人自南向北横穿中土世间，一连飞空了数个时辰，身下依然是连绵不断的深山，荒无人烟。

好在一路之上灵空滔滔不绝说个不停，倒也不让人觉得飞空乏味。灵空能说会道，再加上生性喜好夸大其词，是以将他的经历绘声绘色描述而出，也令众人一时惊奇无比。尤其是对灵空其人不甚了解的金翅鸟众人，经灵空一说，加再上灵空原来误打误撞将他们救起，更是对其神仙下凡一说深信不疑，心中认定灵空定是因为偷喝王母娘娘的仙酒而被贬下凡的天仙！

却原来灵空在得知东海事发之后，与灵性大吵一架，其后细想之下又觉不对。本来灵空当初就对罗远公看不上眼，又想到曾与罗远公作对被他暗中摆了一道，如此心胸狭窄之人，既然敢公然将张翼轸列为道门公敌，接下来若不整治他也说不过去。

灵空想通此处，便要暗中知会画儿，约画儿一起逃出三元宫，也省得在此被罗远公视为眼中钉。不料三元宫上下却是遍寻不见画儿行踪，灵空无比焦急却又无可奈何，最后无奈只得独自下山。

灵空悄然溜走不久，便在半路之上偶遇一名道士，一见他现身便挺剑来刺，声称他是三元宫弟子，为维护道门昌明，特将灵空正法。灵空虽然修为不高，但对付一名三代弟子还是绰绰有余。打斗几下，又不知从哪里冒出数名修道之士，个个义愤填膺，挥剑便刺。

几名修道之士尽管也自报家门，说是某家道观之人，灵空却连眼前的三元宫弟子也觉得面生得紧，其余弟子更是未曾谋面。不过数人攻势颇为凌厉，容不得灵空问东问西。在数人的围攻之下，灵空有些招架不住，只好仓皇而逃。当然，灵空自圆其说的说法是，同是道门中人，怎可自相残杀？是以他灵空不和小辈一般见识，放了众人一马。

经此一事，也印证了灵空先前猜测，罗远公果然要置他于死地。灵空自认聪明绝顶，神仙下凡，岂会惧怕小小的地仙罗远公？是以灵空才不管罗远公如何布置天罗地网要将他拿下，既然眼下无法可想，不如重操旧业，正好自在逍遥一番。

灵空一路西行，一直行骗到关西之地。关西位于华山之西，距极真观不过千里之遥。关西位于中土最西之处，却也是一处繁华大城。灵空在关西城内如鱼得水，骗人无数，倒也活得滋润。

不料灵空骗来骗去，却是惊动了一位大员，此人不是别人，正是镇守关西的关西节度使。

灵空被兵丁捉拿带到了节度使府中才知，原来节度使女儿曾被修道之人谋害而死，是以节度使生平最恨道士，将灵空抓来要治他一个招摇撞骗之罪。

灵空自认是神仙下凡，岂能被凡间官员吓住？当即信口开河胡诌一番，直将节度使说得信以为真，惶恐不安之下向灵空拜求，求灵空大展神通，打破阴阳相隔，让他父女得见一面。灵空自然又大讲天地平衡阴阳不可相通的道理，末了又少不得劝慰节度使一番。

节度使悲伤之余，将他女儿之事和盘托出。灵空听了却是当场信誓旦旦地保证要帮他找到那个名叫冷阳的道门败类，唬得节度使连连道谢，最后厚赠灵空百两黄金。

灵空出得节度使府邸，对于寻找冷阳之事转眼即忘，正要拿上黄金赶紧逃离此地之时，却忽然被人捉住。灵空正要大吵大嚷自称神仙下凡，却被来人不由分说全身禁制。

灵空只觉被人押送一路向北飞去，一直出了中土铁围山，来到北海之上，来人才将灵空解禁，由他活动一二。

灵空一张嘴便又一番神仙下凡的高论，来人也不理他，只是讥笑几声。灵空无奈之下，心生一计，得了个机会，乱嚷声中将道袍脱下扔到海中。

来人将一枚玄龟珠放在灵空身上，随后将灵空带到北海龙宫之中，关押起来。每日好吃好喝好招待，却任凭灵空如何相问、如何吹嘘，却是不理。一连过了两月有余，看管灵空之人突然换了，此人自称华自在，生性喜好说话。灵空自是求之不得，天天与华自在高谈阔论，不久竟令华自在对灵空高看一眼。

又一日，灵空与华自在东扯西扯过后，便又向华自在吹嘘王母娘娘的琼浆玉液是如何美不可言，直听得华自在向往不已。二人又畅饮一番，向来酒量甚好的华自在不知何故竟然几杯酒喝下便一醉不起。

说来也怪，向来戒备森严的龙宫水牢今日却是格外宽松，只有数名鱼兵在一旁打着瞌睡。如此良机岂可放过？灵空悄悄打开牢门，准备趁人不备，暗中溜出龙宫，乘机溜走之际，目光一瞥，却无意中发现华自在的腰间系有一物，形如角却光华隐现。有宝不得岂是灵空性子？当下顺手牵羊将此物拿上，立刻出得海面，御剑飞空，不敢有一丝停顿，疾飞一路南行。

中土无处容身，四海之大，自然有容身之处。既然北海捉他，索性一口气跑到南海，不信北海还敢到南海之上抓人。灵空自以为计，飞空不停，走走停停一连飞了一月有余，才来到天南之地。

铁围山以北，中土世间凡人居住之地以南，中间有一片长达万里的无人地带，人称天南之地。此地天空暗黄，滴雨不下，却也浓林密布，群山绵延。群山本来无名，因位居天南，故以"天南山"称之。据传天南山中有一座通体暗红的山峰，名为九幽山。九幽山下接九幽阴火，受阴火日夜煅烧，是以才呈暗红之色。

灵空来到天南之地，也不停留，一向听说南海气候宜人，倒也有心到南海闲散一些时日。无意间路经一条山谷，正是前往九幽山的必经之路，却意外发现戴婵儿被人擒住，被数名奇形怪状之人押送，不知正送往何处。

换作平常，灵空是否要救戴婵儿只怕会犹豫一二，只是先前被北海所擒，戴婵儿身为金翅鸟，正好克制龙族，说不得也要帮上一帮。再说戴婵儿出手一向大方，若救她一命，不定会有多大的好处可得。

灵空大喊一声，从空中降落，直朝押送戴婵儿等人的怪人冲去。不料一时用力过猛，临近地面之时，竟是站立不稳，身子一晃便从剑上跌落。

几名怪人先是一惊，随后哈哈大笑。

谁知笑声未落，忽从灵空身上飞出一物。此物一飞到空中，便"砰"的一声裂开，散成万点蓝光。蓝光一闪，犹如自有灵性一般，顿时将全部怪人猛然击倒在地，竟是当场杀死，一个不留。

灵空伸手一摸，原来正是从华自在身上所偷宝物将怪人歼灭，当下便大言不惭声称乃是他自己炼制的法宝。戴婵儿却是知道灵空的本领，不过受人之恩当敬人之事，也只好假意奉承几句。

灵空和戴婵儿一商议，得知原是罗远公将她拿下，且还将她体内金翅鸟特有传讯之术提取，转到凝婉华身上，由她在南山岛引诱金翅鸟上当。灵空一听当即义愤填膺，主动提出要前往南山岛捉拿罗远公，将东海之事公布天下。

戴婵儿心知灵空哪里会是罗远公对手，便回身和众人商议一二，先由两名金翅鸟即刻赶回无天山报信，其余人等一同前往南山岛，即便不是罗远公的对手，也要暗中与其周旋一二，不能令凝婉华再诱骗金翅鸟前来送死。

几人商定完毕，一回头，却发觉灵空已经不见，却是抢先一步赶往南山岛。戴婵儿只好和众人一起动身前去追赶灵空。

自然，诸多丢人尴尬之处，在灵空嘴中便成了神机妙算，或是故意示弱的诱敌之计，总之，灵空神仙下凡，无所不能，上天入地，无人可敌，如是等等。一连说了两个时辰，灵空意犹未尽，还要再卖弄一二，却被张翼轸打断。

"师傅，那关西节度使可是名叫柳公元？"

"正是……翼轸你从何得知？对了，不愧为我的得意徒儿，定是也学会了我的神机妙算之法！"

张翼轸才不理会灵空胡乱岔开话题，心中猛然想起成华瑞所说的柳仙娘之事，又问："柳公元的女儿莫不是柳仙娘？"

灵空更是瞪大了眼睛，奇道："没错，正是！啊……翼轸，难不成害死柳仙娘之人正是你？"

什么？张翼轸哭笑不得，这灵空也忒是无端了一些，怎会有如此不堪的想法？急忙说道："师傅莫要乱说，我是受人之托，正好听说过此事。只是不知这关西之地位于何处？"

灵空却是嘻哈一笑，向下一望，说道："眼下我们正在关西上空。好徒儿，是不是听我骗了柳公元百两黄金，也一时心痒，要再骗他一骗？"

借道关西闻仙山

张翼轸低头一看，果不其然，几人正飞行在一处繁华大城的上空。当下心念一动，顾不得反驳灵空的胡言乱语，想起自己在玄冥天中也曾因《鬼仙心经》得了些许好处，而《鬼仙心经》正是由柳仙娘传给成华瑞，再由成华瑞传授与他，说来也算与柳仙娘有些渊源。既然事有凑巧，正好来到关西，说不得也要帮她一帮，将话传到，也好慰藉柳公元的思女之痛。

张翼轸打定主意，将柳仙娘之事简要一说，立时得到了众人的一致赞同。

戴婵儿一脸恨恨之色，欲言又止，最终还是低头不语，倒令张翼轸感到好生奇怪，先前那个乖张任性的婵儿怎么现今变得如此优柔寡断？究竟出了何事？

方才一路之上，张翼轸也想寻个空子问上一问，不料戴婵儿总是有意无意躲到一边，更是令他心中不解。

反倒戴蛸子愤愤不平地说道："那个叫什么冷阳的，当真是个混账东西，若让我戴蛸子遇到，管他是谁，一口吞了便是。"

转身看着倾颖，自知失言，忙讪笑说道："倾颖公主勿怪，我戴蛸子不吃生人的，啊，以后也不再食龙。那个冷阳，我一爪抓死便是。"

众人说笑间，寻到一处僻静之地，悄然降落，由灵空当前带路，前往节度使府。

关西城虽是偏远之城，却也人来人往格外繁华，众人不觉什么，只有画儿东张西望看个不停，看到什么都要好奇地问东问西。灵空也不嫌烦，跟在画儿身旁指点不断，这一老一少倒也玩得不亦乐乎。

无天山众人也极少在世间走动，更没有在此等凡间城镇逛街而行，也是觉得无比新奇。刚刚脱离生死之患，众人都心情大好，竟是不慌不忙在街道之上缓步而行，倒如闲来无事上街的富家子弟。

关西城倒也不小，街道两旁错落有致林立无数商铺。众人边走边看，一连走了近一个时辰才到节度使府。

节度使府坐落在宽有三丈的一条街道之内，朱红大门怕有一丈多高，门前分列两只威猛无比的石狮，更有八名护卫站立两旁，威风凛凛。

果然是一方大员，气派不小。

门前护卫竟还认得灵空，一见灵空现身，立时迎向前来，态度十分恭敬，拱手说道："老神仙大驾光临，我家大人得知定然喜出望外。请老神仙稍候片刻，小的这就去禀报。"

灵空一脸肃然，微一点头，也不说话，俨然一副高人风范，倒也是做派十足。张翼轸看了只好强忍笑意，画儿却从未见过灵空这般模样，嬉笑说道："灵空道长当前一站，画儿怎么越看越像世外高人？"

此话甚合灵空心意，直乐得满脸堆花，正要自夸几句，忽听大门一响，竟是关西节度使柳公元亲自出来迎接。灵空立时脸色一紧，恢复一脸肃穆之意，冲柳公元微一拱手，说道："怎敢劳柳大人大驾亲自出来迎接贫道，倒让贫道一时惶恐。"

嘴上说是客套，脸上却无一丝不安之色，这灵空，一身演技已然炉火纯青，令人不得不好生佩服。

柳公元又与众人客套几句，引众人入内，宾主落座上茶之后，柳公元这才问起灵空来意，问他是否捉拿了冷阳恶贼。灵空先是敷衍过去，又天南海北乱吹几句，这才将张翼轸推到柳公元面前。

张翼轸自然不能少了礼数，微一沉思，开口问道："敢问柳大人可还记得冷阳此人长相如何？"

不知何故，张翼轸心中总是隐隐觉得冷阳此人或许与他相识，是以首先开口问及相貌。

柳公元虽不知张翼轸究竟是何身份，不过是老神仙介绍之人，应该也是不差，微一沉吟当即说道："冷阳生得一般模样，肤色微黑，身材不高，若说真要详细描述一二，本官倒也说不出所以然来，毕竟时日已久，且当时交往之时，也并未特意留意此人。不知这位张道长，可有此人消息？"

张翼轸却是摇头，说道："暂时没有，本想从柳大人之处探听一些有用的消息，眼下看来，柳大人也是所知有限。不过在下倒是有一事相告，是受令爱柳仙娘之托特来向大人转告一声，依令爱所言，还望柳大人不要追究冷阳的过错，令爱说，一切罪责由她一人承担。"

"胡说！"柳公元拍案而起，怒气冲冲地说道，"若非老神仙领来之人，本官早就将你打将出去。你这后生，莫非是冷阳派来的说客？"

张翼轸自是知道柳公元对冷阳恨之入骨，若不是先前灵空的一番神仙之说做足了功课，只怕他如今仍对天下所有修道之人全无好感，当下哂然一笑，说道："好教柳大人得知，道门出此败类，在下也是有心揭露其人险恶用心，好让令爱得知之后幡然醒悟，不再受其蒙骗。奈何令爱虽死仍是不疑冷阳害她，特委托成华瑞道长前来告知柳大人不要为难冷阳，成华瑞不得此机会，正好在下有事路经关西，特来转告柳大人。五年后的正月初一，令爱可有重返人世的一日光景。"

"真有此事？"

柳公元见张翼轸说得言辞恳切，按下心中的愤恨之意，问道："本官先前也听老神仙所说，得道高人若是法术高强，可以通阴阳、下九幽。听你所言，莫非那位成华瑞道长神通广大，可是到了阴间面见了仙娘不成？"

张翼轸当下也不隐瞒，将成华瑞偶入青冥洞天撞见柳仙娘一事说出，柳公元听了又惊又喜，忙又唤出柳夫人。

柳夫人一身穿着高贵大方，却神色之间悲伤无比，一脸憔悴，初听张翼轸之言不免疑心不过是虚妄之说，一听张翼轸说出"十三娘"三字，顿时热泪长流，点头说道："不错，正是我那可怜的女儿，幸好，女儿成就了鬼仙，也算稍慰我心！老身在此谢过张道长传话之恩！"

说着，柳夫人竟是冲张翼轸盈盈一礼，张翼轸急忙双手虚扶，连称"使不得"，忙又向柳夫人提及柳仙娘五年之后重返世间，约冷阳在她二人初见之地会面。

柳夫人却是自顾自地施完一礼，才又说道："老爷，女儿与那恶人初次见面之地，应是关西城外五十里的方丈山……"

"方丈山？"

张翼轸悚然而惊，怎会与传闻中的方丈仙山同名，先前怎么从未听闻中土世间还有方丈山？惊骇之下，也顾不上失礼，急急问道："敢问夫人，这方丈山有何来历？"

柳夫人却是无比惊奇地说道："听张道长口音不是本地人，如何得知这方丈山有所来历？这方丈山十多年前还名叫太平山，位于关西城西五十里，正是万恶山的外围。据传万恶山内有万种恶兽，凡人入内必死无疑，所以太平山虽然风景如画，景色秀丽，也是无人敢往，唯恐丧命于恶兽之口。

"相传十多年前，忽有一男一女两名仙人自天而降，落在太平山上，见此地景物绝美，以大神通在一处山壁之上写下八个大字，然后飞天而去。后来有人见到此字，便将此山改名为方丈山，一直流传至今。因关西之地比较偏远，而此山又不过是一处小小山峰，是以只有本地人才知方丈山之名。"

男女仙人，太平山改为方丈山，种种机缘巧合，无不令人不得不深信，恐怕这两名仙人定是来往太平村、出入龙宫的华服男女！

张翼轸惊闻此等逸事，顿时喜出望外，微一深思更觉其中奥妙难测，仿佛所经之事千丝万缕都有精妙无比的内在相连之处。成华瑞无意中跌入青冥洞天，得知柳仙娘之事，其后他又从成华瑞之口得知此事，本以为关西之地过于偏远，极难得了空闲亲身前往，不料却又因灵空的意外行骗竟与柳公元相识。此去无天山又正好路经关西，有心助成华瑞一了心愿，帮柳仙娘一偿夙愿，谁知一问之下，在关西城西之地，却有一座小山名叫方丈！

只是不知那柳仙娘与冷阳怎会在方丈山上相见，而冷阳又究竟是何许人也？这其间又有何玄妙之处？张翼轸思来想去不得要领，按捺住心中的疑惑之意，又问："不知令爱如何与冷阳在方丈山上相见？"

柳夫人微一定神，脸上哀伤之色未去，却是答道："自神仙男女飞天而去之后，方丈山上一片祥和，别说万恶山的恶兽不敢来此扰乱，便连寻常的毒蛇蚊蝇也全然不见，山上更是四时花开，分外秀美。久而久之，这关西城外的少年男女便仰慕仙人风姿，一心要做那神仙伴侣，是以每年春季都有不少人前往方丈山赏花，名为赏花，实为眉目传情。

"仙娘那一日也去了方丈山，回来之后便有些神思恍惚，心神不宁。为人母者，对女儿心思自然一望便知，仙娘时而暗笑，时而蹙眉，她又恰好自方丈山返回，定是遇到了令她心动的男子。只是仙娘在我追问之下，却是摇头不答。"

其后之事不说张翼轸也心里清楚，定是冷阳一见柳仙娘便动了心思，暗中来到她的闺房之中与她幽会，随后种种之事，终于害得柳仙娘命赴黄泉。

猛然间又想起关键之处，忙问："请问夫人，那一对神仙男女在方丈山上所留何字？"

柳夫人一愣，低头一想，答道："方丈仙山，咫尺之间！"

仙山何在咫尺间

果不其然！

张翼轸心中更加断定此二人定是将他送到太平村的华服男女，既然二人在此地出现，还将原本与太平村同名的太平山改名为方丈山，定有深意。既然来此，说不得要登山一观，看看是否有玄机之处。

心中主意既定，张翼轸向柳公元拱手说道："柳大人，既然在下已将话带到，便已了心愿。至于冷阳其人，虽是令爱有言不让大人追究，不过在下身为道门中人，若是遇到此人，定会将他拿下，令他悔过。若是不然，也会将他交与其师傅以门规处置。眼下诸事已了，就不再叨扰大人，我等还有事要办，这便告辞了！"

柳公元急忙站起，一脸愕然说道："此话怎讲？张道长，莫非嫌弃方才本官言语唐突？既然来到关西城，本官身为关西节度使，若不好好款待诸位，岂不让人嘲笑本官待客不周？"

"对，对，翼轸，莫要让关西百姓议论柳大人的不是！我等既然来到柳大人府中，怎能如此仓促离去？少说也要与柳大人把酒言欢，再谈论一些仙家逸事才好。"却是灵空笑眯眯地插话说道，显然心中另有盘算。

张翼轸不免有些为难，正要说出心中所想，灵空眼珠一转，却又说道："翼轸，我看你定是想前往方丈山一游……这倒也是，你如今年纪不小，也该婚配，说不定方丈山上正有大好姻缘等你。你且办你的事情，师傅我还要与柳大人叙叙旧，拉拉家常，岂不两全其美？"

张翼轸情知灵空定有所图，一想也好，若是一众人等全数前往方丈山，浩浩荡荡也太惹人注目。当下心思一转，转身对倾颖说道："倾颖，不如你和画儿先陪柳夫人说话，我和婵儿前往方丈山一观，你意下如何？"

倾颖自是知道张翼轸心意，也早已留意到戴婵儿反常之处，嫣然一笑，说道："如此甚好，也正好我和画儿累了，乘机歇息一二。"

"主人师兄，画儿不累！"画儿却不解风情，跳到张翼轸面前道，不过见张翼轸和戴婵儿神态微妙，气氛尴尬，顿时恍然大悟道，"画儿明白了，主人师兄定是与婵儿姐姐有悄悄话要说，所以才会背着别人要去方丈山幽会。倒不是画儿指责主人师兄的不是，画儿和倾颖姐姐都是心底坦荡又乖乖听话的好人，主人师兄其实不用假装一番，明说出口，难道倾颖姐姐和画儿会阻拦不成？哼，小气鬼！"

画儿有所想便有所言，当众说出，立时令张翼轸尴尬无比。戴婵儿本来一脸红润，满眼期待之意，被画儿当众点破，立时脸色一变，摇头说道："我和张翼轸之间既无私密之事，更无话可说，且现今我也无心游玩，方丈山不去也罢。"

画儿见此情景，自知说错了话，不好意思地做了个鬼脸，小声说道："那就只好由画儿陪主人师兄前去方丈山了，可好？"

张翼轸见戴婵儿脸色说变便变，只好暗暗摇头，也不勉强，当下和柳公元客套几句，问清方丈山方向，便和画儿出得节度使府，寻到一无人之处，风匿术一经施展，便隐去二人身形，飞空而去。

张翼轸和画儿来到方丈山前，一眼望去，此山并无独特之处，与远处连绵不断的群山相对而立，犹如被人以大法力硬生生从群山之中分出一峰一般。方丈山高不过百丈，方圆也顶多数十里，倒更如一座土坡。如今正是仲夏季节，山上遍布花草，生机勃勃，也是一派欣欣向荣景象。

山上游人如织，大户人家奴婢成群，小户人家安步当车，只身上山，一时也热闹非凡。张翼轸和画儿暗中降落，挤入人群之中，不多时便来到山顶。

山顶之上矗立一处断崖，断崖宽有数里。断壁之上，龙飞凤舞写有八个大字："方丈仙山，咫尺之间！"字迹圆润饱满，颇有飘逸洒脱之意。再一细看，每个字有一丈大小，入石一尺有余，却是被人以法力生生刻入石壁之中。

自然以张翼轸目前修为，在石壁之上写出这八个大字也非难事，若只以写下这八个大字便认定是仙人所留，也是牵强。不过在世间凡人看来，能在石壁之上，凌空写下入石一尺的大字，定然是神仙所为。

山上也是人来人往，无一处清静之地。张翼轸和画儿四处转来转去，也未发觉有何异常。走了半晌，二人来到常人难及的陡峭之处，跃身飞上高约数十丈的一处高台，四下一望，整个方丈山便收入眼底。

以张翼轸看来，方丈山倒也平淡无奇，与寻常的名山更无相比之处，景色虽也入眼，不过是些小景小色，也无出彩之处。是以张翼轸凝望半晌，又静心感应一番，一无所得，不免有些失落。

画儿却不知何故一直沉默不语，在高台之上静立不动，直视远处的断崖之处，一时痴迷。张翼轸不免好奇，画儿生性爱玩，见此等繁华之地竟神思渺渺，不嬉笑热闹，莫非画儿也有了心事不成？

张翼轸转身向远处的万恶山望去，却见万恶山蜿蜒不知几万里，重重叠叠，犹如一条从天而降的巨龙横亘天际。万恶山若从传闻推测，却与铁围山相差无几。在铁围山之内还有一处万恶山，这中土世间倒也颇多绝密之地，别说寻常凡人，即便地仙恐怕也不知其中之秘。

一时心思翻滚，不知怎的又想到不知所踪的青丘。好在青丘法力大增，先前见天媱子去而复返，乘机救走红枕，却不见青丘行踪，莫非青丘被天媱子打伤不成？

也不会，毕竟先前二人比试之时，天媪子并非青丘对手。既然天媪子安然返回，只怕青丘无法收回化身，或许与化身纠缠不休，远遁而去也未可知。

想了半晌青丘，张翼轸又将海角天涯、海枯石烂以及沧海桑田几处遇到的玄冥、烛龙和毕方对比一番，玄冥身为控水灵兽，烛龙乃反了天的天龙，毕方本为控木灵兽，三人虽不尽相同，却有一共同之点，便是全数躲在自成一界之处，以免被天帝察觉，难不成天帝不容三人于天地之间？

对了，非但毕方认定除玄冥以外的天地灵兽已然消亡于天地之间，便连南海龙王倾南也认定玄冥早已消散无存，如此说来，天地灵兽举世无存之事应是天庭之言，所以神人才全部深信不疑。若如此，岂非说明天地灵兽也与烛龙一样曾反叛天帝？

想通此处，张翼轸不免骇然而惊！

真是如此的话，他一身操控天地元水之能全数由天地灵兽传授，日后若是真的成就了飞仙，飞升天庭之后，一旦被天帝察觉，若是问及天地元兽隐藏于何处，他该如何作答？

即便是古怪莫名的毕方也于他有授艺之恩，若是因他透露藏身之处而被天帝所灭，说不得也是他之过错。若他不说，天命难违，又该如何应对？

一念及此，张翼轸难免头疼一番，却又转念一想，成就飞仙还遥不可及，即便飞仙大成，飞升天庭，是否得见天帝还未可知，现今何必做此无谓猜想？一经想通便心意大松，收回心神，心道华服男女现身龙宫不说，还现身太平村，却又在此地留下行踪，是无意而为还是特意为之？二人将此山改名为方丈山，其中又有什么重大隐情？

思索一番张翼轸还是难以猜透二人所做一切究竟有何深意，应该不会只为引他前来这般简单。若真是如此的话，早先就会在他身世之谜上多留一些可寻的线索，而不会只留下一本书和一面铜镜。

想到怀中的无字天书，张翼轸猛然记起自上次出得未名天之后，一直不曾拿出无字天书一观，正好今日难得空闲，有此良机，何不细心翻看一番，看是否有所收获？

正想自怀中取书，猛然间感觉四周陡然云起雾升，一阵山风刮过，远处断崖之处，片刻之间便汇聚无数云雾弥漫其间。

正好画儿也回首回来，正面相对张翼轸。画儿一脸淡然之意，背后是一片断崖，断崖之处云雾翻腾，被山风吹得翻滚不停。张翼轸只看一眼便觉脑中轰然一声，顿时呆住，几乎不敢相信自己的眼睛：此情此景，除去画儿手中未提竹篮之外，竟与当初画儿所在画卷的画面一模一样！

张翼轸悚然心惊，莫非此处正是当年丹青手作画之处？而画儿的本体女子正是站立此处，手提竹篮临风而立，飘然若仙，如此推算，此地与传说的仙山方丈有无相干暂且不论，与画儿的身世怕是有莫大的干系！

对了，画中女子所提竹篮为何不见？

无字天书记流年

想到竹篮，张翼轸急步向前，一把抓过画儿小手，却见在画儿葱莹玉白的手腕之上，赫然有一道红绳，红绳所系之处，正是一个竹意昂然小如指甲的竹篮！

画儿被张翼轸猛然抓住小手，不躲不闪，神思恍惚，却是说道："主人师兄，不知为何画儿只觉此地格外熟悉，仿佛许久许久以前来过一般。恍惚记起，画儿就站在脚下之处，手提竹篮，面前站立一人，手握画笔，正在为画儿作画！"

怪哉，画儿竟能忆起作画之事，莫非她与画中的人的真身之间，真有莫名的联系？张翼轸心动之余，忙问："画儿可否记起作画之人长相如何？"

画儿却是摇头，一脸迷茫之色，半晌才说："记不分明，只觉模糊之间是一名年轻男子，画儿只有一丝印象，这男子，一身衣服金光闪闪，倒是漂亮得很。"

华服男子？张翼轸一时愕然，随即又一猜想，更是大吃一惊，难道画儿本体之人，竟是与华服男子同行的女子不成？若真是如此，岂不说明画儿身世与自己身世，竟是同归一处，只要寻到华服男女，所有问题便会全部迎刃而解？

忽又想通一点，又否定了自己的判断。东海龙王倾东曾经见过华服男女，见到画儿却并无表示，显然画儿与华服女子并非一人。

张翼轸正心中惊喜不定五味杂陈之际，忽听画儿又开口说道："主人师兄，画儿忽然想起两句诗，正是作画之人所说。"

"是什么？"张翼轸急问。

"天地无数丹青手，一片伤心画不成！"

一片伤心画不成……是谓何意？张翼轸一时呆住。

细心一想，以东海龙王所说，画儿画卷本是一分为三，名为三分图，三元宫、极真观和清虚宫各得一卷。虽是清虚宫之画并未亲眼得见，但以他在极真观所见的侧面图推断，清虚宫之画应也不差。一画三卷，卷卷精美，又何来一片伤心画不成之叹？

张翼轸一人猜测半晌，也不得要领，不由怀念青丘的足智多谋，也不知青丘何时才会回归，但愿他一切安好才是。

猛然间又想起竹篮，便问画儿："画儿，你手腕之上的竹篮，可与你心意相通？"

画儿用手拨弄几下，又歪头一想，一脸无奈地说道："画儿使唤不动，它不听画儿的话……"

应是宝物不差，或许只是画儿修行不够或是时机不成熟，张翼轸也不再追究此事，却是越想越觉方丈山来得莫名其妙，且隐约间也应该和传闻中的方丈仙山有千丝万缕的联系，要不为何华服男女会特意在石壁之上留字？

"方丈仙山，咫尺之间！"究竟是说眼前的方丈还是说海外仙山方丈，所谓咫尺之间，是指若是福至心灵，一念便至，还是只是虚指，或者便如沧海桑田一般，天地大小互换？张翼轸想到此处，急忙四下寻找一番，试图在高台之上寻到蛛丝马迹可见犹如沧海桑田一般的奇景，却转了半天也一无所得，只好作罢。

画儿毕竟是孩童心性，片刻之后心中好奇便去，恢复烂漫之态，开始四下追逐蝴蝶，游戏花丛。张翼轸也懒得理会画儿，心中思绪不断，一连串的疑问在心中挥之不去，犹如四周盘旋不停的清风萦绕心间。

不管如何，此地被华服男女更名为方丈，绝非巧合，更非无聊之举，只是一时无法勘破其中深意，张翼轸难免郁闷。呆立少时，这才想起无字天书，伸手入怀将书取出，随意打开一看，更是无比惊诧！

无字天书现已然不能再称为无字，其上不但有字，还有不少画图，图文并茂，竟是成了一本精彩纷呈的记事之书。张翼轸一一翻看一遍，只惊得目瞪口呆，不敢相信自己的眼睛。

自出得灭仙海以来，东海与金翅鸟之战，其后独身返回中土，再到收服青丘，回到龙宫，再到海角天涯直至南山岛一战，无字天书无不记录在案。除去在海角天涯、海枯石烂和沧海桑田之处，只有文字不见图画之外，其余之处全是有图有字，犹如一人紧随张翼轸左右，寸步不离，时刻提笔作画记录他的一言一行、一举一动！

张翼轸心中大骇：这无字天书，虽是比不上息影之术有声有色，却也可以无须刻意催动竟能自行记录先前经历，倒也是闻所未闻的惊人神通。

只是亲生父母所留的无字天书详尽记录自己言行，是何用意？

忽又想到关键之处，先前无字天书也只是记录到灭仙海，在未名天中便再无显示。现今在海角天涯、海枯石烂和沧海桑田所经之事，天书之上只是文字一提，莫说图画，便连玄冥、烛龙以及毕方也是只字未提。

不过，它提到了魅妖蓝魅，对于蓝田海的魅妖却没有提及。

张翼轸略一思忖便得出结论，这无字天书，只可记录天地之间有名之地，至于无名之所和莫名之地，因其自成天地独成一界，无字天地便无法施展神通自行记录。隔绝了天地无字天书便告失效，如此说来，莫非有人暗中操纵此书，从而可以凭借此书时刻得知自己的行踪？

自己岂非毫无隐私可言！

张翼轸不免心惊，即便是亲生父母所留之物，不可弃之，但万一被别有用心之人得到此书，岂不可以将他生平掌握手中？一念及此，张翼轸不禁背后冷汗直冒。有心将书丢弃，又唯恐此书说不定还是找到亲生父母的关键之物，前思后想半天，无奈之好硬着头皮准备再放回身上。

触手之处又有一书，张翼轸这才想起正是第一次与灵空相见之时，灵空所赠的《金刚经》。打开《金刚经》，两根金羽掉落，却是被他打落的戴婵儿的金羽。只是其上灵气已失，再无呼唤戴婵儿之能，想了一想，便又重新收起放回《金刚经》中。

微微一愣，忽然发觉《金刚经》比起无字天书大了一圈有余，张翼轸试了一下，若用《金刚经》将无字天书夹在其中，倒也正好将其包裹在内，不由心喜，这倒不失为保护无字天书的一个好法子。

两本合为一本，张翼轸又随身放好，猛然间又想起一事，便唤过画儿，取出灵动掌门所赠的《三元辑录》交与画儿，说道："灵动掌门先前赠书之时，本意是假我之手传与画儿。记得当时画儿一见之下，头疼难忍，现今先交与画儿保管，定有有用之时。"

画儿也不多说，乖巧地点头应下，接过《三元辑录》，当即便打开要看。张翼轸正要相拦却晚了一步，却见画儿看了数眼又重新合上，说道："等画儿有了空闲再学不迟，刚刚学会了一个清心咒，先试上一试。"

说着，一扬手打出一个清心咒，落在张翼轸身上。

张翼轸只觉全身无比清爽，顿时心情舒畅许多，哈哈一笑，说道："画儿如今成形而出，这《三元辑录》对你不再有所禁制。以后画儿可以修习许多道门法术，倒也是好事一件。"

画儿嘻嘻一笑，却是问道："主人师兄，这《三元辑录》之上记载的法术并不多，多是一些奇闻逸事，似乎提及中土世间许多未名之地，等等……"

画儿突然愣住，神色竟是前所未有的凝重，急忙重新打开《三元辑录》，翻了数页，定定看了几眼，随即伸出右手，捏了一个手势，口中念念有词，随后退后两步，右手迅速在《三元辑录》之上一划而过。

一道光芒由《三元辑录》之上升起，升到半空之中又徐徐降落，正好落到张翼轸和画儿中间。光芒闪动数下，竟是变幻成灵动模样，站立在二人眼前！

眼前的灵动几乎通体透明，犹如一股清风一般飘忽不定，浑身上下由万点光芒组成，当前一站，虽是面容栩栩如生，却目光散乱，并不直视二人。

驻影留形术！

张翼轸曾在道门典籍中见过此法的记载，曾言此术若成，可以将当时情景保存于某种法宝之上，可经千年不散，若有机缘开启，犹如面见真人。不过当时张翼轸看到此等法术之时，不过是初入门境，而此法至少需要地仙修为才可施展，是故只是一眼看过，并未在意。

不料今日竟亲见驻影留形术，且还是灵动掌门所留！

"翼轸……"

幻化的灵动呆立片刻，忽然开口说话，唬了张翼轸一跳，以为灵动亲临。定睛一看，才知不过是驻影留形术正式发动，正在回放当时情景。

虽非真人在此，但眼前幻化的灵动面色如生，表情一如平时，直令张翼轸一时唏嘘，竟是对着幻人长揖一礼，感慨说道："翼轸拜见灵动掌门！"

画儿却也不嬉笑张翼轸痴呆，也依样向幻人盈盈一拜，口中称道："画儿拜见师傅！"

幻人自是不知二人言行，微一停顿，又说道："不知眼前之人是不是翼轸或是画儿，我便当是你二人在此，以下之话，至关重要，切记，切记，不可入他人之耳！"

天地浩渺谁逍遥

见灵动神色肃然，张翼轸也如真人在此一般，点头说道："谨遵掌门之言！"说完，心意一动，风匿术随即将此处隐去，将外界隔绝在外。

"此法名驻影留形术，须得地仙修为才可施展，同样也需要地仙之人才有法力开启。是以我特意将此节驻影留形保存于《三元辑录》之上，并交由翼轸保存，由翼轸再转赠画儿，也实乃无奈之举。只因木石化形上应天机，修行较之常人快上许多。若画儿最终成形而出，便可有开启驻影留形之能，而翼轸若成就地仙，也不知何年何月，是以假翼轸之手成就画儿开启之实，或许天机浩渺莫测，我也只有勉力一试，倒也并非刻意勉强。

"翼轸，我成就地仙本是幸事，却不知何故总觉得前景昏暗，心思黯淡，难以挥去无名伤感。修道之人并不应为世情所累，本是天道无言，大爱无私，怎可沉迷于人情世故之中？岂非与所追大道背道而驰？只是我毕竟一步跨入地仙之境，可得初等感应天地之能，与天地感应道交之际，再暗中推算一二，却是得出了一个惊人的结论！

"此去东海祖洲于我本身而言，以种种迹象推断，竟是吉凶不定之兆！按说远赴祖洲本是典籍记载，且是天规，更有上仙来迎，如何会有不祥之事？我不敢妄自非议典籍，更不敢疑心上仙，除此二者之外，若再有无端之祸，只怕也是我自身机缘所致，怪不得什么。不过毕竟成就地仙不易，我难免心有不甘，特驻影留形，以告知翼轸，若我东海之行万一有莫测之事，倒也不必慌张，若我天命有难无法躲过，也是无奈，只是期望翼轸修行有成，可担三元宫掌门之责！

"翼轸，你虽是灵空捡来的徒儿，但天姿聪颖且有淡然心性，正是不可多得的修道奇才，且听我一言，他年修行有成，定要担起三元宫掌门之职，切莫学那灵空只知随性而为，肆意放纵，不务正事……我言尽于此，这驻影留形施展起来颇费灵力，且我功力不深，是以不可回放数次，一次便会消散。不过此法也有奇妙之处，若我无恙，此法一旦开启便会与我心生感应，回放完毕之后，便会化为一道光芒飞向我所在方位……不过，依我推测，翼轸看完此法之后，眼前的幻人应是化为虚无不见。"

灵动沉寂片刻，忽然间又爽快一笑："男儿生于天地间，生不知从何而来，死不知何时而死，既是修道，何必眷恋一生一死？天地如此浩渺，且由我一场逍遥……"

笑声渐渐隐去，灵动的身形也慢慢淡去，光芒越来越暗，眼见便要消散于虚无之中。

张翼轸怔怔半晌，心中思潮汹涌，一时不知身在何处。怪不得当日掌门大典，灵动多慷慨激昂之举，言谈之间不尽离别之意，一时豪放不羁，令人感慨不已。却原来他自心生患，情知此去凶多吉少，却又不敢妄测天机，更不敢违逆上仙之意，是以虽知前路艰难，却强压惶恐离别之意。

想到当时灵动对月舞剑，引吭高歌，与道门中人把酒言欢，再想其后的东海之事，张翼轸不免一时唏嘘，半晌说不出话来。

再看眼前的光芒愈加微弱，犹如无边夜色中的一点萤火，一丝风吹草动便可将其扑灭。张翼轸一颗心高高提起，目不转睛地紧紧盯住眼前一点星光，唯恐眼睛一眨便会熄灭。

一直盯了半天，直至张翼轸信心全无，正要摇头叹息之际，忽然间星光一亮，随即光芒一闪犹如一颗流星一般，倏忽间朝北飞去，迅即消失于天际不见。

灵动掌门安然无恙！

张翼轸顿时欣喜若狂，几乎跳将起来，却是前所未有的莫名兴奋！虽是不能确切得知灵动掌门如今身在何处，但有他安在人世的消息便已是天大的喜讯。如此，若寻到灵动掌门，中土道门拨云见日之时不远矣。

画儿也被张翼轸的激动所感染，蹦蹦跳跳如同一名不知人间忧愁的小女孩。

张翼轸傻笑了半晌，忽然一愣，随即大叫一声："糟糕！"

画儿被张翼轸一脸惊愕吓住，当即愣住，张翼轸回神过来，愧然一笑，说道："画儿莫怕，我刚才正好想起一事，有感而发，并非刻意吓你……方才灵动掌门驻影留形，让我一时想起忘记以息影之水将方才之事记录下来，更令我心生遗憾的是，若当时与罗远公对战之时的一应情景能以息影之水留存，不愁天下道门中人不信我之所言！"

画儿听了先是一怔，随即笑着摇头，说道："主人师兄不必计较些许得失，就算你以息影之水将罗远公言行公告天下，也不抵上仙一句幻术作假便可再令天下人归心。天下人天下心，你以一人之力，怎么可能顺了天下人之意？既然天机浩渺莫测，行事更是不必执着！"

张翼轸顿时心惊，细细打量眼前的画儿，不错，仍是那个美目盼兮一脸单纯的画儿，怎么开口之间便说出如此颇有深意的话来？难不成画儿也想起了什么？

画儿被张翼轸紧盯不放，咯咯一笑，说道："主人师兄，画儿脸上有花不成？"

或许只是画儿一时心有所感才口出妙言，张翼轸恍然一笑，说道："此行虽是没有找到此地与方丈仙山有何关联之处，不过倒也收获不小。画儿，我二人这便回去与众人会合，即刻启程赶向无天山，也正好一路向北，可以四处打探一下灵动掌门的下落。"

画儿听话地点头应下，张翼轸也不耽误，风匿术也不撤去，二人一闪便飞空而去。

二人刚一离去，刚刚还风云变幻的断崖之上，云雾如风卷残云般消散一空，顿时恢复天地风清之景。若此时画儿再站立在高台之上，即便张翼轸再细心查看，也不会察觉与画卷景色一致。

片刻之后，二人回到节度使府，尚未进门，便听见人声鼎沸，热闹非凡。堂堂节度使府怎会如同请了杂耍团一般吵闹？按捺住心中疑问，张翼轸和画儿自大门步入府中。

守卫显然是得到命令，异常恭敬地迎接二人入内。刚一进门，便见宽敞无比的院落之中，灵空居中，非但柳公元本人站立身侧，但见府中无数守卫下人密密麻麻站满一地，将灵空围个水泄不通。

出了何事？张翼轸也顾不上与柳公元见礼，分开众人来到大堂，却见倾颖、戴婵儿等人正一脸无奈坐在大堂之内，显然等候多时。张翼轸一进门，倾颖和戴婵儿便双双迎向前来，竟是一齐开口说道："翼轸，你那师傅灵空……"

二人同时开口，又同时闭口，戴婵儿一脸尴尬，忙错身返回座位，不再说话。张翼轸看了戴婵儿一眼，欲言又止，扭头对倾颖说道："灵空又自称神仙下凡，唬得众人信以为真，都来向他求仙问道不成？"

倾颖轻笑一声，说道："要是求仙问道倒还是好事，却全是向灵空求凶问吉，求婚姻问前程，灵空道长竟是来者不拒，一概欢迎。柳大人也是，堂堂的节度使，竟也听从灵空之言，任由下人胡闹，倒也少见。"

张翼轸呵呵一笑，说道："要是灵空真心为人排忧解难，也算好事一件。"

倾颖却是"扑哧"一乐，说道："你那便宜师傅灵空哪有如此好心，凡是前来问询者，不管大事小事，全收至少一两纹银，不设上限。短短两个时辰，怕是已经赚了近千两白银，也不知修道之人，为何如此喜好这黄白之物。若要金银，我便是送他一座金山银山也不在话下，为何还非要在此做此无聊之事？"

张翼轸却是摇头，说道："倾颖你有所不知，世间人做世间事，都要讲究一个有所求有所得。师傅求财，凡人求吉凶，即便有行骗之嫌，也得说服他人心甘情愿付钱。若是凭空而得无数金银，却是没有了点滴积聚的乐趣，更是缺少了一得一失的平衡之理。"

倾颖听了连连点头，笑道："不想这行骗之事也被你说得这般堂而皇之，不愧为灵空的得意徒弟，依你所言，我等要在此耐心等候灵空道长到几时？"

自从与罗远公南山湖一番长谈之后，再加上灵空先是救下戴婵儿，后又无意中吓跑罗远公，张翼轸虽然并不清楚灵空究竟用了何等法子竟令罗远公仓皇而逃，但对罗远公所说之话深思之下，也是隐隐觉得他这个便宜师傅灵空行事无端也好，不事正事也罢，却又自有深意。虽是一时体会不到，日后若是回想之下再细细推敲，也觉得灵空行事看似出人意料，实则多有不凡之举。

是以眼下张翼轸虽对灵空在堂堂节度使府招摇撞骗不以为然，但天下万事万物各得其所，灵空此举，说是行骗也可，说是替人消灾解忧也无不可。毕竟凡人之中对于神仙心存敬畏之人，得神仙指点，可得一些慰藉或是宽慰，即便不会真正得了实惠，却心存念想，也算是得了好处。

当下翼轸恍然一笑，说道："不急，时机到了，我那师傅自会收手……"

话音未落，却听门外传来灵空得意的笑声："翼轸，早先不如听我一言，不去什么方丈山游玩，还是陪我在此做些无本生意来得实在。若我没有猜错，此去方丈山，定是没有寻到与仙山方丈的相干之处吧？"

神机妙算红尘笑

对灵空性子甚是了解的张翼轸自然不以为忤，待灵空走到大堂，才哂然一笑，说道："倒还真让师傅一语中的，此处方丈山似乎与仙山方丈风马牛不相及。不过倒也并非全无收获，至少我已然得知，灵动掌门并未身死！"

此言一出，最为震惊之人当属戴婵儿。

戴婵儿当下也不再一脸淡漠地站立一旁，急急近前问道："翼轸，此话怎讲？"

张翼轸按捺住心中的欣喜之情，将他和画儿在方丈山的经历如数说出，戴戠等人倒不觉什么，戴婵儿和倾颖却是喜出望外，一时喜笑颜开。尤其是戴婵儿，竟比先前她本人获救还来得高兴，赞叹道："灵动掌门果然高人，竟有如此手段。驻影留形，妙极。"

微一沉吟，却又说道："既然灵动掌门人在北方，倒也正好一路向北，或许可以寻到一丝蛛丝马迹也未可知，你说可好，翼轸？"

见戴婵儿巧笑倩兮，张翼轸一时呆住，微微一怔才说："婵儿，你先前一直板着脸儿晦着脸色，并不好看，还是现在好些，粲然一笑百媚生，才是那个嬉笑怒骂的无喜公主！"

戴婵儿被张翼轸一夸，顿时脸颊绯红，瞥了张翼轸一眼，娇羞无限，正要说些什么，忽然脸色一变，又恢复一脸淡漠之意，闪身退到一旁，不发一言。

张翼轸心中郁闷，只好暗暗摇头。

正好灵空也醒悟过来，哈哈一笑，说道："我神机妙算，早已知道灵动老儿未死！"

众人听闻之下皆是一愣，以为灵空又有何等惊人之言，不料却听灵空摇头叹息，竟是说道："灵动老儿老谋深算，老奸巨猾，人老成精，所谓好人不长命，祸害遗千年，以他如此精明之人竟会早死？打死我也不信！"

竟还有人如此评价自己的掌门师兄，且还是一副一本正经、大义凛然的模样，只怕天下道门之中，灵空自称第二，无人敢当第一！

骂完灵动，灵空脸皮之厚，无人可及，转身从身后拖过一个大大的包裹，一脸贪婪之色，说道："大丰收！果然不愧为节度使府、官宦之家，连奴婢下人都是出手阔绰得紧，来，翼轸快帮我清点一下，看有没有千两白银？"

张翼轸虽然刚才当着众人之面并未对灵空假冒神仙骗人钱财一事有所指责，但听灵空当众要他清点银两，不免尴尬。好在灵空不过是随口一说，又将银两系好放在身边，这才说道："如今此间事情已了，我等这便赶路前往北海吧，不过……"

灵空眼睛一转，正好看到迈入大堂的柳公元，嘻嘻一笑，说道："柳大人，贫道正要向你辞行，不想大人竟是如此盛情，主动前来送别，倒也不必如此客套。我等方外之人，钱财乃身外之物，大人千万不要再赠我等盘缠路资，传将出去，倒显得贫道这下凡的神仙，竟还贪恋世间黄白之物，恁是有辱身份。便是手中这些银两，也不过是贫道代人化缘，也并非贫道所求。"

柳公元一听，忙惶恐说道："本官自然知道老神仙神通广大，点石成金也不在话下，虽也收些金银，定有他用，并非贪财。老神仙有此等胸怀，本官身为凡间官员，理应为百姓谋福，还请老神仙收下本官的一点心意，就当老神仙为本官捐赠给所需之人也可……来人，取黄金百两！"

一直等张翼轸等人出得关西城，众人飞身跃上空中，灵空犹自窃笑不停，左手百两黄金，右手千两白银，他也不觉沉重，还不时自夸几句，也不管众人全是一副古怪的表情看他半晌。

终于还是戴蛸子按捺不住，身形一晃来到灵空面前，不解地问："灵空道长，这黄金白银与破铜烂铁并无区别，何必非要费力从凡人手中骗来？道长若是喜欢，尽管开口，想要多少我便送你多少！"

灵空却是眼睛一斜，讥笑一声，说道："哼，你懂什么？凡人之财才可用之于凡人，神人财宝无数，如果全数分给凡人，你当世间便会人人富足，天下太平无事，此为谬论！凡人福薄，若用神人钱财反而害他短命，便如神人不可得天福一般。你当天仙是人人可做的，飞仙易修，天仙难当。为何？若无天福，飞仙即便活个十万八千年，也不过是一名闲散飞仙。"

这灵空，从凡人一下谈论到天仙，直让戴蛸子一下头大，分不清方向，只好嗫嗫退下，半晌也弄不明白方才明明是讨论黄金白银，为何转眼却说天仙难当？

张翼轸听灵空随口一扯，却是心里一动，暗中略一思忖，不由大为感叹灵空看似说得不着边际，却也是至理名言。世间多劳碌受苦之人，而神人生而富贵，莫说四海，便只东海一家拿出百分之一财宝，便可令天下富足。

却又为何并无神人馈赠凡人财物，是神人吝啬贪财，还是神人不知凡间疾苦？

恐怕全然不是。一是有天规所限，神人不得与凡人随意来往。二是天道公允，不令世人有好逸恶劳之辈，不令世间有不劳而获之徒。又如凡人虽是生得贫困，又体质羸弱，却若是修道有成，可得飞仙之境乃至成就天仙大道。而神人天生神通，却终生无法跨入飞仙，终有命终之时。是以天道无言，却又最为公正，一得一失，一啄一定。谁谓神人高贵不可逾越，谁又谓凡人不可奋起直追，终得飞升天庭？

莫非这便宜师傅灵空，还真如罗远公所说，有何莫名来历不成？

张翼轸当下也不迟疑，不顾灵空一脸陶醉之意，开口问道："师傅，常听你大言不惭说是神仙下凡，也别说，最近这些时日徒儿颇为意动，竟也隐隐相信师傅还真是那隐世高人……师傅，你且说来听听，天庭之上究竟是何等情景？"

灵空初听张翼轸夸奖之言，顿时脸露喜色，正要得意忘形地说上几句，猛然听到最后一句，却是脸色一变，说道："翼轸，天庭之秘怎会传给凡人？你不过是小小地仙，若师傅我将天庭之事讲与你听，便是泄露天机之罪，难道你想害死为师不成？此事以后万万不可再提！不过嘛……"

灵空忽又嘻哈一笑，说道："翼轸，我是神仙自是不假，不必怀疑，不过却是除了骗人钱财与人消灾之外，其他无论神通还是前事全然皆忘的神仙，所以以后不必再问为师天庭之事，若是问如何从别人手中得些银两，为师自当知无不言言无不尽……"

张翼轸哑然失笑，灵空三句话不离本行，亦真亦假，真真假假倒也令人一时难以分明。转念一想，索性不再追究灵空是何来历。管他是神仙下凡游戏人间，还是本来便是行事不端的烧火道士，总归是他名正言顺的师傅，且送了他一根威力无比的无影棍，也救他多次。如此师傅也算难得，日后自当尽力护他周全才是。

说话间，众人飞空不停，早已将关西城远远抛在了身后。张翼轸忽见戴婵儿和倾颖说个不停，还不时朝身下指指点点，不由低头一看，一时愣住，原来不知何时到了长安城上空。

还未来得及感慨一番，耳边却听灵空咳嗽一声，张翼轸循声望去，却见灵空局促不安，神态颇不自然，不由心中大奇灵空为何突然如此。

正猜测之时，却见灵空近身过来，小声说道："翼轸，可否在长安城中停留一刻？我有事要办……不要问我何事，你们只需在长安城中落脚，寻到一处茶楼喝茶即可，我一人速去速回！"

见灵空神色古怪，眼神躲闪不停，张翼轸已然猜到一二，却不点破，点头说道："也好，我等便在长安城中稍做停留，权当故地重游了。"

当下与倾颖和戴婵儿一商议，二人却是一致赞成。

戴戬归心似箭，就提出他和其余人等先行返回无天山，以免金王挂念。戴婵儿微一思忖便点头同意，如今已远离南山湖，再者一路以来也是平安无事，应该也是无虞。

张翼轸也认定魔门如今倒还不敢明目张胆在中土世间行凶，便叮嘱几句，送戴敔、戴蛸子等人先行离去。待几人一走，众人便悄然降落长安城外，步行入城。

长安城依旧高大巍峨，依然一副繁华景象。众人入得城中，走不多时，忽听前面一阵喧哗之声，传来呵斥打骂的声音："你这刁民，天生穷命，欠钱不还还敢顶嘴，看爷不打死你！"

随后一个求饶的声音响起："大爷饶命，小人并非赖账，只是确实是手头没钱，还望大爷宽限几日！"

"我宽限你，谁来宽限我？爷也是给人当差，听人差遣，爷收不上你的钱，就得被我家老爷打骂，你替我挨鞭子怎么着？孟庆，要么还命，要么卖女，你选一样，你让爷为难一时，爷就让你为难一辈子！"

人间倒还真是处处都有不平事，张翼轸眉头一皱，正要前去看看出了何事，却见灵空挽起袖子，一步冲向前去，大喝一声："光天化日之下，还有没有王法？竟敢逼迫人命，逼良为娼，小子，看看道爷我如何教你做人！"

再见真平地仙成

灵空当前一步来到场中，却见两名家丁打扮之人正拉扯一名花甲老人，老人身边有一名十七八岁的女子正在哭哭啼啼，一脸惆怅。

两名家丁一见灵空要逞英雄，对视一笑，其中一人站到灵空面前，上下打量了灵空几眼，问道："都说牛鼻子老道，不想来了一个酒糟鼻老道，哈哈，真是无奇不有。老道，你可是极真观之人？"

灵空本来气势汹汹前来，一见对方近前，却突然换了一副嘴脸，满脸堆笑，答道："贫道不是极真观之人，贫道乃是下凡的神仙……"

话音未落，家丁扬手一掌打来，口中说道："既然不是极真观之人，敢管冷老爷的家事，就是该打！"

灵空再是不济，也不会被一个小小家丁打中，闪身躲到一边，一脸怒容说道："你这家奴也忒是放肆，竟敢出手伤人，贫道说不得要替天行道，好生教训你一番……"

张翼轸见灵空与两名家丁纠缠，心生无趣，正要劝灵空离开，却见灵空眨眼间又换了一副笑脸，说道："不知这位老人家欠了你家老爷多少银两，便由贫道替他偿还，如何？"

那名家丁正要向前再出手打来，听灵空这般一说，顿时愣住，随即哈哈大笑，说道："就凭这副尊容，又穿得破破烂烂，哪里拿得出千两白银？莫要取笑，趁着爷没有发火之前，速速离开也好活命。"

灵空不知何故竟与家丁较真，伸手拿出千两白银，手一抖，哗啦啦撒了一地，说道："可是看好了，这不是白花花的银子又是什么？"

那名家丁顿时愣住，揉了半天眼睛才确信眼前确实有一堆白银，气势一低，笑着说道："哟，还真没看出这位道爷身藏不露，出手就是千两白银，了不起。既然道爷有钱没处花，愿意为这个刁民出头，我也不能不识抬举不是？喏，这是借条，可是收好了，从此两清，互不相欠。我说孟庆，也不知你烧了哪门子高香，祖坟冒烟，竟然有人替你出头，回头可要好好谢谢这位道爷……"

那名家丁说完，拎上银子，招呼一声，一摇三晃地走了。

孟庆老泪纵横，纳头便拜，灵空一反常态没有装腔作势，急忙扶起孟庆，却是说道："老哥不必如此，人间事有人管，再说我不过是举手之劳，用不着放在心上。不过那名家丁可是嚣张得紧，竟不把天下道门放在眼中，莫非天下只有极真观一家独大不成？"

孟庆抹着眼泪，答道："道爷有所不知，这家丁乃是长安城东冷员外府上的。那冷员外本是豪门之家，别说我们这些平民百姓，就是一般的官宦之家也招惹不起。我做些小生意蚀了本钱，在冷员外的钱庄中借了一百两银子，不想利滚利，两年不到就变成了一千两……"

张翼轸心中一紧，猛然心中掠过一丝疑问，急急插话问道："即便冷员外权势熏天，可是又与天下道门有何相干？为何要口出狂言不将别家道观放在眼中？"

"冷员外独子在极真观修行，据说法力高强，上天入地，无所不能……要是以前，冷家之人也没有这么张狂，不过据说冷公子前些时日刚刚被一名上仙收为弟子，被上仙看上，飞升天庭也不在话下。这样一来，别说冷员外，连带冷员外的家丁和阿猫阿狗都趾高气扬起来，正是一人得道，鸡犬升天！"

冷家公子？张翼轸心中一动，还未等他开口相问，灵空却抢先一步问出："那冷家公子，如何称呼？"

孟庆恭敬答道："冷公子名阳，不过修道之后又改了姓名，至于叫什么，冷家从不对外提起，自然也就没人知道……"

冷阳在极真观！

竟有此意外收获，真是得来全不费工夫！张翼轸正要再问个清楚，却见灵空伸手间又取出百两黄金，交到孟庆手中，却是说道："老哥，听我一言，我乃下凡的神仙，前知五百年，后知五百年。你拿上这些金子一路向东，走到千里之外一处城镇，便可在那里安家落户，以后兴旺发达自不用说，说不定冷员外以后被人扳倒，倒还需要老哥你推波助澜……话不多说，天机不可泄露，速速离去！"

说完，不由分说灵空便将孟庆父女二人送走。待看到二人身影消失于人群之中，灵空这才长舒一口气，嬉皮笑脸地说道："世间钱财取之于民用之于民，翼轸，莫要小瞧你师傅，只当我生性贪财，要知道，灵空道长也是正义凛然之人。怎的，若不服气，你拿出千两白银试试？"

张翼轸哂然一笑，说道："师傅，黄金白银事小，得出冷阳下落事大。眼下，我便陪你前往极真观，一同面见真平道长问个清楚，可好？"

此言一出，灵空顿时脸上一窘，吞吐说道："恁是胡说，谁说为师要见真平？我与真平道长交往不多，且也无事可谈，见她作甚？"

见灵空犹自嘴硬，张翼轸呵呵一笑，调侃说道："师傅，你一提在长安城中稍停片刻，我便猜到你定是要暗会真平，所为何事不得而知，但有意与真平相见却千真万确，堂堂的下凡神仙，连这点小事也不敢承认。"

灵空顿时眼睛一瞪，大声说道："承认就承认，有什么了不起！为师不过是要将万千丝还给真平道长，想我灵空道长神通广大，怎会用他人法宝，何况又是女子之物？这万千丝带在身上，令人坐立不安，还是还了才好。"

张翼轸又揶揄灵空几句，总算令灵空无话可说，无奈只好答应张翼轸陪同前往。回身与倾颖三人只一商议，三人便点头同意在七喜客栈等候，张翼轸又交代一二，这才和灵空七拐八拐来到一处无人之地，清风卷起二人，便朝极真观方向飞去。

不多时来到华山脚下，灵空让张翼轸落回地面，说道："毕竟以我二人目前之名，不太适合抛头露面。其实如果不是你陪我前来，我便会在长安城外找一个僻静之地，以道力催动万千丝，真平便会心生感应，自会寻来。不过既然有宝贝徒儿相伴，离极真观近一些也无妨，省得真平再飞到长安城，也是麻烦。"

张翼轸奇道："怪事，师傅怎的如此关心真平道长，竟会替她着想，倒也少见。"

灵空一听却是摇头笑骂："此言差矣……以真平性子，既然暗中赠你万千丝，定是不信罗远公之言，也不会与极真观等人同流合污。既如此，极真观定会暗中留意真平动向，所以说若论高瞻远瞩、未卜先知、神机妙算，你远不如我……"

张翼轸哂然一笑，正要反驳两句，忽觉远处空中有人迅速逼近，细心感应，正是一人御剑而来。张翼轸并未撤去风匿术，御剑之人，至多人仙修为，也无识破风匿术之能，是以也不动如松，静等来人。

片刻之后，一个人影现身眼前数丈之远，一脸疑惑之色，四下张望不停，正是真平道长！

张翼轸微一感应却是吃惊不小，真平道长一身功力充沛深厚，已经达到人仙顶峰，只差一步便可晋身地仙之境。数月不见，真平修为倒是精进不小。

定是灵空不知何时催动了万千丝，真平才会有所感应，飞空前来。张翼轸也不急于撤去风匿术，静候片刻，又全力施展控风之术，感应到周围数十里之内并无异动，心中稍定。

扭头一看，方才还口若悬河的灵空竟收形正容，一脸严肃站立不动，全身绷得笔直，紧张得要命！

张翼轸暗觉好笑，向来天不怕地不怕的灵空却是如此惧怕真平，还要强自前来与真平会面，若说只为还万千丝而来，似乎有些说不过去。

当下不及多想，见真平神情之间颇为焦急，心意一动，立时收回风匿术。

二人凭空现身眼前，真平登时吃了一惊，不过见是张翼轸和灵空二人，一脸紧张之色立时缓和，她怔怔看了灵空几眼，忽然叹息一声，说道："我就知道灵空道长乃不世高人，定会安然无恙，早先借张翼轸之手转赠万千丝，倒是我自作多情了。"

灵空嘿嘿一笑，点头说道："这话说得中听，我灵空向来是无所不能无所不知……今日特来相还万千丝，真平道长之谊，灵空铭记在心。我为人向来随意，不拘小节，如此贵重之物万一被我不小心弄丢，可是大过。所以这万千丝还是还给真平道长的好！"

真平一脸淡然如水，不动声色地说道："好，好！当初我将万千丝赠予张翼轸之时，便料到会有今日之事，却不想来得如此之快。万千柔丝，难断世间痴迷，我真平本是修道之人，却还在一方丝帕、一件法宝之上执迷不悟，如何能证得无上大道？万千丝，不过是自欺欺人的世间情丝罢了，若不斩断，难成大道！"

真平说完，猛然间脸色一寒，紧接着剑光一闪，唰唰唰数道剑光闪过，万千丝竟被真平斩为碎片，飘飘洒洒散落一地！

一件难得的法宝在眨眼之间便被毁去，张翼轸一时无比愕然。

正气氛尴尬三人相对无语之时，蓦然真平脸上紫光一闪，随即头顶一道紫气直冲天际，一股祥和之气四散溢出，映照得四下一片仙气缭绕！

地仙之境！

02　北海龙宫

　　北海天气无端，张翼轸当仁不让，控水之术一经施展，方圆数十丈内风雨不侵，一片清明。众人各展神通，说笑间穿过一片电闪雷鸣之处，转眼间又来到巨浪滔天之所，气候风云转化之间，不多时已经深入北海不下万里。

却话天地有玄机

真平力斩万千丝，心结一去，当即成就地仙之境，以她人仙修为顶峰的功力，也是水到渠成之事。

张翼轸暗中替真平庆幸，修道之人，最重心境，若有心结萦绕，即便强行突破人仙修为，晋身地仙之境，心内纠结，地仙一成，心魔便成。心魔侵袭，若是心性不够坚定，轻者终生止步于地仙之境，重者走火入魔，以后修为越深，魔道越近。

再看灵空，却对真平成就地仙视若无睹，呆呆地看着被真平斩成碎片的万千丝，一脸惋惜之色，摇头叹道："可惜，恁是可惜。好好的一件法宝竟是毁了，早说的话，我便不送还回来，寻个识宝之人卖掉，怕也至少可赚几百两黄金！"

不理灵空在一旁自言自语，张翼轸静心查看真平呼吸之间紫气收放自如，随即又全数收回体内，至此方大功告成。

地仙一成，真平蓦然睁开双眼，愣了一愣，忽然脸色一变，定神望向虚空之处片刻，随后手指一指。飞剑轻吟一声飞出，只听"噗"的一声轻响，虚空之中突现一道轻烟，被飞剑斩过，"吱呀"一叫，立时烟消云散。

"此为何物？"

真平一脸愕然，虽然一剑将其斩杀，却也心有余悸。

"阴魔！"却是灵空不再嘻哈没有正形，一脸严肃地说道，"阴魔乃是初成地仙之人，自心所生的无形无质之魔，专门吞噬新晋地仙神识，端的是厉害无比。不过方才真平道长一剑便将阴魔斩杀，此等情景却与罗远公所说有些出入，只怕当时罗远公有关阴魔的说法也是有真有假，只为唬得灵动师兄心生惧意，好信他所说之言。"

灵空也不隐瞒，当下便将他与灵动在三元宫交谈之时，罗远公以祖洲接引使的身份初次露面，所说的有关阴魔的言论详细说出。真平和张翼轸直听得一脸愕然，他们才惶恐得知，原来成就地仙竟有如此莫名的凶险伴随！

张翼轸心中更是震撼连连，一时后怕万分。只是微一深思，却又有诸多不解之处。

方才真平成就地仙之时，张翼轸毕竟也是地仙之境，阴魔一现也是顿生感应。当时不知是何物，如今听灵空点阴魔由来，见真平初成地仙便一剑斩杀阴魔，不由大为惊讶。

再细心一想，不由更是疑问连连。为何自己在东海之上成就地仙之后，非但感应不到十洲所在和地仙接引使的传讯，且连阴魔也不曾见到，难道是自己所成的地仙，与灵动以及真平这些前辈依次递进步步稳妥的修为有成大不相同不成？

真平听灵空说完，本有话要问，突然却又愣神当场，静立片刻，忽又一脸凝重之色，看了张翼轸几眼，说道："翼轸，记得先前在莲落峰顶你曾说过，若是有人晋身地仙之境，切莫要追随罗远公前往祖洲。如今我刚刚晋身地仙之境，却已然收到接引使的传讯……"

"莫非还是罗远公不成？"张翼轸悚然心惊，急急问道。

真平却一脸疑惑，缓缓摇头说道："并非罗远公……我的应缘之洲在玄洲，位于北海之上，接引使自称崔向，留讯说，让我自行到北海之上，一到北海，他便会前来迎接！"

倒是怪事！

张翼轸一时迷惑，若说灵动成就地仙，罗远公有所感应，是为巧合。其后清虚宫掌门清无成就地仙，罗远公也即刻得知，还说事有凑巧倒也说得过去。若是真平道长成就地仙，应缘之洲也是祖洲，且接引之人又是罗远公，由此可以印证定是魔门有何等秘法，可以截留天地感应，将成就地仙之时的冲天仙气化解并为他们得知，从而可以从容假扮接引使前来诱骗地仙上当。

只是真平成就地仙，非但应缘之洲不是祖洲，却连接引使也不再是罗远公其人，如此一来，倒令张翼轸先前判断全然无用，不由心中更多了不解和迷茫，竟是一时失神愣住。

耳边却听灵空嘿嘿一笑，说道："三元宫灵空恭喜极真观真平道长成就地仙之境！"

灵空一语惊醒张翼轸，张翼轸也急忙朝真平施了一礼，说道："恭喜真平道长晋身地仙，当为极真观第一人！"

真平本来面露喜色，听张翼轸一说，淡然说道："翼轸莫要谬赞，真平怎敢当极真观第一人？我那师兄真明和真容，早已于两个月前便晋身为地仙，如今已然仙踪杳杳，却不知到了十洲中的哪一洲。"

什么？张翼轸顿时呆立当场，不敢相信真平所说。

怎地仿佛一夜之间，中土道门地仙纷纷涌现，先前千年难成一人，如今不到一年光景，竟是成就数名地仙，莫非天下气数有变不成？

见张翼轸一脸骇然之色，真平不解地问道："怎的，你二人还不知此事……是了，以你二人目前处境，不知道门中事也是正常。真明和真容师兄两月之前间隔半月之期，一前一后分别成就地仙。不过说来也怪，他二人成就地仙之时，初时并无阴魔现身，也无接引使之讯。过了数日之后，二人才分别接到传讯，令他二人分赴西海和南海等候。二位师兄不敢耽误，当即启程前往。西海还好说一些，毕竟传闻中只有聚窟洲一洲，而南海却有炎洲和流洲，是以真明师兄应在聚窟洲，而真容师兄如今身在哪一洲，也不得而知。"

此言一出，更令张翼轸无比惊诧，再难泰然自若，惊叫出声："此事大有蹊跷，定有不对之处！"

见张翼轸失态，不止真平顿时愣住，便连灵空也一时惊讶，问道："有何不对？"

也是，有何不对？张翼轸一时惊醒，想到他成就地仙之时也无阴魔及体，更无接引使传讯，是以真明和真容分赴不同之洲，按理说倒是更为正常。只是张翼轸从灵动掌门和清无掌门全数被罗远公所骗一事，从而得出结论，认定罗远公定有秘法可以探知新晋地仙身在何处，便会假扮接引使前来谋害。

不料今日却从真平口中得知，真明和真容成就地仙之后，与灵动和清无全然不同，且安然离去，张翼轸惊愕之余又无端猜测，难不成罗远公转了性子？他成就了飞仙，莫非便不再需要炼化地仙？

震惊过后，张翼轸倒也替真明和真容感到欣喜，安居十洲之一，远胜于被罗远公所害，当为幸事。又一想真平的应缘之洲也在北海，当即哂然一笑，答道："无事，只是一时想起清无掌门被罗远公炼化之事，不免心生感慨。真平道长，既是你也要前往北海，我和灵空师傅也正要赶往北海，不如一同前去，可好？"

随即张翼轸将南山湖之事简要向真平一提，灵空也在一旁添油加醋吹嘘一二，直听得真平连连摇头，叹道："可惜了清无掌门一世修为，竟被罗远公这个魔头炼化，丢了性命不说，只怕再入轮回也是不能……"

停顿片刻，真平却又突然慷慨说道："想我道门中人，为何成就地仙便要远赴十洲居住？如今世间纷争不断，正是需要我等地仙与魔门周旋之际，长辞世间安享清福，也非我辈修道之人应守的替天行道之道心。"

真平原先半信半疑东海之事，如今成就地仙，又亲耳听灵空说出，自此便完全相信罗远公并非所谓上仙。念及此处，不免有感而发。

张翼轸赞叹说道："真平道长心怀道门同修，当为大善。不过既然接引使有讯，或是天规所定也不得而知。眼下以我等修为远不是罗远公对手，也无充足证据令天下道门信服，是以不如先去北海一观，看是何等情景，也正好向接引使讨教一二，为何魔门中人可以长居世间，而地仙则要安居十洲……你意下如何？"

此话说得合情合理，真平听了连连点头，应道："也好，反正真明和真容两位师兄成就地仙之后，极真观一应事情暂由真命代管，我如今也本是极真观闲散之人，来去自由，倒也自在。不过既然远赴北海，说不得也要向观中交代一二。翼轸，你二人且在此等候片刻，我去去就来。"

真平刚一离去，灵空便气呼呼说道："好你个张翼轸，如此大事也不和我商议一番，开口便定下和真平同行前往北海，你且说说，你是否还将我这个师傅放在眼中。"

张翼轸自知灵空不过是不愿与真平结伴同行，以免一路之上尴尬，当即淡然一笑，说道："师傅切莫多心，我约真平道长同行不过是想一路之上可以互相照应一二，万一有魔人中途拦截，也好助她一臂之力。再者说了，到了北海之上，若可乘机得知玄洲消息，亲见玄洲仙人，也好问出海外三仙山之事，是也不是？"

灵空犹不服气，还要胡搅几句，张翼轸哈哈一笑，却是说道："方才真平道长力斩万千丝，如今又是地仙之体，你这肉体凡胎的烧火道士，再难入真平道长法眼，师傅，你就省省吧！"

灵空顿时喜上眉梢，点头说道："此话合我心意，好得很。不过丑话说到前面，翼轸，一路之上，若是真平有话要说，尽管让她找你，我可是无话可说，如何？"

张翼轸暗觉好笑，也不知灵空和真平当年发生何事，竟让灵空如此躲避真平。正要开口再调笑灵空几句，却见真平急匆匆返回，一见二人便急急说道："我等速速离开，方才在极真观正好遇到吴沛，他起了疑心……"

由来世事多磨难

"怕他作甚？"

一听吴沛之名，张翼轸心中有气，正要再说上几句，却被真平拦住，说道："翼轸，且听我一言，现在不是与吴沛纠缠之时，我等先行上路，稍后我再对你说出吴沛之事。事不宜迟，走！"

真平却不由分说，当前一步飞空而去。张翼轸见真平一脸郑重之色，又言辞迫切，心道眼下也确实不是与吴沛计较短长之时，也不犹豫，清风卷起灵空，紧随真平其后飞空而起。

几人走不多时，却见吴沛和两个人一同来到方才张翼轸三人所立之处。

吴沛一脸疑惑，说道："天飞道长，你也看得清楚，明明真平是来到此处，却一转眼便消失不见，倒也不怪我等看管不力！"

天飞说话鼻音甚重，却是"哼"了一声，说道："谅你吴沛也不敢私自放跑真平，上仙若是问起，我自会如实作答，不必担心。"

吴沛忙满脸堆笑，说道："先行谢过天飞道长，不，天飞师兄，如今你我同拜上仙为师，理应互相照应一二。"

天飞却并不领情，瞥了吴沛一眼，说道："休要啰唆，既然蒙上仙看重收我等为徒，便应为上仙赴汤蹈火，效犬马之劳。我却不懂，这真平明明对上仙不敬，为何要留她性命？换作是我，早就将她除去，以绝后患。"

吴沛低眉顺眼，答道："天飞师兄有所不知，真平道长虽然一时糊涂，对上仙有所疑虑，不过她毕竟是我师傅，且一向护我周全。身为徒儿，怎可以下犯上，做出如此忤逆之事？"

"说得也是，毕竟吴师兄与真平道长师徒一场，念些旧情也是应当。再说上仙也并未明说非要杀死真平，只是令我等严加看管。"却是与吴沛同行的另一人插话说道。此人生得尖嘴猴腮，身形瘦小如同猴子，连带说话声音也是尖细难听。

天飞冷冷扫了吴沛和那人一眼，抬头望天，慷然说道："既然我等已经拜上仙为师，一切对上仙唯命是从，原先的师门和师傅不必再提！我既是你二人的大师兄，日后若无上仙之命，一切以我所说为准，可是记好了？"

吴沛和那人一起躬身施礼，恭敬答道："遵命，大师兄！"

二人说完，却暗中对视一眼，会心地一笑。天飞正举头望天，一脸昂然之色，丝毫未曾留意身后二人的一举一动。

若是张翼轸在此，定会惊讶非常，吴沛非但伤势全好，且一身修为隐然已到人仙顶峰！而那声音尖细者正是上次他和青丘夜探清虚宫之时，在半路之上所遇被天飞道长称为薄梦寻之人！

再说张翼轸一行三人脚下不停，不多时便来到长安城中七喜客栈，与倾颖、戴婵儿和画儿会面。少不得又介绍真平一番，几人寒暄几句，真平便提议即刻上路。

灵空自不用说，不理真平，费劲半天，成功地骗得画儿不停地围着他问东问西，一副忙得不可开交的样子。张翼轸自是明白灵空的小小心思，也不点破，倾颖和戴婵儿并无异议，几人便匆匆出得客栈，飞空而去。

一直飞出远离长安城不下数千里后，真平才心情舒展开来，看到张翼轸和倾颖、戴婵儿在一旁说笑，不由心中暗暗赞许。这个本是三元宫中烧火道士的弟子，被罗远公诬陷，被天下道门所不容，却依然泰然自若，行事不疾不徐，如此坦然心性，当真少见。

再想到先前莲落峰一役，虽然她未全力拦阻张翼轸，却也出手帮助真明，也算暗中为罗远公出力，又想到此后种种发生在极真观之事，真平不免喟叹一声，开口说道："翼轸，先前莲落峰顶，我一时糊涂，向你出手，如今已知不对，还望翼轸不要记恨才是！"

张翼轸淡然笑笑，说道："真平道长何出此言，当时你不过是身不由己罢了，何过之有？"

真平却是摇头说道："修道之人，当正邪分明。我当时并不信你，却不向你出手。后又因掌门之命，无奈之下违心放出法宝。无论前后，都是没有主见之举，如今想起，心中颇是难堪。"

张翼轸正要说上几句，却被真平伸手制止，却听真平继续说道："且听我一言，翼轸……当时你走后不久，吴沛便伤势发作，险些身死。正当极真观上下束手无策之时，罗远公突然驾到，正好撞见吴沛命在旦夕，不知何故罗远公竟主动出手为吴沛疗伤。得罗远公之助，吴沛伤势迅速恢复。感念罗远公救命之恩，吴沛当众提出

02

北海龙宫

要拜罗远公为师，罗远公略一迟疑竟一口应下！

"其后不久，吴沛便追随罗远公前往清虚宫，一去数月才回。也不知罗远公用了何法，吴沛修为进展神速，再回极真观之时竟是人仙顶峰！这还不算，吴沛回来之时，随行还有两人，一人是清虚宫天飞道长，一人名薄梦寻，不知来自何处，似乎并非道门中人，二人却全是罗远公的徒弟！

"二人名义之上是与吴沛来极真观参学，同修道法，实则竟是暗中监视极真观上下一众人等，对于我更是格外留意！真明掌门不敢违背上仙旨意，只好任由吴沛三人在极真观上下肆意横行，众人避之不及，却又无人出面反抗。

"三人到来不久，真明和真容两位师兄相继晋身地仙，如今极真观虽是真命为名义掌门，但众人皆是心知肚明，现今的极真观只怕已是吴沛的天下。有上仙徒弟之名，再加上身边有二人鼎力相助，这极真观上上下下，在对上仙的敬仰之下，吴沛已然是众望所归的继任掌门的不二人选！"

张翼轸听了无比骇然，依此看来，罗远公野心勃勃，恐怕并非只为炼化地仙这般简单！他广收弟子，在各大道观安插亲信，如此一来，不出数年，天下道观全数掌门只怕全部出自罗远公门下。到时别说灵动掌门现身，便是再来一名十洲的真正上仙，也断难令天下道门信服！

想到此处，张翼轸不禁暗暗担忧，这中土世间人才济济，隐世高人也有不少，为何无人挺身而出，制止罗远公的阴险行径，难道只能任由天下道门逐步落入魔门之手不成？

更未想到，吴沛竟与罗远公互相勾结，已然暗中掌控了极真观，此人心机如此之深，倒是小瞧了他。当时莲落峰一战，碍于极真观之面，且将他震伤之后暗中探查他的伤势，已然修为尽失，认定日后也无大患，是以并未再出手将他当众杀死，不料吴沛竟有如此机缘，得罗远公出手相助，竟是修为大成。

张翼轸不免暗自惋惜，悔不该当时手下留情，理应除恶务尽！

"真平道长，吴沛本是你的弟子，以你看来，吴沛此人追随罗远公，是不是为修魔？"张翼轸猜测不到吴沛用意，开口问道。

真平微一沉吟，摇头说道："依我对吴沛的了解，此人虽然生性固执，凡事喜好追求极端，不过却于仙魔之上分得分明，向来对魔门不屑一顾。尽管有时吴沛行事偏激多少也有魔人作风，但他一向不齿于魔人行径。他甘心受罗远公驱使，应是并未得知罗远公的真实面目，还以为可修习无上道法！"

灵空本在一旁与画儿说笑，不知何故突然插话说道："也不知真平道长如此目光灼灼之人，为何会收得吴沛这么不堪的一个弟子，莫非有何隐情不成？"

真平对灵空的讥讽未加理睬，目光怔怔直视前方。说话间众人已然飞空数个时辰，身下时而是连绵的群山，时而是一望无际的荒漠，更有大片大片的农田，虽无人具体推算已过了多少万里，粗略一算中土世间应是已经过去大半，再有数个时辰便可跃过铁围山，飞临北海之上。

真平是平生第一次远离中土，虽是修道之人心性随意，只求天道，但毕竟生而为人，难免七情六欲流露。被灵空一激，真平猛然间想起旧事，目光扫过灵空，淡淡说道："灵空道长，话说回来，我当时收吴沛为徒，倒与你也有莫名的干系。"

灵空一听顿时神情紧张万分，急忙辩白说道："真平道长，你是成就地仙之人，切莫胡乱说话。地仙好歹也是仙人，若要乱说坏了天规，到时天雷及身，可就追悔莫及了。"

真平见灵空一脸惶恐，竟是展颜一笑，说道："灵空，莫要紧张，我只是随意一提，若要详细说起，与你即便有些干系，也全是我自心作祟，倒也并非你之过错。倒是你，一把年纪之人，在世间行骗多年，提及一些陈年旧事还这般小气，倒是让人小瞧了你白活了这么多年。"

灵空听了脖子一挺，硬气地说道："说便说，谁怕谁！当年不过是我英俊潇洒，风采照人，玉树临风，再加上神仙下凡定然仙姿斐然，才令真平道长一见之下便倾心相许。奈何我灵空本是神仙中人，怎会沉迷于世间的儿女之情？所以并未理会真平的仰慕之心。真平也是大胆，竟数次从极真观追至三元宫，结果闹得三元宫上下皆知，害得我灵空成为众人笑柄。一怒之下我日日饮酒，不出一年便生生喝出了这个醒目喜人的酒糟鼻……"

何如共赴无天山

灵空竟是主动讲出与真平之事，当真少见。张翼轸侧耳倾听，等了半天，却见灵空张大了嘴巴，却没有再说一句话，不由奇道："师傅，怎么没有下文了？"

"下文？下什么文？你这小子，还想听师傅的笑话不成？告诉你，当年为师我可是比你气宇轩昂、英俊潇洒何止百倍，不过为师本是下凡神仙，肩负重任，怎能为儿女情长所累？所以后来我便大悟之下，转去烧火。烧火数年，掐指一算得知翼轸出世，便下山行骗……唔，行走世间，再以后的事情，翼轸你也略知一二了，斩妖屠魔、救人于水火一类小事数不胜数，不提也罢……"

灵空摇头晃脑，说得煞有介事，在旁人听来却不过是自吹自擂的夸耀罢了，谁知灵空话音未落，真平便接过话头，说道："灵空道长当年也确实是……风采出尘，莫说我真平，天下道观之中仰慕灵空道长的女子，少说也有百人之多。"

此话一出，一众皆惊！

别说张翼轸难以置信，便连倾颖和戴婵儿也是面面相觑，一脸惊讶。更有画儿背起双手，装模作样地围绕灵空转了数圈，上下不停地打量灵空，直看得灵空大反常态地低头躲闪。真平见状不禁莞尔一笑，说道："此事千真万确，若是问及当年之人，怕有不少对灵空道长当年风姿记忆犹新……"

"好汉不提当年勇，真平，你总提我当年之事何用？且说说吴沛之事更来得重要。"灵空一时竟是改了性子，开口阻止真平对他的夸耀，眼睛一瞪，愤愤不平地说道。

真平也不恼，点头说道："说得也是……这吴沛当年最先是青城观的修道之士。青城观是家不过数十人的小道观，连日常开支都难以为继，是以吴沛也只得跟随道观中人四处游方，靠为人驱鬼画符过活。有一次我无意中听闻灵空四处游历，来到了长安城中，便下山前来寻他。不料灵空没有寻到，却正好遇到吴沛。

"吴沛当时正为一大户人家作法祈福，在得知我本是极真观之人后，便死乞白赖非要拜我为师。我见吴沛资质尚可，只是当时正为灵空之事心烦，哪里有心思收徒，当即回绝了他。不料吴沛却不死心，言辞恳切，态度诚恳，百般乞求，无奈我心不在此，仍是转身而去。

"本以为此后再也见不到吴沛此人，不料其后不久，听闻灵空又在关西城出现，我便又追到关西。谁知仍和上次一样，找遍关西城也不见灵空行踪，却再次意外遇到吴沛。吴沛拜师之心依然坚决，我动了心思，心道两次寻灵空不遇，却两次得遇吴沛，或许倒也真是与吴沛有师徒之谊，一时心软，便收了吴沛为徒。

"稍后才知，吴沛本是长安人士，家境贫寒，却生性要强。收吴沛为徒之后，我也极少指点他修行，当时一心沉迷于感情之事，莫说教徒，便连自身修行也是耽误不少。吴沛自知人微言轻，从无怨言，倒也相安无事。如此过了数年，不知何故真明掌门竟是屡屡催促我要好生教导吴沛，既然收徒，就该尽到为师之道。

"我也不知真明掌门为何突然关心此事，后来一问才知，原来吴沛家道中兴，他的父亲不知做了何种生意赚了钱财，给极真观捐献了不少香火钱，由此真明掌门也只好拉下颜面，好意提醒我一二。我当时也正好渐渐看开情事，也有意发奋修行，倒也正好捎带传授吴沛。吴沛为人倒也勤奋，如此过了两三年，加上他本有根基，道法已然初有小成。"

说到此处，真平忽然叹息一声，摇头说道："收吴沛为徒全因寻找灵空，是以我一向偏爱吴沛，对他一向纵容。吴沛在极真观之中向来出入随意，加上他家在长安城，是以经常十数日不见人影也是正常，并无人过问，由此也造成了吴沛胆大妄为的性子……"

游方道士？长安人士？自由出入？张翼轸猛然脑中灵光闪现，抓住了一个关键之处，急急问道："真平道长，那吴沛之名是真名，还是拜师之后赐名？"

入得道门之后，可以由师傅赐名，也可以依照惯例另取道名，不一而足，各有不同，是以张翼轸才有此一问。

真平听了却是一愣，想了一想，答道："自我与吴沛相识之后，他一直以吴沛自称，并未更名。对了……曾无意中听吴沛说过一次，他本名是叫冷什么……"

张翼轸脱口而出："冷阳！"

真平顿时愕然，问道："正是！你如何得知？"

张翼轸怒极反笑，当下也不隐瞒，将柳仙娘之事详尽说出。说完之后，他定定地看着真平说道："若我早知此事，当时莲落峰一战，即便拼了全力，也要当场将吴沛此厮诛杀！"

真平静默半晌，黯然神伤，末了才说："不想吴沛做出此等伤天害理之事，身为其师，我也自有罪责。他日若让我遇到吴沛，不需别人动手，我要亲手将他除去，以正道门声誉！"

冷阳竟是吴沛！

虽然先前也有所推测，但得到真平亲口证实，张翼轸还是心中五味杂陈，一时无比懊丧，想到如今吴沛又拜罗远公为师，为虎作伥，不管他是否清楚罗远公是何许人也，都有助纣为虐之实，当初若是一剑将他杀了，不知会省却多少麻烦。

只是现在后悔无用，吴沛如今成为罗远公一大助力，又做出诸多不堪之事，张翼轸暗下决心，待无天山事了，他返回中土世间之时，悄然潜入极真观也要将吴沛除去。

正思索之际，猛然间脖间一热，立时得知铁围山已到。心中蓦然想起飞仙商鹤羽，定要寻个机会将商鹤羽放出，以珊瑚珠为他重塑飞仙之体，到时以商鹤羽飞仙之能对付罗远公定是不在话下。说不得情势紧急之下，冒天下之大不韪也要将罗远公斩杀，以免道门被他荼害殆尽。

虽说烛龙有言，合珊瑚珠和逆鳞以真阳之火炼化，可以令他成就飞仙之体，一是真阳之火现今难得，二是以他目前修为，强行成就飞仙只怕会根基不稳，反受其害，不如先让商鹤羽塑体而出，有他的对天一诺，即便只追随千年，也是够用了。

胡思乱想一番，张翼轸定睛一看，几人已然置身波澜壮阔的北海之上。

虽是来过一次，但此次再见北海惊涛骇浪，仍是别有不同。但见海水幽暗不定，风急浪高，一眼望去，极目千里，几处狂风暴雨，几处风和日丽，更有相隔不过数里之地，一边雪花纷飞，一边烈日当空，直令人不敢相信明明是一片海域，却是一海有四季，百里不同天！

好一个气候多变风云莫测的北海之地！

再为北海座上宾

初次出海的真平，惊呆当场，一脸愕然之色，半晌呆立无语，直至灵空在她身旁讥笑出声，说道："不过是四海之一的北海，全是一些小鱼小虾，不必如此惊慌，若是稍后遇到龙王，莫非真平道长还要吓跑不成？想我灵空曾在北海龙宫，与龙宫大将喝酒，将他灌得酩酊大醉……"

张翼轸回神过来，打断灵空之话，转问真平说道："真平道长，如今北海已到，可有接引使的音讯？"

真平微一定神，随即摇头说道："全无感应，依我推测，接引使传讯似乎是借天地之威，或许中土世间自有天地阵法可感应地仙之气，又或者接引使乃是得天命之人，自有神通可传讯给地仙。只是我等地仙却无从感知接引使何在，只能耐心等候。"

张翼轸点头无语，灵空却是大发牢骚，说道："别的不说，这接引使应该也不过是一名小小地仙，不过得是先人一步成就地仙，秉承一点天命，便端起了架子，假装起上仙来了。哼，管他什么劳什子接引使，我等办事要紧，婵儿，当前带路，我等先去无天山，无关小事稍后再说不迟……"

真平笑笑，也不答话。张翼轸先是一愣，随即一想灵空虽然话粗却也在理，接引使若不现身，难道众人还在此久候不成？原以为接引使是恪尽职守之人，不料真平来到北海之地，却不见接引使现身相迎，既如此，不如先去无天山，待再有接引使音讯再回北海也可。

当即回身与戴婵儿商议，戴婵儿对张翼轸提出真平随行同往无天山也是点头应允。得戴婵儿首肯，张翼轸自是心中大安，又问真平意见。真平见事已至此，也是并无异议。

北海天气无端，张翼轸当仁不让，控水之术一经施展，方圆数十丈内风雨不侵，一片清明。众人各展神通，说笑间穿过一片电闪雷鸣之处，转眼间又来到巨浪滔天之所，气候风云转化之间，不多时已经深入北海不下万里。

张翼轸几人刚刚来到一片难得一见的风平浪静的海域，猛然间前方数十里之外突起无数冲天水柱，水柱激荡水汽弥漫成团。接紧着水汽一散，却见无数虾兵蟹将围绕之间，中有一人，一脸阴冷，踏波来到张翼轸面前，厉声说道："张翼轸，今日再来北海，可是躲不了了！"

来人正是北海龙宫太子倾化。

张翼轸当前一步站定，淡然问道："怎么，莫非我张翼轸还不能路过北海不成？天地宽广，北海又不是你的家天下！若不服气，出手便是。"

倾化突然脸色一变，却又满脸堆笑说道："翼轸兄，我不过和你开个玩笑，莫要见怪才是！哈哈，在下现身海面，实为特意前来迎接大驾做客北海龙宫！"

张翼轸顿时愣住，不解地问道："不知阁下此为何意？在下与北海并无交情，不过路经此地，又何必多此一举？"

倾化却是哈哈大笑，答道："翼轸兄如今贵为东海座上宾，又救下西海倾巍，还收南海倾景为徒，四海之内，三海扬名，独独北海不识张翼轸真容，岂非自落人后？北海即便不如东海富强，不如南海富足，不如西海人情世故，却也为四海之中最为宽广之海。若是翼轸只识三海龙王，不入北海龙宫，说不得也是我北海之不幸，也显得翼轸兄厚此薄彼，不给在下一份薄面！"

倾化言语恳切，态度恭谨，倒让张翼轸一时无法猜透北海此举是何用意，正踌躇时，灵空自身后越众而出，却见灵空嘻哈一笑，说道："好一个北海龙宫太子，亲自出海相迎，倒是礼节周全，令人周身舒坦……不过先前何故将老道我绑来北海龙宫，可有话说？"

倾化先是一怔，随即拱手一礼，口中说道："北海龙宫太子拜见灵空道长！"

说完，一挥手，身后一名随从立时近前，手捧托盘，盘中竟是无数珍珠财宝，闪亮耀眼，灵空顿时睁大双眼，脸露贪婪之色。

倾化见此，微微一笑，又说："此事本是误会，还请灵空道长移步北海龙宫，好让在下详细道来。若灵空道长与北海龙宫尽释前嫌，虽然北海之地在四海之中并不富足，不过寻常宝物还是堆积如山的，灵空道长可以随意取之。"

灵空登时大喜，连连点头："要得，要得！既然倾化贤侄盛情难却，我再推托不受，就是矫情做作了……翼轸，倾化言之有理，其他三海全然去过，这北海龙宫又为何去不得？去去何妨？"

张翼轸一想也觉得有理，去便去了，有何不可？正好此时耳边轻声响起倾颖的声音："翼轸，但去无妨，谅他北海也不敢放肆！婵儿也有意到北海龙宫一游！"

得倾颖认可，张翼轸心中拿定主意，冲倾化说道："恭敬不如从命，还请倾化兄赠玄龟珠给真平道长，也好一同入得龙宫。"

既然倾化声称北海龙宫宝物众多，有此机会为真平道长牟取好处，自然不能放过。倾化倒也大方，伸手间取出一颗玄龟珠，张翼轸也不客气，伸手接过，随手转赠给真平。

真平正要推托，灵空却不客气地说道："拂人好意也是无心之过，难得龙宫太子一片好心，若不收下，便是瞧不起北海龙宫！"

此话一出当即唬了真平一跳，二话不说急忙收下藏好。倾化见状，打了个哈哈，一摆手，头前带路，没入水中。

众人紧随其后，不多时便来到海底龙宫。真平初入海底之中，又是乍见龙宫，不免惊奇一番。灵空却和画儿一老一少，也不理会几人，抢先一步进入大殿。

张翼轸和倾颖落在后面，正好想起一事，开口问道："先前在南海龙宫比武之时，我见倾化与你低语，莫非他在解释什么？"

倾颖目露赞许之色，说道："翼轸果然厉害，一语中的。倾化当时向我言明，他在南海之举并非针对东海，且对华风云和焦作的无礼之处代为道歉。我当时也是猜不透他之用意，是以只是点头应付了事。"

张翼轸不免想到华风云斩杀华独行之时，倾化暗中出手相助之事，心中疑惑更深，尤其是华风云在杀死华独行之后的诡异举动更是暗藏玄机。这北海，怕是不但海面之上风云多变，或许北海龙宫也是暗藏激流。

正寻思间，忽听前方传来一阵响亮的笑声，但见一人虎背熊腰迈着方步现身众人眼前，一见倾颖顿时高声说道："颖儿，可记得有多久没来探望叔父，应有六七年之久了吧？一向听说颖儿为四海公主之首，今日一见，叔父也不得不服，我那女儿倾米，确实与你相比，差之千里！"

倾颖急忙向前盈盈一礼，口中称道："倾颖拜见北海龙王！"

张翼轸也不敢怠慢，施礼说道："三元宫弟子张翼轸参见北海龙王！"

倾北扶起倾颖，却不说话，直视张翼轸半天，猛然大笑一声，声音洪亮过人，说道："了不起，英雄出少年，不过十七八岁年纪，一身地仙修为已然相当于百年以上地仙。翼轸，东海何其有幸，得你如此乘龙快婿，倒让我对倾东也是心生妒意，更为我那宝贝女儿倾米深感可惜，哈哈……"

不想这倾北倒是爱开玩笑之人；张翼轸只好哂然一笑，说道："龙王说笑了，翼轸不才，不过是寻常凡间少年，龙王不要过奖才是。好教龙王得知，正好有几位友人随行，也好向龙王介绍一二！"

张翼轸便将戴婵儿、画儿和真平一一引见给倾北，倾北倒也一一与众人见礼，寒暄一番方才宾主落座。

不过令张翼轸暗中惊奇的是，倾北性格倒也爽快，看似大方得很，却对金翅鸟现身龙宫并无一丝惊讶，对画儿木石化形身份也只字未问。张翼轸却不相信以倾北之能无法看破画儿身份，是以心中多少掠过几分不解。

与倾北又客套几句，却听倾北话题一转，切入正题，说道："翼轸，可知我为何特意派出倾化将你迎入北海龙宫？"

张翼轸正等此话，当即说道："在下不知，愿闻其详！"

倾北一脸肃然说道："其一，先前北海龙宫化蛇大将华风云办事不利，误将灵空道长绑来，致使灵空道长被关押数月之久，此事令我心中颇过意不去，特致歉意。其二，南海之事，倾化多有得罪之处，还望翼轸勿怪才是，倾化稍后也自会郑重赔罪。其三，听闻翼轸在南海大展神威，治服南海四公主倾景，小女倾米得知之后无比仰慕，再三恳求我派人寻求翼轸，也想拜翼轸为师。除此三事之外，我身为北海龙王，眼见东海、西海和南海都与翼轸交好，而翼轸上次过北海而不入龙宫，心中便有所猜忌，莫非翼轸不喜我北海？是以正好翼轸路经北海，欣喜之下忙令倾化出海相迎，若翼轸再过北海而不来我龙宫做客，说不得也是对我倾北心存芥蒂，如此一来，怎不令我惶恐难安？"

这……从何说起？

张翼轸听完倾北所说，一时愣住，心潮起伏不定，不明白倾北究竟是何用意。倾北看似说出三条理由，除去第一条还有些可取之处以外，其余两条全是牵强附会之言，却偏偏又被倾北说得无比正式，头头是道，且又将他过于抬高。即便他与倾颖正式定亲，也不过是东海之婿，在辈分上还低倾北一辈。且倾北身为龙王，有天命在身，即便是普通飞仙也不敢轻易在龙王面前指手画脚，他这名小小地仙，在龙王眼中更是如同凡人。

若说西海龙王倾西看在与倾东交好且他出手相助倾巍的分儿上，与他客套，也算说得过去。南海龙王也是在他战胜倾景并显露控水之能，且倾景拜师之后，才对他稍有一丝敬意。但眼下倾北不过初见，非但说话恭敬异常，而且还着实将他好好抬高夸奖一通，只怕是礼下于人必有所求，或许另有其他谋算也说不定。

张翼轸忙站起，说道："龙王所说在下愧不敢当，灵空道长被绑之事，倒也确实需要北海龙宫一个说法。至于拜师和与龙王芥蒂之事，前者万万不可，后者则是龙王多虑了！"

倾北却是摇头说道："翼轸不必过谦，我倾北虽不过是小小龙王，却也目光如炬！不是自吹，我的识人之能比起他人还是高上一筹。先说灵空被绑一事……"

倾北说到此处，略一停顿，却是看了倾化一眼。倾化忙一脸惶恐地站起，来到灵空面前，深揖一礼，恳切说道："此事乃倾化过错，还望灵空道长恕罪则个！"

灵空也不起身，特意拿捏作态，淡淡问道："堂堂龙宫太子也会犯错？错便错了，怎会错得如此离谱，偏偏错到了我这个不起眼的烧火道士身上？莫非你也会神机妙算，竟是算出我灵空乃是神仙下凡不成？"

倾化被灵空亦真亦假的做派唬住，神色紧张，竟是冷汗直冒，忙不迭道："灵空道长若不解气，是打是骂悉听尊便。若还有怨气，我便将华风云唤出，任由灵空道长处置，可好？"

要是倾化不卑不亢地向灵空道歉，又以宝物相诱堵灵空之口，倒也不让张翼轸觉得突兀莫名。但见倾化竟是惶恐之余汗流浃背，却令他心中疑窦丛生，心道倾化之举过于做作且假装过头，定是另有隐情。

不过管他北海有何谋算，至少目前来看与北海之间并无直接冲突，且看倾北父子有何企图。主意既定，张翼轸也不说破，静坐一旁看灵空如何漫天要价。

灵空眼睛一转，脸色一沉，森然说道："如此甚好，且将华风云唤出，由我亲手杀死，不知太子是否答应？"

不意神女金步摇

此话一出，别说倾化，便连倾北也是一脸愕然，眼中怒意一闪而过。

倾化正要发作，却听倾北哈哈一笑，答道："华风云误绑之罪，罪不至死。不过要是灵空道长心中恨意难去，非要置华风云于死地，我北海也不会护短。来人，将华风云绑来……"

底下立时有人应了一声，不多时便见二人押着五花大绑的华风云前来，径直推到灵空面前。

华风云一脸沮丧之色，垂头丧气地低头不语。灵空见状，耸动几下鼻子，又围绕华风云转了几圈，却是说道："差不多，有可能，或许是……基本上可以判定当日绑我之人果然是你。华风云，不知你要绑何人却错将我绑来？"

华风云昂首答道："回灵空道长，华风云奉太子之命前往中土世间捉拿一名道士，此人色胆包天，竟敢诱拐一名龙宫宫女私入凡间。华风云得了命令，先是到长安城中搜查一番，后又追寻到关西城中，意外从道长身上捕捉到龙宫宫女特有的气息，错将灵空道长误当为贼人，当即绑了……"

"哧……"却是灵空再也忍不住，讪笑出声，"我说华将军，我要是北海龙王，别的不说，只见你绑来灵空此人便会将你打将一通……你且仔细瞧瞧，我灵空如此尊容如此一把年纪会是诱拐龙宫宫女之人？"

华风云被灵空问起，也只好抬头打量灵空几眼，吞吐说道："不瞒道长，我初见之下，也觉得以道长模样别说拐骗宫女，就算哄骗看管宫女的嬷嬷……怕是也有些难度，不过道长身上所带的宫女气息却是真实不假，所以当时我便毫不迟疑……"

众人一听之下，都不约而同打量灵空几眼，不免莞尔。

灵空听了却是大怒，手指华风云大声说道："好你个华风云，竟是如此小看我灵空道长！想当年我灵空仙人之姿，冠绝天下，又岂是你这龙宫小小化蛇可以见识一二的？竟敢蔑视我只可哄骗嬷嬷，你却不知，若我来北海龙宫行骗，也只能诱拐北海公主才显我灵空本领！"

此话说得过于放肆，倾北脸色一变，正要发作，却听环佩叮咚一响，一个女子俏生生的声音响起："敢问灵空道长，既说要拐骗小女子，小女子这便环绕道长左右，寸步不离，可是中意？"

话音未落，一个身着黄衣衫、满脸浅浅笑意，更有一左一右两个可爱酒窝的绝色女子闪身到灵空面前，笑靥犹如九月金菊明艳直逼人眼，直视灵空，调侃说道："灵空道长，莫要嫌弃小女子容颜粗陋才是……"

说着，这女孩竟围绕灵空转动几圈，正是粉腻酥融娇欲滴，风吹仙袂飘飘举，但见她走动之间婀娜小蛮，芳馨满体，美则美矣，却将灵空闹了一个大红脸。他站也不是，坐也不是，只好目光投向张翼轸，全是求救讨饶之意。

见计谋得逞，黄衣女子掩嘴轻笑，不尽妩媚之意，回身向倾北说道："父王，女儿若是真的看上灵空道长，还望父王莫要以仙凡有别推托，一定要允许女儿追随灵空道长左右。若是不允，女儿也定要学那宫女，与灵空道长私奔！"

倾北脸色一沉，嗔怪说道："米儿莫要胡闹……你不是吵闹要拜张翼轸张道长为师，如今张道长在座，还不速速见礼！"

倾米顿时喜笑颜开，当下也不再理会灵空，径直来到张翼轸面前，盈盈一拜，口中称道："北海龙宫倾米参见张道长！"

张翼轸忙起身相迎，口中说道："公主快快请起，不必多礼。在下只是寻常凡人，受不得公主大礼！"

倾米起身，嘴角俏笑："凡人？张道长若要自谦称为凡人，岂非要折杀我等天生神人？你以凡人之身，驰名四海，更得四海公主倾颖姐姐倾心相许，试问，这中土世间又有几个如张道长一般的凡人？若不嫌烦，还请张道长为小女子介绍一二人，好让小女子也学倾颖姐姐，有如此凡人常伴左右，也胜过龙宫寂寞岁月无数！"

说完，倾米竟是叹息一声，暗自摇头，一脸落寞，随后又同倾颖、戴婵儿、画儿和真平一一见礼，倒也礼数周全，颇显大家闺秀风范。

张翼轸不免窘迫当场，扭头去看倾颖，却正看到戴婵儿以不服气的目光直视倾米。倾米自然有所察觉，却假装不知，浅笑间眼波流转，又转身来到灵空跟前，却道："灵空道长，可是想好了，是否还要拐骗小女子？"

灵空再无高人风范，一脸惊慌之色，连连摆手说道："戏言，戏言，公主莫要说笑了。我灵空道长本是神仙下凡，不近女色，不入世情，此事莫要再提，莫要再提！"

"灵空道长这么一说，倒让小女子失望得很。不过虽然我身为北海公主，也不好强人所难，只好不再勉强灵空道长了。不过，华风云之事，如何处置才好？"

"华风云不过是无心之过，算不得数，无妨，无妨！我为人向来大度，此事就此了结，不提也罢。"

"灵空道长果然前辈高人，小女子甚是欣慰，庆幸并未看错人，没有枉费我仰慕道长一场。如此，倾米就替华将军谢过灵空道长既往不咎之恩。"

倾米始终笑意不断，酒窝浅浅，一挥手，便有人将华风云匆匆押走。随后又有一人前来，手持一份礼单，倾米接过，递到灵空面前，笑道："小小礼物，不成敬意，还望灵空道长笑纳！"

说笑纳对灵空来说便是当真笑纳，二话不说，灵空将礼单接过，只扫了一眼便立时笑逐颜开，开口说道："倾米公主这般客套，我若是推辞不受，倒显得小气了不是？哈哈，要得，要得。"

倾米揖了一礼，却又转身来到倾北身侧，摇动倾北胳膊，娇声说道："父王，灵空道长之事已经皆大欢喜，女儿之事父王可要记在心上才是，怎的现在还不向张道长提出拜师？女儿没有倾颖姐姐那般得张道长心仪的福分，说到拜师学艺，可是不能输给倾景妹妹！"

倾北慈爱地一笑，说道："乖女儿，拜师之事，父王自会向张道长开口相求，不过若是张道长实在不肯点头，只能怪你资质平平，不如张道长法眼。也怪父王与张道长交情太浅，没有几分薄面可看。所以丑话先说到前头，父王只管提，成与不成，切莫怪罪父王，更不许哭鼻子！"

二人一问一答，生生将张翼轸的退路封死。若是答应，实在是此事来得突然又过于荒唐。若不答应，堂堂北海龙王开口相求，又将话说得滴水不漏，是以倾北还未开口，张翼轸便已经大感头疼。

正烦闷之际，忽听灵空插话说道："不对，大大的不对。翼轸是我徒儿，未经我的许可怎能擅自收徒？我说龙王，你与倾米一唱一和，说得恁是好听，却丝毫不将我这个张道长的师傅放在眼里，不知龙王可有话说？"

若论胡搅蛮缠，灵空当属第一。倾北父女二人正准备将话堵死，然后开口提出拜师之事，张翼轸断难回绝，不料灵空横空杀出，顿时打了二人一个措手不及。

倾米眼睛只一闪，便闪身又来到灵空近前，盈盈一拜，说道："倾米拜见灵空师祖！"

灵空立时眉开眼笑，双手前伸，说道："徒孙不必多礼，快快请起。既然倾米比我晚上两辈，这么说来，龙王也要尊称我一声'师叔'才算合乎礼节，哈哈。"

倾化眼中怒意一闪，正在挺身而出，却被倾北凌厉的目光一扫，顿时收敛气焰，默然站立一旁。倾北微一点头，随即长身而起，竟是径直来到灵空面前，长揖一礼，说道："北海龙王倾北，参见灵空师叔！"

灵空也未料到倾北竟有如此气量，说到做到，当众施礼，一时愣住，随即嘻哈一笑，一把拉起倾北，大言不惭地说道："免礼，免礼！我方才不过说笑一二，小北不必当真。堂堂北海龙王，怎能向我这个凡人见礼？是要生生折我的福泽不成，以后切莫再如此客套！"

一声"小北"出口，别说倾化和倾米脸色大变，便连倾北也是微微动容，几乎再也隐忍不住。脸色连变三次，才终于又缓和下来，回头示意倾化和倾米少安毋躁。

张翼轸看在眼里，心中暗道灵空这番胡闹倒也好生有趣，险险将倾北激怒，让他精心策划之事前功尽弃。不过这倾北倒也厉害，真是气度非凡，涵养过人。见此情景，张翼轸也是按捺不动，且看倾北还能如何应对。

倾北呆了片刻，忽然哈哈大笑，说道："好一个小北，我倾北统领北海多年，再无人敢称我为小北。这一声小北听来倒是分外亲切，令人感叹不已。灵空师叔，若不嫌弃，日后便请还以小北相称，也好让我心生暖意，感觉与灵空师叔如同家人！"

这也成……张翼轸愕然万分，这倾北所说也太过矫情，直令他听闻之下浑身不适，差点倒牙。

正当他周身不安，直想站立发话之时，忽听旁边一人讥笑一声，开口说道："没想到北海之主竟能说出如此肉麻的谄媚之言，当真令人大开眼界！"正是在一旁静默许久无语的戴婵儿长身而起，一脸讥诮之色，却又隐含笑意地说道。

无边春情任谁笑

凭龙族对金翅鸟的天生感应之能，倾北岂能不知戴婵儿身份？不知何故倾北却对置身龙宫的戴婵儿并无一丝惧怕之意，自从戴婵儿入得龙宫以来，一直对她未加理会，也不知为何如此有恃无恐。

戴婵儿此言一出，有意无意间瞥了张翼轸一眼，目光掠过一丝挑衅之意。张翼轸为之一怔，莫非那个嬉笑怒骂的戴婵儿又回来了不成？

倾北被戴婵儿讥讽一句，却也不恼，打了个哈哈说道："虽说无喜公主大驾北海龙宫，理当隆重欢迎才是。不过既然无喜公主是跟随张翼轸张道长而来，且素有传闻说是无喜公主倾心于张道长，那本王便以张道长为主，无喜公主应该不会责怪本王将公主归为张道长身后之人吧？"

倾北果然厉害，此话一出，戴婵儿竟是脸露红润之色，回身看了张翼轸一眼，点头说道："一切以翼轸为主即可！"竟再无犀利言语，转身退回座位。

张翼轸却不及注意戴婵儿的羞涩之意，怦然心惊。倾北处心积虑，处处得了先手，非但放低身份，却还将一众人等的喜好与性子打探得一清二楚，这般精心谋算，到底有何企图？

倾北一语逼退戴婵儿，闪身又来到张翼轸近前，一把抓住张翼轸手腕，将他拉到大殿之外，用手一指整个北海龙宫，慨然说道："翼轸，我这北海龙宫不如东海龙宫宽大，不如南海龙宫奢华，即便比起西海龙宫，在精美之上也有所不如。且我这北海之地，气候多变，出产并不丰富。好在我倾北偏安北海多年，励精图治，不骄不躁，倒也将北海治理得井井有条，不能与三海争个高下，但也自有不凡之处。

翼轸也莫要过于小瞧我北海之地，毕竟作为四海之中最为宽广之海，无数神秘之地说不定也隐藏有不世宝物。"

紧接着一挥手，却见倾米飞身近前，在张翼轸身前盈盈一拜，却不起来。张翼轸急忙双手虚扶，却被倾北按住。只听倾北继续说道："小女一向仰慕翼轸高才，确有拜师之诚心。翼轸既然收南海倾景为徒，若不收下小女，本王便会认定翼轸心中对北海定有不满，厚此薄彼，好生令本王难堪，更令小女心生挫败之感。且方才尊师灵空道长已然认下倾米这个徒孙，灵空道长既然开口，再加上本王的薄面，以及小女的拳拳之心，翼轸，眼下只等你一言定乾坤！"

张翼轸只觉北海龙宫之事如同北海之上多变的气候一般，风云变幻，波涛起伏，令人无法得知下一步究竟是巨浪滔天还是风平浪静。再看倾北一脸笑意却也透露着恳切之意，却总觉在他笑意背后不知隐藏着何种不可告人的目的。

不过如今形势却是骑虎难下，被倾北将各种退路封死，张翼轸只好点头应下，说道："龙王多虑，翼轸何德何能，得龙王如此赏识，若推辞不受，岂非不识抬举？自今日，我便收倾米为我的记名弟子，按入门前后，倾景为大弟子，倾米为二弟子。"

倾米立时大喜，说道："师傅在上，请受弟子一拜！"

"且慢！"张翼轸急忙制止倾米，肃然说道，"既入我门，当听我号令。以后这参拜之礼，全数免了。修道之人何来如此虚礼，也是麻烦。还有你我不过是名义师徒，我若得空或是有所感悟，自会传授你一二法术。若是没有，也不必心生不满，毕竟我不过是地仙之境，神通有限。倾米，可有想法？"

倾米欢呼一声，不顾倾北在旁，竟是上前便挽住张翼轸胳膊，娇声说道："师傅尽管放心，徒儿定会十分乖巧，不给师傅增添一丝麻烦。"一脸娇媚之色，竟是春情流露。

张翼轸不禁骇然当场！

虽说他也是气血方刚的少年，对男女之事也是略知一二，和倾颖即便真情流露之时，也是发乎情止乎礼，至多相拥片刻。而眼前的倾米紧抱胳膊，少女体香阵阵袭来，更有热气自胳膊之上传来，丝丝缕缕犹如雷电，直令张翼轸一时酥麻，心跳加快！

正要抽身甩开倾米环抱之时，忽觉左臂一紧，竟又被人紧紧抱住。扭头一看，却是戴婵儿一脸若有若无的笑意，双手交错，生平第一次将他的左臂抱在怀中！

张翼轸正被倾米惹动情思，鼻中又闻到戴婵儿身上自有的淡然香气，又想到自息影之水看到戴婵儿的月下独思，以及其后的四海追随，不由情由心动，一时意乱情迷，痴痴地说道："婵儿，东海之事以后，可是苦了你了。一切都怪我害你被囚禁百年，你记恨我责怪我不理我也是人之常情，我不怪你。只是希望你不要平白没了性子，变得郁郁寡欢，还是先前那个喜怒随心敢说敢做的戴婵儿来得可爱！"

戴婵儿本意是看不惯倾米的媚态艳骨，见她有意色诱张翼轸，哪里会让她得逞？当即挺身向前，抱住张翼轸胳膊。正当戴婵儿要与倾米一较长短，打消她的如意算盘之时，张翼轸竟说出肺腑之言。戴婵儿这个向来无所禁忌的无喜公主呆立当场，痴迷间，浑然忘却此地何地此时何时，只是目不转睛地凝望张翼轸，眼中隐现朵朵泪花！

一旁的倾北与倾米自是尴尬无比，倾米再是天生媚骨，毕竟也是少女，见张翼轸和戴婵儿真情流露，只好讪讪地松开张翼轸的胳膊，退到一旁。倾北也是咳嗽几声，扭脸过去。

戴婵儿正要不顾一切将心中所想和担忧全数说出，不管张翼轸如何看她，是否嫌弃她，也要争上一争，试上一试。她刚刚鼓起勇气，正要开口，忽见眼前人影一闪，却是画儿跃身来到张翼轸眼前，满脸委屈，不满地说道："主人师兄，你是不是又不要画儿了？要不为什么又新收女徒儿？收就收吧，却还和她这般亲热，画儿不喜欢她！"

画儿一打岔，戴婵儿刚刚升起的痴迷之意顿时烟消云散，再无一丝情绪波动，心意犹如潮水退去，手一松，退后一步，淡淡看了张翼轸一眼，一言不发回归座位。

张翼轸无奈只好摇摇头，也不好埋怨画儿什么，只好好言劝慰画儿几句，领画儿回到大殿。

大殿之内倾颖安坐不动，泰然自若，灵空正津津有味地审视礼单，看了半天仍未看够。

真平道长却是脸露惊诧之色，张口结舌地看着眼前发生的一切，不敢相信在道门中人眼中高不可攀的神人，却在张翼轸面前个个都如此作态。真平心中不住喟叹，天下道门中人若看到张翼轸在神人面前依旧如此坦然，不为所动，又如何相信他能做出杀害灵动掌门的欺师灭祖之事出来？

倾北见诸事基本办妥，也是心情大好，吩咐下去大开宴席，款待宾朋。

张翼轸领画儿坐好，又与倾颖说了几句，本有心让倾颖劝导戴婵儿一番，转念一想却又觉得不妥，只好作罢。

倾颖却是看出端倪，说道："翼轸不必担心，婵儿有心结未去，一时也难免郁郁不快。所谓解铃还须系铃人，若有机会，你与婵儿好生说道说道，自会一切大好！"

张翼轸点头称是，感念倾颖的善解人意，正要夸上几句，却听灵空突然大吵大嚷道："小北，我忽然想起一事，便是上次被我灌醉的华自在是否因我逃走而被治罪，若是治罪，还请小北将他放了才好。"

"小北"二字听上去格外刺耳，倾北眉头皱了数次，终于还是舒展开来，答道："华自在虽然玩忽职守，不过因为后来查明灵空道长本是被误押于此，自然无功无过，两相抵消。既然灵空道长提及，吩咐下去，令华自在前来赴宴即是。"

张翼轸心念一动，猛然想起一事，当即起身说道："素闻华自在与华风云并列为北海两大化蛇名将，如今同聚盛宴，怎能只有华自在而少了华风云？不如请龙王下令，令华风云也一同赴宴才好！"

倾北一愣，微一思忖，还是点头应道："如此也好……传令下去，华自在、华风云一同赴宴！"

龙王金口一开，不多时便见华自在和华风云同时现身大殿之上。华风云张翼轸先前见过，自不用说，华自在虽有交集，不过当时昏迷，未曾得见。今日一见，只觉华自在虽然也号称北海两大化蛇大将之一，却无论气势还是形象都较华风云差之千里。

华风云生得一副叱咤风云的相貌，高大威武，气势过人，不怒自威，自有大将风范。华自在却生得文弱白净，如同手无缚鸡之力的书生，别说威猛之气，连一丝过人的气势都没有，当前一站，一副恹恹之色，犹如宿醉未醒的醉鬼一般。

虽说人不可貌相，不过以华自在这般模样，怎会与华风云并列齐名？莫非有何不世神通不？

忽闻东海传噩耗

不解归不解，张翼轸自然不会以貌取人定高低，心中不解华风云先前在南海龙宫之举，当下又提议让华风云与华自在与他几人同桌。灵空一听当即赞成，倾北也就就势应下，至此，各就各位，倾颖、戴婵儿与画儿几人与倾米一桌，盛宴正式开始。

宴席之上，倾北又以主人身份大大将张翼轸盛赞一番，随后倾米也当众向张翼轸敬献拜师酒，其后一众开怀畅饮，热闹非凡。

酒至三旬，张翼轸瞧准机会来到华自在身边，拱手说道："听倾颖说，上次在傲岛之上，我曾受华将军出手救治，一直未得机会当面致谢。今日特意谢过华将军援手之情！"

华自在脸颊泛红，显然不胜酒力，急忙回道："不敢，能为张道长出手疗伤，也是在下之幸。只是在下法力低微，当时救治并未有用，深感惭愧。"

张翼轸又与华自在客套几句，假装无意中提及灵空之事，话里话外却是感激华自在对灵空的照应。华自在只是敷衍几句，只字不提丢失宝物一事。张翼轸又说了几句，见华自在防范甚严，说话滴水不漏，只好作罢，寻个由头便回到座位。

正要打算再旁敲侧击华风云有关南海龙宫斩杀华独行一事，忽觉一股香气扑鼻而至，眼前人影一闪，倾米来到近前，嘴角一翘，娇笑说道："师傅，你我师徒名分已定，不过彼此之间却是生疏得很……不如我带师傅随意在北海龙宫转转，一是可让师傅观赏一下北海龙宫之景，二来也可让我与师傅多亲近亲近，省得师傅心目之中远近有别，认为倾米不如倾景！"

张翼轸本想推托，转念一想倒也正好趁此机会暗中打探一下北海有何谋算，即便倾米聪颖过人，不过言多必失，且试上一试又有何妨？当下便点头说道："徒儿不必多心，你和倾景既入我门，自然一视同仁，入门有先后，远近无分别。既然徒儿一片诚心，我也不好回绝……我这便唤上画儿，我三人一同观赏龙宫盛景！"

说着，也不等倾米有所表示，张口便喊过画儿。画儿一听自然喜出望外，立时点头应答，才不理会倾米一脸无奈和恨恨之色。

倾颖见状，也不多说，只是冲张翼轸微一点头。张翼轸自然领会倾颖心意，目光一转又看向戴婵儿。见戴婵儿明明看到他和倾米结伴而行，却偏偏假装没有看见，将脸扭到一旁。张翼轸暗暗摇头，只好略过不想。三人随即出得大殿，穿堂过室，来到一座银光闪耀的大殿面前。

"此为养心殿，做平常静养调息之用。"

倾米虽是不喜张翼轸非要带上画儿的安排，却也不好表露出来，仍是俏笑不断酒窝隐现，一一为二人介绍北海龙宫的各处大殿。

三人走走停停，见识了无数形形色色的殿堂，让张翼轸对北海龙宫有了初步了解。北海龙宫确实不如东海龙宫宽广，也不如南海龙宫奢华，虽然比西海龙宫大上少许，却比不上西海龙宫的精美和雅致，可以说，北海龙宫是四海龙宫之中最不显眼最无特色之所。

不过张翼轸却不是真心欣赏北海龙宫的盛景如何，三人转了多时，张翼轸见倾米始终兴致勃勃，脸上笑意不减，也不免暗暗赞叹倾米好脾性有耐心。

三人来到一处珍珠亭，在石椅之上坐定，张翼轸寻思一番，开口问道："倾米，北海两大化蛇大将，华风云还好说一些，一望之下便知是员猛将，那华自在生得文弱不说，还一副恹恹之色，难不成有何与众不同之处？"

倾米未曾料到张翼轸竟是话题一转，问及华自在之事，笑着答道："打我记事时起，华自在便在父王身边，一向被父王倚重。师傅所提疑问我以前也曾向父王提起，父王却说，华自在自有独特之处，身负化蛇之中最为珍稀的血统，至于究竟有何用处我也不得而知，毕竟在我等龙族眼中，化蛇血脉已然没落，再难兴起风浪。"

珍稀血统？

猛然间，张翼轸又想起华风云斩杀华独行之时的情景，联想到化蛇若是修行到极致，可以体生双翅，一飞冲天直上天庭的传说，心中隐约闪过一丝亮光，却并不清晰，无法将几件事情串联在一起。

倾米不比倾景，并不喜好深思钻研，见张翼轸沉思不语，却是说道："师傅，不就是先前华自在曾出手相助你一次，何必放在心上？华自在在龙宫之中一向独来独往，并无人缘儿，虽说和华风云并列为两大化蛇大将，但从来都是华风云担当重任，华自在不过是做些微末小事。我也不太清楚为何父王这般器重此人，既无本领显露，为人又不机智，简直就是无关紧要之人，偏偏父王又严令众人不得怠慢华自在，也是怪事一件。"

倾米说完，忽又想起什么，急急说道："对了，虽然父王看似十分看重华自在，却对他严加防范，不但限制他随意出入龙宫，且华自在似乎还被父王下了禁制，若非父王允许，他便连法术也无法施展！"

张翼轸顿时一愣，本想随意一问，不料这倾米倒也实在，竟是和盘托出，倒也出乎意料。

先前倾北所讲误捉灵空的借口，张翼轸自是不信，不过也是情知再追问之下也无结果，是以也就糊过去，将错就错。又因倾北盛情过人，且多讨好之意，更令张翼轸心生疑虑。再想起上次在南海龙宫之事，倾化故意挑起事端，与他起言语冲突，如今细想，却原来是借刀杀人之计。假借与他生起纠纷，让南海无路可退，最后派出华独行与华风云对战，正好落入了倾化精心设计的圈套，此后才有华独行意外发疯被华风云立斩之事。

不杀归定而斩华独行，应是与华独行的化蛇身份有关。刚刚又听倾米提及华自在的血统珍稀，几下对比，张翼轸更是难免心惊：莫非倾北有何重大图谋不成？

先是派华风云将灵空绑来，其后又派华自在看管灵空，说不得后来灵空逃走也不过是故意为之，如今又精心设局与他走近，再加上南海事端，各种迹象无不表明，这一切，只怕倾北谋划已久！

想到此节，张翼轸忙起身站立，微一定神，淡然说道："华自在先是救我一次，又与灵空道长有旧，一时好奇便问上一问，并无他意。却原来华自在在北海龙宫身份如此特殊，也是令人惊叹……此事不提也罢，如今时候不早，我等这便回去大殿，省得众人挂念。"

倾米虽不情愿，却又不敢拂张翼轸之意，秋波流转，竟是悄声问道："师傅，不知徒儿可有机会常伴师傅左右，与师傅天地遨游？"

此话说得过于暧昧，张翼轸脸色一沉，呵斥道："倾米，你身为徒弟，理应尊师重道，岂可口出不堪之言？若以龙族相论，你与倾颖情同姐妹。若以寻常而论，你我男女有别。以后如此言语不必再提，若再不知悔改，从此你我形同路人！"

张翼轸声色俱厉，毫不留情将倾米训斥一顿，一是不齿于倾米无端言行，二是也有意借倾米之口警告倾北，莫要打差了主意敲错了算盘，若是真有不良企图，他张翼轸也不是任人摆布全无是非之人！

倾米当时吓得花容失色，忙盈盈拜下，说道："徒儿知错，请师傅息怒！"

张翼轸倒不是真与倾米生气，正要再宽慰几句，画儿却伸手将倾米扶起，嘻嘻一笑，调皮地说道："主人师兄不是坏人，就是凶人之时也无恶意，米姐姐不要害怕才是。主人师兄是个大好人，画儿就不怕他！"

张翼轸见状只好无奈地摇摇头，当前一步返回大殿，不过片刻，便听到身后倾米与画儿叽叽喳喳说个不停，已然打成一片。张翼轸心中大慰，如此一来，倾米应该不会疑心有他。

几人回到大殿，见大殿之内仍是热闹非凡，只听得灵空大着嗓门与人吹嘘不停，倾颖、戴婵儿和真平三人坐在一起，却是笑而不语，只管欣赏灵空的表演。

张翼轸先是来到倾颖近前，低声一问，得知一切如常，心中大定。又见倾米与画儿打成一片，也不回到倾北身边，心中稍安，正要上前将灵空劝下，不让他再闹个没完，忽见一名龙宫的传讯官一脸慌张，急急跑到倾北跟前，低声禀报几声。

倾北一听也是脸色大变，目光直直朝倾颖扫来。微一迟疑，倾北便分开群人，三步两步来到倾颖面前，一脸凝重，说道："颖儿，刚刚接到东海龙宫传讯，东海之中发生一事，此事与你切身相关，且听我慢慢道来，切莫惊慌！"

见倾北说得郑重，倾颖心中一紧，心中掠过一丝不祥之感，立时问道："叔父快快讲来……"

倾北竟是叹息一声，摇头说道："东海有讯，你母病重，若有你的消息，令你即刻返回东海，不得有误！"

03　美人如玉剑如虹

　　张翼轸美人在怀，香气入鼻，一时不禁气血上涌，又想起方才的香艳情景，难免意乱情迷，再也抑制不住，俯身在戴婵儿的额头轻轻一吻。只见戴婵儿双目紧闭，脸庞光洁如玉，泪痕未干，犹如楚楚可怜的弱小女子。

四海十洲隐波涛

倾颖听了，身子一晃，险些没有晕倒，幸好张翼轸伸手扶住，劝慰说道："倾颖莫急，伯母身体不适，或许并无大碍，你且速速返回东海一看便知，切莫胡思乱想。"

倾颖强忍内心担惊之意，颤声问道："请问叔父，传讯之中可有母亲详细病情？"

倾北摇头，说道："只说病重，并未明说是何等病情。颖儿，事不宜迟，此去东海路途遥远，恐怕需要一些时日，还是即刻动身启程为好。要不，我派人送你一程？"

张翼轸微一沉吟，说道："不如我陪你一同前往，可好？"

倾颖微一定神，想了想，摇头说道："此去东海，我走水路即可，倒也顺畅。翼轸，你还是护送婵儿要紧，毕竟婵儿与金王分开日久，再说此事也与你有关，也理应由你送到。再者海海相连，我本水族，一路不离于海，应是无忧，不必担心。"

倾颖又对戴婵儿说道："婵儿，事不凑巧，看来我不能同往无天山了，只等他日有了机缘再说……就此别过！"

戴婵儿急急拦住倾颖，说道："倾颖，还是让翼轸陪你前去为好，此处离无天山也不过数万里，我一人也是无妨！"

倾颖坚持己见，也是心中明白，张翼轸亏欠无天山一个人情，也要亲身前往才可心中无憾，且真平道长在此，他也想借此机会得见接引使，是以断断不可因她一人之事，而误张翼轸两件大事。况且一路御水而行，倾颖也是自忖一切无虞，心中拿定主意，也不多说，向张翼轸和倾北等人挥手告辞，只对张翼轸说了一句："我在东海龙宫等你！"便御水而行，转眼之间消失不见。

事发突然，众人再无欢宴之心，宴席便匆匆结束。

待大殿之内只余倾北、倾化和倾米以及张翼轸几人之时，倾北摇头叹息，说道："我那龙嫂一向体弱多病，幸好生了几个儿女除倾渭之外，也还身康体健，向来平安。不想现今又旧病复发，但愿她吉人天相，能够早日转危为安。"

画儿不知想到哪里，突然惊奇地问道："不对，四海龙族本是一家，本是一姓，那北海倾化怎么能娶南海倾辰为妻？"

画儿此话一出，倾化顿时哈哈大笑，说道："这个女娃倒也有趣，竟有如此稀奇想法，哈哈！"

张翼轸也是奇道："别说画儿，便连我也是有些疑惑不解，倾化兄，还望解释一二。"

倾化一怔，愕然问道："怎的，倾颖没有说过此事？"

张翼轸哂然一笑，答道："先前并未细心想到此间环节，画儿一提，我也才猛然想起，也觉有些奇怪。"

倾化微微一笑，点头说道："也是，定是你与倾颖只有仙凡之别，自然不曾提及龙族之内的婚配之事。四海龙族原本同姓不假，不过若说完全是一家也并非如此。只是早先四海龙王本为兄弟，不过据传后来有三海龙王被无天山金翅鸟吞食一尽，天帝只好再从普通龙族之中任命三海龙王，自此，四海龙王虽然情同手足，亲如兄弟，却再无血缘关系。不过，四海龙族，不管是龙王一族，还是普通龙子龙孙，全数以倾为姓，倒是一直以来便是如此。"

灵空一脸恍然大悟，猛然又不解地问道："既有龙王，就有龙后，为何如此盛宴，不见龙后现身？"

此言一出，倾米却是脸颊绯红，跳到一边。倾北见状，哈哈一笑，答道："灵空道长有所不知，龙宫规矩，龙后通常不见寻常客人，只有小女定亲之时，龙后才会现身相见。明是见客，实为相看女婿！"

"也不对，为何上次在南海的订婚宴席之上，不见南海龙后现身相见？"却是画儿歪着脑袋，一脸不解地问道。

"这个……"倾北一脸尴尬，吞吐几声，才含糊说道，"此事不提也罢，不提也罢！来来来，再请诸位尝尝我北海龙宫的好茶。"

画儿才不理会倾北的推托之词，正要开口追问，却被张翼轸拉到一边。被张翼轸目光一瞪，画儿不服气地说："不问就不问，凶什么？"

画儿一闹，气氛一时微妙，好在真平打破僵局，起身向倾北施了一礼，却是问道："贫道极真观真平，初成地仙之身，得玄洲接引使崔向传讯，前来北海等候指示。不料接引使久候不至，正好翼轸前来北海龙宫，真平有幸亲赴龙宫，亲见龙王，实乃幸事！我有一事不明，还请龙王不吝赐教，这玄洲位于北海，不知龙王可否亲眼得见？"

倾北见真平礼数周全，当下也回了一礼，答道："北海有两洲，玄洲和元洲。不过传闻已久，我身为北海龙王，却从未亲眼见过。据传元洲在北海的天荒地之上，传说而已，未加证实。而玄洲更是离奇，据说尚在无天山以北。无天山横亘在北海之北，对龙族来说，虽然无天山以北仍是北海所属，却已不是北海管辖之地。只因龙族也好，其余水族也罢，无人敢接近无天山。是以无天山以北究竟是何等所在，我也不得而知。"

戴婵儿在一旁听了倾北暗含嘲讽之话，也不以为忤，微一点头说道："无天山以北，确实也是无边海水，不过金翅鸟也无人敢去，只因从无天山向北不过万里，便是无风之地！"

"无风之地？莫非是说天地之间全无一丝清风？"张翼轸一时骇然，开口相问。

"正是！无风之地甚是古怪，看上去一切如常，并无一丝不妥之处，但金翅鸟一旦入内，莫说飞空，所有神通全数无法施展。只因金翅鸟天生御风，若是无风可用，便和凡人一般无二。便如龙族若到无水之地，一样无法驾云升空。"

怪哉，清风和天地相伴而生，应是既有天地便有清风，怎会有无风之地？张翼轸乍听无风之地，惊诧之意比之初入未名天还要多上几分。

戴婵儿却不过多解释，说完便闭口不言，退到一旁。

灵空忽然自言自语地说道："既然有无风之地，天地神威莫测，定有无水之地，无火之地，无木之地，无金之地，无人之地……"

张翼轸唯恐灵空又说个没完，正要打断他，忽见倾北想起什么，惊讶地问道："真平道长，你刚才所说的接引使可是崔向？"

"正是！"

倾北点头微笑，说道："玄洲和元洲，我都未亲眼见过，不过崔向嘛，我倒是熟识……"

"当真？"却是张翼轸一脸惊喜，倒比真平还来得迫切，急忙问道。

倾北也未深思张翼轸为何如此急切，说道："崔向本是一名地仙，不过应有千年道行，成就飞仙也是指日可待。与我相识也是因为一次巡游北海之时，无意中遇到。崔向为人爽快，与我言语投机，当即赠我五芝茶。这五芝茶据传产于元洲的五芝涧中，得五芝涧的蜜乳涧水滋润而长，饮之可得轻身安神。"

"这崔向，可是元洲仙人？"张翼轸再问。

倾北微一沉吟，却是摇头："未曾听他提及玄洲或是元洲，更不知他是何身份。我也只知他是位地仙，也曾问过他仙居何处，却避而不答。崔向与我交往不多，也就两三次会面，所谈无非是逸闻趣事，一旦谈及十洲之事便即刻转移话题。我也只当是仙家禁忌，也就并未多问。"

听了倾北所言，真平心中大定，当即谢过倾北。张翼轸也是颇感欣慰，他与真平同行北海，其实也是心中隐有担忧，唯恐崔向也是魔门中人，只因唯恐道门中人起疑，魔门才又换了一人换了一洲换了方法。不过听倾北所言，崔向在北海已久，应是十洲仙人不假。

总算有所收获，张翼轸心中稍安，稍稍冲淡对倾颖之母病重的担忧之意。又与倾北闲聊片刻，心道也该动身前往无天山才是，当即向倾北辞行。

倾北自然竭力挽留，张翼轸又少不得客套一番，又交代倾米几句，声称得空定来北海传她一些法术，这才告别倾北等人，与戴婵儿、灵空和真平道长浮出海面，认定无天山方向，一路疾飞。

在戴婵儿的带领之下，众人由北海龙宫一直向北，飞行不下七八万里，穿越无数狂风暴雨之地，猛然间眼前一亮，却见丽日当空，晴空万里，但目光所及之处却全是一片冰天雪地。海水万里冰封，一片雪白，直照人眼。

好一片一望无际的冰海！

画儿乐开了花，在冰海之上时而滑行，时而跳跃不停，将众人逗得忍俊不禁。

又前行了数万里，冰海消失，重见波涛起伏的海水，只是海面之上却多了漆黑如墨的迷雾。戴婵儿告诫众人，此为蚀骨毒雾，让人一定小心前进，以免被毒雾附体。张翼轸自是不怕，控水之术一经施展，一个巨大的元水罩便将众人罩在其中，安稳无忧地穿过毒雾海。

毒雾海一过，再见碧蓝海水，湛蓝青天，众人心情大好。飞不多时，陡见前方海天相连之处，一座大山突兀地拔地而起。其山纵横不知几万里，山高不知几万仞，自半山之间终年云雾缭绕，不见其顶不见青天，正是无天山！

阔别一年之久，终于再见无天山，戴婵儿自是喜出望外，欢呼一声，也顾不上理会众人，一人急急向前飞去。

张翼轸正要追上，忽见真平道长猛然定住身形，脸上忽现喜色，随即开口说道："接引使有讯！"

山高入云乱红尘

张翼轸一听之下，立即收势站稳，忙问："如何说？"

真平怔了片刻，却是面露不解之色，说道："接引使声称，让我十日之后，由无天山向北直飞一万里，到时他自会现身相迎，且再三叮嘱，只许我一人前往！"

这是何意？接引使既是特意强调真平一人前去，应是暗中已经得知真平与众人同行。为何接引使只是隐身暗处，不现身相见，又非要十日之后引真平前往无天山以北万里之外……不正是无风之地？

张翼轸微一思忖，当即说道："还有十日，到时再议，先到无天山稍事停留再说。"

真平点头，也不多说，几人飞身间便追上戴婵儿。

离得近了便看得更加真切，无天山果然不同凡响。山体通体黝黑之色，一眼望去犹如铁铸一般。再看山势极为陡峭，几乎直上直下，顶天立地破水而出，横亘在众人眼前，如同一道铜墙铁壁，只凭冷峻的色泽以及肃然的威压之势，便几乎令人喘不过气来。

无天山，天地无限，神山威严！

张翼轸正感叹间，忽听前方了一阵鼓乐齐鸣，紧接着金光闪烁间，无数盛装女子从天而降，个个轻歌曼舞，挥洒间，朵朵鲜花飘扬空中，犹如下了一场纷纷扬扬的花雨。花雨烂漫芳香，又听得一阵快乐而又轻松的大笑传来，一人一步自花雨中迈出，一脸威武之貌，却满是激动之色，说道："婵儿，可是想死父王了！"

戴婵儿也是飞扑入那人之怀，喜极而泣："父王，婵儿……总算回家了！"

父女二人久别重逢，难免唏嘘一番。

灵空在一旁酸溜溜说道："翼轸，凡人也好神人也罢，终究为情所困，为师下凡神仙早已参透世间人情世故，所以才不会与人有情感之上的纠缠不休……"

说着，忽然意识到不对，忙偷偷看了一旁的真平一眼，却见真平微眯两眼，一脸平静，对戴婵儿父女重逢之景视若无睹，对灵空方才所言置若罔闻，灵空这才放下心来，继续说道："情之一字，害人匪浅，轻者心劫难去，飞仙难成，重者为情所困，以情入魔。世间更有痴情男女，本身福泽不够，却立誓生生世世相随，天帝感念其诚，只好令其投胎转世为鸳鸯，也算了了生死相伴的誓言！"

咦？张翼轸上下打量灵空几眼，不解他为何见人家父女团聚，却无端发此等感慨。灵空被张翼轸瞧得颇不自在，假装严肃地说道："翼轸，快快上前向金王见礼，莫要少了礼数。"

张翼轸摇头一笑，此时正好金王父女二人飞身近前，忙上前一步，施礼说道："参见金王！翼轸幸不辱命，将无喜公主护送回无天山！"

戴风一脸和悦之气，竟也朝张翼轸施了一礼，说道："戴风及天无山所有儿郎，谢过翼轸的千金一诺！来，诸位，请随戴风做客无天山！"

张翼轸正要迈步，却听灵空咳嗽一声，不满地说道："金王，不是我灵空挑理，你身为堂堂金王，行事不公，贫道不服！"

戴风顿时愣住，回头一看灵空，微微一怔，猛然想起什么，爽朗地一笑，上前冲灵空深揖一礼，说道："灵空道长教训的是，戴风受教了。听戴戬所言，救下戴风一儿一女及诸位大将的最大功臣当为灵空道长，怪我，怪我一时高兴忘了此事，还望灵空道长恕罪则个！"

堂堂金王放下架子，向三元宫一名烧火道士躬身敬礼，灵空却是坦然受之，戴风身后的天无山一众将士看在眼中，却无一人不服。看来，灵空的威名经戴戬和戴蛸子的大事宣扬，怕是无天山无人不知此位神通广大的下凡神仙。

灵空见戴风态度恭敬，才满意地点头说道："算了，贫道自知金王诸事繁忙，些许小事一时遗忘也是正常。不过，倒也并非贫道向金王邀功，既然我等来到无天山，这好吃好玩之事，可是全交由金王一手操办，务必要让我等满意才是！"

戴风哈哈笑道："我戴风愿合天无山之力，令灵空道长欢心，可好？"

灵空一听，登时眉开眼笑，点头说道："要得，要得！"

小插曲一过，众人才在鼓乐声中，被人前呼后拥迎进无天山无事宫。

虽说无天山远观之时无比森严，一步踏入才觉山中景象截然不同，非但四时鲜花一齐盛开，且瓜果遍地，四溢飘香。处处花团锦簇，时时鸟语花香，更有美妙乐曲隐隐传来，云雾弥漫间，令人疑心置身仙境。

无事宫通体由黄金七宝所成，金碧辉煌，光芒闪耀，更有光景琉璃，耀眼夺目，便是地面也是由整块美玉砌成，珠光宝气四处隐现，令人眼花缭乱。

灵空一时感叹，说道："若我有此宝殿，定要拆了送给他人……"

张翼轸一时愕然，灵空竟也会如此大方，莫非转了性子，却又听灵空说道："然后再从他们手中一一骗回，倒还真是一件天大的乐事！"

略过灵空的感慨不提，再说戴凿与戴蛸子也一一过来见礼，尤其是戴凿，对张翼轸和灵空恭敬异常，一时令张翼轸难以接受。好在戴凿客套一番，忽然神色紧张，踌躇片刻，终于开口问道："翼轸……怎的不见倾颖公主，莫非她心有怨气，不肯来我无天山不成？"

张翼轸见戴凿一脸慌乱，当下也不隐瞒，将倾颖母亲病重之事说出，戴凿听了才一脸释然，点头说道："自然是探望母亲病情重要，无天山日后随时欢迎倾颖公主大驾光临！"忽又想起一事，问道，"怪事，为何东海有事不以蚌泪传讯通知倾颖公主，而要知会北海龙宫？"

早在北海龙宫意外接到传讯官之讯，随后倾颖慌乱之下匆忙离去之时，张翼轸心中也闪过一丝疑惑，只是诸事纷杂，汇聚一起，心中多是思忖倾北之举，并未深思此事。如今旧事重提，戴凿身为局外之人倒是一语惊醒张翼轸，再一细想，更是骇然而惊，难不成倾北精心谋算，暗中所指竟是倾颖？

再一细想又觉不对，倾北身为北海龙王，得天命统领北海，断断不敢妄自谋害东海公主。且不说此举冒犯天条，便是倾东海一怒，北海也无力承受。

想通此节，张翼轸也顾不上许多，猛然想起身上也有蚌泪一滴，急忙拿出一试，却毫无反应，转念一想随即又恍然大悟，说道："戴凿兄竟也知龙宫蚌泪传讯之法，只是这蚌泪传讯只在七万里内有效。北海龙宫与东海龙宫相距何止十万里，定是东海龙宫找不到倾颖，才传讯四海，令四海分别传讯，也是说得过去。"

戴凿连忙点头，一脸轻松，说道："翼轸所言极是，我也是一时心急，疏忽了此点，莫怪，莫怪！"

张翼轸自是知道戴凿心中对倾颖情深意重，有所担心也是正常，当即哂然一笑，又说笑几句，便将此事略过不提。二人随意攀谈小半会儿，忽听钟鼓之声大作，却原来是盛宴正式开始。

无天山物产之丰盛，只怕一家可抵两海之力，宴席也是极尽奢华之能事，说不得也是欢愉一场。戴风更是老怀大慰，与灵空畅饮不停，最后竟是喝得酩酊大醉。

让张翼轸大惑不解的是，记得先前不见灵空酒量如何，上次在南海以及北海，灵空饮酒便是来者不拒，却始终不醉。今日在无天山也是如此，喝了也不知有几十杯酒，却连一丝醉意也没有，与戴戬吹嘘完毕，又与戴蛸子称兄道弟乱说一通，最终又将戴蛸子喝倒，但他仍是精神抖擞，处处碰杯，直看得张翼轸暗自咂舌，连连摇头！

众人一晌贪欢，总算杯盘狼藉，宴会散去，随后在人带领之下，各自回房休息。奔波日久，难得有此平静休养时刻，张翼轸回到房中，调息片刻，便安然入睡。

一夜无话，天亮时，张翼轸悄然醒来，听窗外鸟鸣啾啾，见一缕晨光自窗间映入屋里，却是难得的一丝安详时光，一时心情大为舒畅。

推门出屋，见院中站立一人，定睛一看竟是戴戬。

张翼轸还未说话，便听戴戬开口说道："翼轸，婵儿受了何等委屈，为何闷闷不乐？"

一路之上戴婵儿确实郁郁寡欢，不但与他相谈甚少，且还拒他于千里之外，是以张翼轸也不知道戴婵儿心中纠结何事，只好答道："我也不知出了何事，婵儿一路之上沉默寡言，也不理我，或许是受了惊吓尚未缓解。"

戴戬摇头说道："我那妹子自小便是天不怕地不怕的性子，先前被罗远公绑了一事，我和戴蛸子如今已然事过释怀，以婵儿的性情，更是不会放在心上。依我看来，能令婵儿心情烦闷不展笑颜之人，只能是你张翼轸！"

此处忘忧何处寻

戴戬蓦然脸色一变，咬牙切齿地说道："若要平心而论，张翼轸，实不相瞒，我恨你入骨！"

张翼轸顿时退后一步，一脸惊讶："戴戬，何出此言？"

戴戬冷冷一笑，却是说道："张翼轸，休要装腔作势，我为何恨你？你心中自然有数。先说倾颖……你将倾颖从我身边抢走，又令我在东海之上丢丑，别的不说，只此两件事情，我难道不该恨你？"

张翼轸正在开口解释，却见戴戬伸手制止，又说："再说婵儿，我那妹子生性要强，又身为无天山无喜公主，自小被人仰慕。自从遇到你之后，先是被你无故打上一棍，伤好之后本想杀你，却不知如你这般呆笨之人，竟令婵儿一时犹豫没有将你杀死。随后种种事情，件件出人意料，直至东海事发，婵儿被你所累，自此下落不明……虽然婵儿侥幸不死，逃出生天之后，又被罗远公所擒，九死一生终又回到无天山，却还是一样愁眉不展。张翼轸，夺妻之恨暂且不算，这婵儿之事你有何话说？我那妹子尽管早先确有杀你之心，不过数次终究还是没有忍心，你却倒好，一声不响便将婵儿害成这般模样，婵儿何苦来哉，又哪里亏欠你什么？"

戴戬一口气说完，七尺男儿竟是眼圈发红，呆愣片刻，忽又朝张翼轸深施一礼，说道："翼轸勿怪，我一时有感而发，说过就算，不必记在心上。不管如何，你与灵空道长的救命之恩，戴戬终生不忘！方才之话，听过即忘，不必在意。我这便……告辞了！"

说完，也不等张翼轸说话，竟是快步如飞，一转眼便消失得无影无踪。

张翼轸被戴戬一顿抢白，呆立当场，半晌无语，心中波涛起伏，久久难以平静。

戴戬所言不差，戴婵儿与他相遇之后，虽然数次想要害他，除去在渭水宫中确有真实之举外，其余之时说是虚张声势也好，故意恐吓也罢，总是嬉笑怒骂之间，真真假假倒也是一直在护他周全，助他一臂之力。而他虽在长安城外自天媪子手中救下戴婵儿和戴戬，却是无心之举，算不得数。其后的东海之事，倒也是戴婵儿全心护他助他，更有以后玄冥天的孤单百年，更使婵儿真情流露，一腔柔情显露无遗！

张翼轸痴立半天，一动不动，左思右想一番，下定决心要找婵儿问个明白。

一人在无天山转了许久，也问了数人，竟一直寻不到戴婵儿。无奈之下，张翼轸只好直接找到戴风，问起戴婵儿何在。

戴风神秘地一笑，却是说道："婵儿不让我透露她的行踪，若她问起，千万莫说由我说出……由此向东掠过三座山峰，有一座山峰名为忘忧地，婵儿定在那里……"

话音未落，张翼轸一拱手便驾风而去。戴风一时发愣，半晌才说："翼轸性子一向淡然，怎会如此心急……呀，不好，我话还未说完！"

张翼轸飞身空中，心思闪念间忽然想到若是戴婵儿一人静思，贸然打扰，若是惹恼了她，说不得她又会转身便走。如此这般，不如先隐了身形，暗中打探一番再现身不迟。当即心意一动，风匿术施展开来，立时隐去了身形，风驰电掣般便来到忘忧地。

忘忧地也是一处绝顶，犹如顶天一柱拔地而起，四周光滑如镜，若无飞天之能，断难飞临顶上。忘忧地不过数十里方圆，地势平整如毯，遍地青草，草中花开处处，又有无数飞鸟点缀其间，更有树林茂盛，山石交错，如同一处凌空而建的盛景园林。

当真是一处解忧忘烦的消遣之地！

张翼轸悄然降落，静心一听，却无丝毫声响，有心施展控水之术感应四周，奈何此地水汽并不充沛。若要以控风之术感应，又要先撤去风匿术，万一惊动了戴婵儿也是不好。想了一想，既然此地不大，不如慢慢找来。

漫步花草之间，张翼轸只觉清风扑面，遍体生爽，更有无名花香袭人，令人心旷神怡。

走不多时，来到一处林深叶茂之地，一步迈入林中，清香扑鼻，木香四溢。张翼轸暗暗赞叹，人言仙家福地，飞仙所居之处是何等情景暂且不论，便是此处神人之所也是妙不可言，令人叹为观止。

又走几步，猛然间体内一阵莫名悸动，似乎与外界成呼应之势。张翼轸顿时大喜，沉寂许久的木之灵性第一次突起反应！

虽是微弱，一闪而过，却已令张翼轸欣喜不已。体内木之灵性由毕方植入体内之后，从未有过一丝感应，哪怕是一点小小的异动也是没有，直令张翼轸以为毕方暗中留有一手，并未将木之灵性全数相传，或是特意留有禁制在内。如今在此处木意沛然之地，体内木之灵性忽有所感，一时令张翼轸喜出望外，差点惊叫出声。

当下又急忙沉静心神，细心呼应一二，却又失望地发现，体内木之灵性方才异动犹如灵光一闪，一闪便逝，便又重新陷入沉寂之中，再无一丝灵性显现。

为何方才自动有所感应，如今用心呼应却又不得回应？张翼轸百思不得其解，想了一想，定神收心，仍是一无所获，不由大为沮丧。

当下又在林中四处走动，一切如旧，再无方才感悟，张翼轸只好作罢，又向前走了几步，忽见眼前一亮，林深之处，众树呈圆形围绕生长，忽现一处碧波荡漾的池塘。池塘不过亩许大小，却清澈如玉，不但水中隐生亮光，且还有阵阵香气溢出。

如此美景张翼轸却无心欣赏，瞧见池塘边上有一块方圆一丈的怪石，正好跃身其上，盘膝坐下，心中却又思忖方才木之灵性隐现之事。以当时毕方的举止猜测，他也并无故意设置禁制的理由，若说刻意为难自己，也说不过去。

只是方才木之灵性自然而动，莫非是与周围木意盎然有关？却又为何现在人还在树林之中，木意依旧，木之灵性却又悄无声息？

张翼轸想了半晌，总是不得要领，只好摇头叹息，一时忘记身在何地，竟是开口说道："毕方为人虽然倔强难缠，不过也算耿直，所传木之灵性应是不假，只怕还是我悟性不够，无法参透其中玄机罢了。"

话音刚起，张翼轸忽听前方水声哗啦一响，惊见一人自水中站起，身上只有一层轻纱笼罩，被水打湿，紧贴身上，更是曲线毕露，犹如未着寸缕一般！

那人探出水面之时，张翼轸并未撤去风匿术，是以那人也并未有丝毫防备。待张翼轸张口说话，那人立时有所察觉，顿时一声娇叱惊呼出声："无耻贼人！"

随即那人心意一动，立时风匿术发动，隐去身形。

张翼轸也是一时猝不及防，全然没有料到水中有人，且还是一名只穿轻纱的女子，顿时惊慌失措。心神恍惚间，心意一松，风匿术便告失效，立时现身水中人眼前。

慌忙间站起便要转身离去，却又一想若是就此匆忙走开，定会被人误认为自己是躲在此处偷窥的下流之辈，当即朝水中深施一礼，说道："在下张翼轸，前来此处只为寻人，误闯贵地，一时唐突，还望恕罪，并非故意为之，告罪，告罪！"

方才匆匆一瞥，张翼轸并未看清水中何人。揖完一礼，认定那女子定是躲入水中不出，一抬头正要转身离去，却顿时愣住，只见一人薄面微怒，娇羞无限，以手掩胸，正站在齐腰深的水中，对他怒目而视，不是戴婵儿又是哪个！

这……张翼轸急忙将头扭到一边，生平第一次正面见到女子半裸之体，不由心跳如鼓，一时面红耳赤！

只一愣，心中却大为不解，既然婵儿发觉有人，为何不潜入水中躲藏，偏偏要站直身子，又为哪般？

还未想通，戴婵儿却已然发觉异状，风匿术竟在张翼轸眼中全然无用，更是又羞又急，急忙没入水中，只余口鼻在外，声音之中已有哭意："张翼轸……你，你，你还我清白！你不过是小小地仙，为何能看破我的风匿术？你，你，你是不是方才都看得一清二楚？我……"

张翼轸被戴婵儿逼问，更是大窘，急忙转过身子，情急之下一时也声音嘶哑，急忙辩解道："婵儿莫怪，我绝非有意！我……一时走神，正在寻思一件费解之事，并不知你在此处游水！"

"你，你骗人！方才你明明以风匿术隐去身形，偷偷坐在水边等我现身，你无耻、轻薄、下流……我，我要杀了你！"戴婵儿哪里肯信？想到几乎全身被张翼轸看过，又羞又急，怒极之下几乎要对张翼轸痛下杀手。

一向高傲的无喜公主莫说被人轻薄，便连衣裙也不让外人碰，何况被张翼轸如此看得一览无余，怎不急火攻心？

张翼轸有口难辩，忽然间想到一事，忙道："婵儿莫急，听我慢慢道来。我以风匿术隐去身形，只是担心惊动你沉思之意，唯恐你一见我便匆匆离去，不给我说话之机。且我的风匿术也是由你所传，不过是掩人耳目的做法罢了，怎能瞒过你的感应？"

戴婵儿顿时愣住，心道也是，为何张翼轸施展风匿术竟能在她面前完全隐形，见无所见？而她的风匿术却在张翼轸眼中，视若无物！

美人如玉月如水

正好张翼轸此时背过身去，戴婵儿顾不上羞愤，急忙穿好衣服，闪身上岸，却不敢近前，远远站在张翼轸身后三丈之外，愣了片刻才说道："张翼轸，我且问你，为何同为风匿术，我无法识破你法术，你却能看透我的……"最后一句声音几不可闻，羞不可抑。

张翼轸方才一时惊慌之下未及细想，微一定神，只一深思便知其中缘由。他如今控风之术虽未大成，但毕竟也与御风之术境界相差太大，他动念之间施展的风匿术是控风之术，以戴婵儿的御风之能自然无法识破。同理，戴婵儿的御风之术所施展的法术，在他面前形同虚设，所以方才戴婵儿站立水面之上，原以为以风匿术隐去了身形，殊不知，在他眼中却暴露无遗。

误会，全是误会所致！

张翼轸无比尴尬，不敢回头，当下将他身负控风之能简略一说，才听得身后戴婵儿嘤咛一声，半晌幽幽说道："张翼轸，我戴婵儿究竟亏欠了你多少，被你一而再再而三地欺负？你先是打我一棍，后又害我被罗远公险些杀死，其后又经历种种波折，如今才安定少许，你又污我清白，你……你非要害死我才要甘心？呜呜……"

戴婵儿再难自制，念及此时，又想到先前，不由悲从中来，失声痛哭，只哭得梨花带雨，浑身颤抖，不尽的担心和委屈一起涌上心头，几乎要瘫软在地。

忽然眼前人影一闪，正是张翼轸欺身近前，伸手扶住她的双肩，柔声说道："婵儿……是我不好，害得婵儿历经磨难，方才又做出不长眼之事……"

戴婵儿被张翼轸半揽入怀，听他又提起羞事，狠狠一拳打在他的胸口，面红过耳，怒道："你还说……"随即却又身子一软，倒入张翼轸怀中，只觉漫长无尽头的百年光阴终于有了依靠和着落，再加上刚刚一番心潮起伏，竟是心意一松，眼前一暗，再也坚持不住，昏睡过去。

张翼轸美人在怀，香气入鼻，一时不禁气血上涌，又想起方才的香艳情景，难免意乱情迷，再也抑制不住，俯身在戴婵儿的额头轻轻一吻。只见戴婵儿双目紧闭，脸庞光洁如玉，泪痕未干，犹如楚楚可怜的弱小女子。

再看戴婵儿红唇娇艳欲滴，张翼轸更是心动难止，一时少年血性涌动，便要再弯腰一尝朱唇。突然他体内土性莫名一动，随即又是木性隐隐一现，虽是只是刹那光华，却令张翼轸立时体内土助木势，土之厚重加上木之生长，浑身燥热全消，恢复清明。

张翼轸不由心中暗道惭愧，竟是做出如此无端之举！当下连看也不敢再看戴婵儿一眼，正好体内土性闪现，挥手间便从平地拔起一座土床，床上花草布满，芳香四溢。

轻手轻脚将戴婵儿放置其上，随后静心站立一旁，略一沉思，挥手间一个清心咒打在戴婵儿头上，光华一闪便消失不见。戴婵儿却不见醒来，依然昏睡香甜。

此地极为宁静，同时也异常舒适，既然戴婵儿睡得沉醉，倒也不急着将她唤醒。张翼轸静坐一旁，心中思索方才体内土性闪过，木性隐现的奇异之处，猛然醒悟莫非木由土生，非得木借土势才可感应到木性不成？

也不对，一向运用最为娴熟的风水灵性，也是一直单独施展，也不非得相互呼应才可。

张翼轸细细推想体内几种灵性的得来前后，最早是真阳之火。不过火之灵性却最为微弱，向来只是感应到声风剑中的万火之精才可催动，无法从空中直接汲取元火之力。随后是风土灵性，控风之术因天地清风无所不在之故，运用最多，也最得心应手。控土之术却是少用，或许与性子不符，又或许是用风过多，对土之灵性领悟不够，是以对控土之术并无多少心得。

现有的四种灵性之中，水火呈相克之势，土可挡水，与火也无相应之势，风与水及火倒是皆可相应，却只是呈呼应之势，并无相生之能。如今初得木之灵性，若是仔细推算，木可克土，可生火，而水也可催生木性，火更是可借木威。由此看来，木之灵性，竟可与风土水火四种灵性全然有相干之处！

张翼轸悚然心惊，木之灵性至关重要，若能唤醒为己所用，再与体内四种灵性融一体，到时生生不息相互呼应，以木之连绵不绝的生长之意相助声风剑的万火之精，再辅以风势，不知会有何等惊人之威！

想到此节，张翼轸按捺不住跃跃欲试之意，接连数次呼唤木之灵性，却如石沉大海一般全无回应，不由暗暗摇头，心道莫非正是因为木之灵性最为至关重要，所以最难以唤醒不成？

张翼轸一人呆坐一旁，沉思调息，竟是沉迷于其间不知时光流逝，蓦然间忽觉眼前阳光一闪，不知不觉竟是，夕阳斜照，余晖袅袅。

再看晚霞满天，映得四下红通通一片，将树林及池塘全数染成酡红之色，煞是喜人。戴婵儿被夕阳打在脸上，娇艳的脸庞竟是泛起一层圣洁的光辉，宛如天下最美之玉雕刻的睡美人，有着惊心动魄的惊人之美！

张翼轸只看了一眼，便顿时呆住，凝望半天，再也无法移开目光。

也不知多了多久，夕阳纵身一跃跳入海水，顿时天地之间一片黑暗。众鸟回巢，清风停息，四下一片安静。张翼轸方醒来，忙起身看了戴婵儿几眼，不由奇道："婵儿明明无事，为何还昏睡不醒，莫非做了什么美梦不成？"

却听黑暗之中戴婵儿一声幽幽叹息，倏忽坐起，漆黑之中，眼睛闪亮如星，却是说道："我……早就醒了，只是不想理你罢了！"

戴婵儿一说，张翼轸便又想起方才的尴尬之事，不免讪讪说道："婵儿，其实也不全然怪我，再说你与我相识已久，我何曾是这般轻薄之徒？其实……我会那控风之术，也全因东海之事而起。"

随即张翼轸将他东海之事以后，偶入灭仙海，又来到一处无名之地，机缘巧合之下学得控风和控水之术简要一说，自然略过未名天之事，又将一早从戴风口中得知她前来此处，等等。一应事情前后对比说了一遍，一直说得戴婵儿脸色大缓，再无愤恨之色和怀疑之意，这才心安。

当是时，暮色四合，犹如静谧夏夜，无比舒适。猛然间眼前一亮，却见一轮明日跃上天际，清辉皎洁尽情散落在戴婵儿光洁的脸庞之上，正所谓楼上看山，城头看雪，灯前看月，舟中看霞……月下看美人，最是别有一番情境！

张翼轸目不转睛地盯了戴婵儿半响，忽然叹息一声，赞叹说道："婵儿之美，美如明月。楼上看山，山在远方，有朦胧之美。月下看美人，月光如水，映照美人隐约之美。不过以我看来，婵儿之美，或清澈，或朦胧，皆有美不胜收之妙，令人赞叹不已！"

戴婵儿被张翼轸当面夸赞，不免娇羞不语，只一低头忽然脸色一变，顿时怒道："张翼轸，你说清澈之美朦胧之美，究竟何意？你怎的又提方才的羞人之事？"

张翼轸顿时慌乱，急忙摆手说道："冤枉，天大的冤枉！婵儿，我方才夸你，可是一丝也没有想到美人出浴的情景……"

"你还敢说！"戴婵儿一掌挥出，重重击在张翼轸胸膛之上，登时将张翼轸打得横飞出去，飞过数十丈远，扑通一声跌入水中。

戴婵儿自知下手颇轻，不过恼羞成怒，吓他一下，不想一掌打出竟有如此威力，也是一时惊呆。等了片刻，水中竟是悄无声息，不由一时焦急，喊道："翼轸，你……你不要吓我！"

无人回应，也无一丝水响。

又过少时，戴婵儿终于惊慌起来，正待跃身飞入水中，忽听哗啦一声水响，张翼轸从水中长身而起，浑身湿透，嘻哈一笑说道："夸人也要被打，当真是最难消受美人恩！也罢，既然方才是婵儿出浴被我无意撞见，眼下我便出水被婵儿看看，也算扯平！"

戴婵儿又气又急，一跺脚，再也不理张翼轸，顿时飞空而起。刚飞出不过数十丈之遥，忽然察觉有异，只一回头，却见张翼轸在身后不过一丈之遥，正踏风而行，身上却是干净整洁，再无一丝水渍。

戴婵儿正要发作，却见张翼轸深施一礼，说道："翼轸这便向婵儿赔罪了！"

戴婵儿被张翼轸逗得气不得恨不得，只好佯怒不理，刚一回身正要远远飞走，忽觉手腕一紧，竟被张翼轸一把捉住右手。正要挣脱，忽觉周身无力，脚上清风猛然全然消失，四周空空荡荡，再无一缕清风可得，不由大惊。

再定睛一看，却见张翼轸脸上洋溢淡然笑意，冲她点头说道："婵儿，如此优美夜色，何不乘风而去？遨游太虚，便由我盛情相邀，不知眼前玉人可否赏面，共沐如水月华？"

对此如何不泪垂

眼前此情此景，戴婵儿怎不心动？怎不意乱情迷？只想立时点头应下，与心仪之人共享无边月色，只是心中一丝阴晦挥之不去，唯恐张翼轸嫌弃她的曾经之事。眼下有情难诉，有感难发，戴婵儿迟疑片刻，终于还是下定决心，不管张翼轸如何看她，如何嫌她，先要把话挑明，也落个心安，省得总是萦绕于心，郁郁寡欢。

右手被张翼轸所牵，戴婵儿轻叹一声，却是问道："翼轸，我有一事相告？不知你听闻之后，是否还如现在一般，对我柔声欢笑？"

见戴婵儿说得郑重其事，张翼轸不免愕然，忙点头说道："婵儿何出此言？我何曾嫌弃你什么？"

二人身在空中，四周群山肃立无语，夜色深沉，月光无边，却无法遮掩戴婵儿心中纠缠已久的一缕哀怨。

虽是张翼轸回答得异常坚定，戴婵儿依然心中惶恐不安，抬头一望，手指远处一座形如花瓣的山峰说道："翼轸，不如前往离恨峰，且听我细细道来，可好？"

尽管张翼轸心中不解戴婵儿何来无尽幽怨之意，但见她双眼迷离，全是伤感流露，又想到由南山湖一路北来，戴婵儿寡言少语，多是不快之态，心道也不知她究竟心中纠结何事，如今得了机会，且听她娓娓道来，也是好事。

当即点头应下，心意一动，二人倏忽间便飞至离恨峰。

离恨峰比起忘忧地大了不少，少说也有方圆数千里。峰顶之上俨然微缩的中土世间，一眼望去，每隔千里之远，便是一季之地。春夏秋冬四季共处一峰，当真是无比神奇。

再看春兰夏荷，秋菊冬梅一时同开，此处春光明媚，别地夏日炎炎，再有秋日私语，更见冬日飞雪，其他不说，单是此等纳四时于一处的神通也是无上法术，莫

美人如玉剑如虹

非是飞仙以无上法力转化四时所成?

戴婵儿看出张翼轸眼中疑惑,说道:"无天山颇多古怪之处,此地离恨峰便是一处。此地四时共存,千里一季,互不相扰,也是难得的奇异之地,据父王说,此地乃天然所成。"

说话间,二人施施然降落于一株杏树枝头。杏花盛放如雪,被月光一照,更显清洁之美。

戴婵儿挣开张翼轸之手,纵身跃到地面之上,徜徉于花海之中,挥手间摘取杏花一枝,笑道:"翼轸,可否记得极真观凝霞崖上,我以漫天杏花助你木石化形之说?当时,我却是假扮杏花仙,你竟也傻呆呆地信以为真!"

张翼轸呵呵一笑,挠头说道:"当初我被你和倾颖骗得好惨,尤其是你无喜公主戴婵儿,包藏祸心,一心要置我于死地,幸好我无比机灵,识破你的阴谋诡计,最终逃过一难。"

"扑哧……"戴婵儿轻笑出声,笑骂,"你还机智?傻呆呆像个傻瓜!许久未见,竟是学会了灵空道长的油嘴滑舌,该打!"

一笑嫣然,二人一时忆起旧事,都觉思绪纷飞,微妙气氛顿生。戴婵儿眼中柔情流露,几个跳跃,来到一处流水淙淙的溪水之边,轻提裙裾,倚石而坐。

张翼轸在戴婵儿右侧坐定,听溪水叮咚,也是不免一时神思恍惚。更有戴婵儿语音轻柔,如梦如幻说起分别之事,更令张翼轸只觉亦真亦幻之间,恍如梦境。

话说戴婵儿被罗远公一掌击飞,昏昏沉沉间也不知昏迷多久,醒来之后竟是发觉被一处激流带动,身不由己间便被冲入一处深不可测的巨洞之中。

戴婵儿无意中闯入玄冥天,偶遇玄冥。玄冥虽是生性古怪,却也难得一见生人,便以紫泥为戴婵儿疗伤。伤好之后,戴婵儿便提出离去,玄冥却是不肯,二人便吵闹不断,谁也不肯退让。

其他之事张翼轸也略知一二,正好多年后,烛龙前来索取紫泥,见戴婵儿天生神人,可好借以躲过天庭探查,便强行将戴婵儿带走。一路之上,借助戴婵儿的神人气息骗过天庭之上巡天官的巡视,回到海枯石烂。

烛龙虽是路上答应戴婵儿饶她不死,但一到海枯石烂便改变主意,唯恐戴婵儿说出他的藏身之地,便有意将戴婵儿杀死。正当烛龙准备痛下杀手之际,忽然一道强大的气息扫过,似乎是有人刻意搜寻什么,烛龙当即大惊失色,旋即再也顾不上戴婵儿，仓皇间逃入海枯石烂，躲避不出。

戴婵儿见烛龙远遁而走，微一思忖便要返回无天山，猛然间心生感应，却是有人催动她所留金羽！

一直不知张翼轸生死下落的她顿时大喜过望，只因她的金羽只曾留给张翼轸一人！更让戴婵儿心生喜悦的是，讯号一长一短一长，正是当日她与张翼轸约定之举！

张翼轸未死，且在唤她前去！

当下戴婵儿也顾不上回无天山，一路向南，追寻金羽方位，一连追寻了数十日。金羽讯息时断时续，有时短促，有时悠长，直令戴婵儿心急如焚，以为张翼轸被人追杀，急需相助，是以她片刻不停，由海枯石烂一路经西海来到南海。

在南海只一停留，便又被金羽讯息引到南山湖上。不料寻到催动金羽之人却不是张翼轸，而是红枕！

戴婵儿并不认识红枕，大惊之下质问红枕何人，从何得来她的金羽。红枕见戴婵儿现身，微一慌乱便镇静下来，却是说道："我名红枕，乃是翼轸的同乡。金羽本是他无意之中赠我。先前我曾躲在暗处见你和翼轸交代催动金羽方法，我便记在心间，今日特约你前来，是为求证一事。"

戴婵儿本来怒气冲天，正要出手将红枕拿下，却听红枕哀叹一声，说道："无喜公主莫怪，我不过是无奈之举，只因东海事发之后，不知翼轸死活，只好出此下策，只因当时你与翼轸同行。我不过试上一试，不想竟是真的有用，将你唤来。既然如此，翼轸可好？"

戴婵儿见红枕一脸幽怨之色，岂能不明红枕心意？原本以为来此可以和张翼轸会面，不想却遇到另一名思念他的女子。如此一想，戴婵儿心生同病相怜之意，恨意也消，当下便将她和张翼轸在东海之事简略说出。

红枕听闻之下，面如死灰，半晌无语。戴婵儿自心难安，哪里有心思劝慰红枕？正要转身离去，却赫然发觉，天媪子和黑风煞不知何时分别包抄而至，将她围在中间。

戴婵儿大怒，以为红枕故意设计害她。不料红枕惊见天媪子要捉拿戴婵儿，担心此举会引起张翼轸反感，当即拔剑与黑风煞战在一起，并大声示警，让戴婵儿先走。

戴婵儿见红枕出手，招招狠辣，便知红枕并非演戏，心中虽然并不清楚红枕与张翼轸之间纠纷，她为何又身在魔门，却也知道此女子性情刚烈，决然之情不比她差上分毫。当即也不犹豫，跃身正要逃走，却被天媪子拦住去路。

红枕一人独斗黑风煞本占上风，眼见黑风煞正要落败，凝婉华又闪身杀出。二人对比一人，红枕力敌之下只堪堪打个平手，却再也无暇顾及戴婵儿。

戴婵儿本以为对战天媪子，只需小心应对她手中蛇剑之上的黑气，即便不能取胜，倒也不至于被她擒下。不料天媪子不知得了何等秘法，竟是修为进步神速，不出十数个回合，竟是一举将戴婵儿拿下。虽然也有戴婵儿一路奔波劳累，伤势并未全好之故，但天媪子确实也是神通大涨，戴婵儿已然远非敌手。

戴婵儿被天媪子所擒，红枕不依不饶，不肯罢休。天媪子无奈，只好出手打晕红枕。随后不久，罗远公现身，少不了又对戴婵儿炫耀啰唆一番。

戴婵儿一见罗远公便恨得咬牙切齿，无奈全身被制，又惊见罗远公成就飞仙，更知只怕再难活命，心中挂念张翼轸生死，却最终难与张翼轸再见一面，不免黯然神伤。

罗远公毕竟晋身飞仙之境，微一探查却是得知戴婵儿体内暗藏无天山特有传讯之法，当即心意一动将此法提出，转到凝婉华身上。随后将戴婵儿关押起来，令凝婉华前往南山岛不定时施放讯息，诱骗无天山众人前来，正好一举拿下以炼化如意宝珠。

戴婵儿被关押之后，红枕先后探望数次，尽心照应周全，不让黑风煞前来骚扰戴婵儿。黑风煞颇为忌惮红枕，只因红枕一言不合便挺剑来刺，且招招致命，毫不留情，只让黑风煞大骂红枕不可理喻。红枕却是理也不理，最后黑风煞着实怕了，再也不敢接近戴婵儿一步。

别说黑风煞，红枕便连罗远公也是不怕，虽然远非罗远公对手，但每次见罗远公都是怒目而视，一副直欲杀之而后快的神情。罗远公虽是不怕红枕，却也拿红枕无可奈何，似乎一时也不敢对红枕怎样。红枕只对天媪子和凝婉华稍微有些好脸色，对于其余人等，一律冷若冰霜或是置之不理。天媪子颇为疼爱红枕，除非魔门大计，其余事情事事忍让。

一连过了十几日，忽一日红枕悄然前来，竟是将数名看管之人全数打倒，暗中放戴婵儿离开。戴婵儿也非只顾自身安危之人，忙问若她一走，红枕将如何自处。

红枕却是恍然一笑，答道："芙蓉如面柳如眉，对此如何不泪垂！翼轸若是未死，有你相伴即可，我之生死，何足挂齿！"

问君可解百年醉

戴婵儿却不想红枕因为救她而丢了性命，正迟疑间，却见红枕猛然右手一抖，一柄红剑跃然手上，直指戴婵儿面门，恶狠狠地说道："戴婵儿，我救你一命，只是望你莫要辜负翼轸一腔深情！若你日后负他，我红枕九泉之下也要化为厉鬼，即便拼了永世沉沦，也要将你拉入九幽之地，不得超生！"

见红枕说得如此决绝，戴婵儿一时愕然，心潮翻滚不定，正要说些什么，忽听外面人声杂乱，却是罗远公亲自押送戴戭、戴蛸子等人前来。

罗远公现身，红枕救人之事自然败露。罗远公大怒之下，便要出手杀死红枕，红枕却全然不怕，昂然对罗远公说道："罗远公，你打伤翼轸，又假冒上仙之名令天下道门不容翼轸，以后我修为有成，定当取你性命。此言对天可表！"

幸好天媪子及时赶到，与罗远公大吵一场，再三威胁罗远公不得对红枕下手，否则定教他身败名裂。罗远公不知何故竟颇为忌惮天媪子，虽然天媪子修为远不如他，却也不敢对她声色俱厉。表面上冷言相对，但在戴婵儿看来，罗远公也不过是虚张声势，断不敢对天媪子口出狂言！

戴婵儿不解天媪子和罗远公之间究竟是何种关系，不及深思，便被罗远公令人将她与戴戭等人关押在一起。却原来是戴风派出在中土世间四下寻找戴婵儿之人，意外收到戴婵儿讯息，立时禀报戴风，随即戴戭等人便一路赶来，却正好落入罗远公陷阱之中。

戴婵儿不想与戴戭相逢竟在牢中，戴戭也是悲喜交加，不胜唏嘘。几人诉说别后情景，更是感慨万千。

好在之后红枕仍是照应众人，不令魔门喽啰为难几人，倒也无人受到刁难和皮肉之苦。不过红枕也只能做到如此，随后不久，众人便被送往九幽山炼化，红枕也是无计可施，只能无奈面对。

再后之事张翼轸也从灵空口中得知一二，听完戴婵儿详细说来其间发生的种种事情，也是不胜感叹，说道："婵儿为我受苦受累，翼轸当铭记在心，永世不忘！"

戴婵儿却是轻哼一声，不屑地说道："只是铭记又有何用，我所作所为难不成只让你记住我戴婵儿？要你空口承诺作甚，还不是如轻风一般，风过水无痕。"

张翼轸愧然一笑，却道："那婵儿又要如何？莫非要我日日烧香，夜夜祷念不成？"

"呸！"戴婵儿却是啐了一口，怪道："我又没死，用不着你假情假意祭奠……红颜易老，韶华不再，只是不知是否有人记得我当年的模样？"

张翼轸奇道："婵儿，何出此言？你如今青春正盛，依然艳丽绝伦，怎的说话间，却是一副老气横秋之态？"

戴婵儿将心一横，索性将心中所郁郁难安之事说出，管他有何反应，此时不说，更待何时。

"翼轸……"

话到嘴边，戴婵儿微一迟疑，见张翼轸一脸淡然之意，心想以他的性子，应该不会嫌弃她什么，当下不再犹豫，开口说道："有一事不知翼轸想过没有，我曾在玄冥天度过百年时光，虽然在外界不过数月时候，于我而言，百年时光却是真实不假。我……我现今已有百岁之龄，比你大了太多！"

张翼轸顿时惊呆，愣在当场，半晌不语。

戴婵儿见张翼轸这般模样，一颗芳心旋即沉到谷底，心道，他原来还是嫌弃我大他许多，原来还是在意此事，罢了，今日挑明此事，日后各奔东西，省得再心有所想身为所累。此后天各一方，形同路人。

过了大半会儿，张翼轸才惊醒过来，见戴婵儿失魂落魄的样子，讶然问道："婵儿，一路之上，你郁郁寡欢纠结难安，莫非全是因为此事？"

戴婵儿白了张翼轸一眼，不明白他这副神情究竟是何意思。

张翼轸却是哈哈一笑，说道："依我想来，你与倾颖身为神人，寿元都在数万年以上，是以初见之时你二人虽然看去不过十六七岁年纪，其实心中早已认定，按照凡人年纪推算，你二人应该几百上千岁都有了，早已比我大上太多，再多一两百年，也不算什么！"

"你呀……"戴婵儿眼波流转，展颜一笑，却又突然哽咽一声，哭出声来，"可是翼轸你有所不知，我等神人虽然寿元极长，初时却与凡人一样，长到十六七岁年纪之后，便一直保持容颜直至寿终前万年才会逐渐衰老。我初见你之时，却是真真正正的十六岁，如今却是百岁年纪，你，你叫我如何与你相处？"

原来戴婵儿萦绕于心的烦忧却是此等小事，张翼轸好笑之余却心生悲凉，伸手间将戴婵儿轻揽入怀，动情说道："婵儿如今韶华正盛，青春年华，便要嫌弃我不过是单薄少年，有意对我弃之不理不成？如此看来，若要再得婵儿青睐，他日得空，还要再入玄冥天待上百来年，才能与婵儿比肩而立，共话人世沧桑。"

戴婵儿破涕为笑，作势欲打，笑骂："好你个张翼轸，不说我老，却暗指自己年轻……不知你所说是不是真心之话，还是故意哄我开心？"

张翼轸坦然说道："婵儿一人孤单百年，顾影自怜，望月兴叹，自说相思之苦，莫说你在玄冥天度过百年时光，即便千年万年，我张翼轸又怎会嫌弃你比我年纪大上几岁？你与倾颖，不顾仙凡之别，不管身份之差，依然对我情深义重，我张翼轸何德何能，得神女青睐，若再不知好歹，挑三拣四，岂非自嫌福厚，人神共愤？"

戴婵儿听了张翼轸肺腑之言，笑逐颜开，道："算你还有良心，与世间大多薄情男子不同，多少还有些情意。既如此，张翼轸，且陪我在这离恨峰由春走到冬，可好？"

张翼轸见戴婵儿心开意解，重回烂漫心态，也是心情大好，当下向前一步挽住戴婵儿左手，左脚轻抬，二人飞身跃起，轻轻在一枝杏花枝头一点，压得杏花连连点头，犹如应声而笑。随后二人穿梭于杏花丛中，惊落杏花点点，纷飞如梦。

掠过杏花春雨，来到夏荷清风之地。二人漫步于荷塘月色之中，脚尖落处，荡起层层涟漪，更是如诗如画。

起跳飞跃数次，二人又置身于缠绵秋雨之中，但见遍地菊花，如同金甲铺地，满眼金黄，映得二人脸庞飞满红霞。

秋雨一转，却又见雪花纷飞，一片银装素裹，分外妖娆。雪白梅红，更显惊心动魄之美。梅花怒放，傲然独立，丝毫不畏严寒，彰显高洁之意。戴婵儿素手掠过，摘取一枝梅花。张翼轸顺手接过，帮她别在发间。二人相视一笑，先前无数恩怨，一笑泯之。一路走来一路飞舞，二人走完四季，已然半夜时分。张翼轸猛然惊醒，忙道："坏了，我出来一天有余，不定画儿会急成什么样子。"

戴婵儿却笃定地说道："不怕，有灵空道长相陪，画儿定会玩得开心。无天山好玩之处甚多，以灵空道长能说会道之能，定会有人跑前跑后为他效劳，画儿也会乐享其成。"

想想也是，张翼轸顿时宽心，却又问道："不知金王是否担心他的宝贝女儿夜半不归，会被人骗跑？"

戴婵儿妩媚一笑，飞身跃向高空，竟是直朝空中明月飞去，说道："我若要上九天揽月，父王也是不管，只会鼎力相助。此等小事，父王问也不问，何况他的无喜公主是与张翼轸在一起，他却是心中清楚得紧。"

眼见戴婵儿的身影越来越小，直如追月而去，张翼轸摇头一笑，纵身飞空，紧追其后……是夜，无天山寂静的月夜之中，隐约传来男女窃窃私语和浅浅笑声，为无边夜色平白增添无数遐思。更有无天山巡夜将士惊见一前一后两道身影逐月而去，震惊之下起身去追，却又转眼不见，直让人疑心梦境幻觉！

第二日一早，张翼轸尚未起床，便听门外有人急促敲门，打开房门一看，却是画儿。画儿一见张翼轸，便语带哭腔地扑入张翼轸怀中，哽咽说道："坏主人师兄，昨天一天不见，画儿以为你又不定跑到了哪里，不要画儿了！"

张翼轸忙哄劝画儿，说道："怎么会？画儿不要胡思乱想，主人师兄也总有要事要办，是不是？再者说了，我也曾答应画儿，再也不会弃你而去，所以画儿尽管放心，若我有事远行，定会与你商议。"

画儿却一反常态仍是哭闹不止，说道："好教主人师兄得知，画儿不知为何最近总是心绪不宁，总觉主人师兄早晚会不要画儿。画儿昨晚就梦见不管画儿如何哀求，主人师兄还是一脸冷漠，理也不理，最后绝情而去，让画儿好一顿大哭！"

当真是小儿心性，竟是因梦而喜因梦而悲，无奈笑笑，又好言劝慰半天，才将画儿哄得眉开眼笑，叽叽喳喳之间要找灵空，吵嚷着让灵空再陪她游玩无天山。

张翼轸洗漱完毕，刚刚坐定，忽见一人前来，一脸喜色，恭敬说道："张道长，金王有请！"

声风剑响忽有变

想到昨夜与戴婵儿分别之时，戴婵儿亦真亦假地说道："回去之后，我便向父王言明，先与龙宫退婚，再后之事，翼轸你该如何，可是要拿定主意再说！"

张翼轸一路猜测，紧跟来人穿堂过室，来到戴风书房。来人退下之后，书房之中只余戴风与张翼轸二人。

张翼轸虽然与戴婵儿两情相悦，但一想到竟是面对其父，怕是要提及婚事，也是不免心中忐忑，紧张万分。却见戴风慢条斯理地喝茶不语，脸露一丝笑意，更让张翼轸一时局促，只好开口问道："不知金王唤我，有何贵干？"

戴风却是意味深长地看了张翼轸一眼，以低沉的声音说道："翼轸，其实早在婵儿屡次杀你不得，又处处与你作对之时，我便心生疑虑，怕是婵儿自己也不清楚，当时便对你情愫暗生。再后种种事情，一时令人始料不及，还好历经波折，你二人总算安然无恙，倒也让我无比欣慰。"

"婵儿昨夜连夜向我提及与东海退婚之事，虽然并未明说所为何故，不过你我心中都是清楚得很。以婵儿的性子，最初答应下来已是不易，如今她有了心仪之人，若再强她所难逼她嫁到龙宫，只怕宁死不从。不过，与东海退婚之事事关重大，无天山断难主动开口向东海提起。翼轸，你与东海关系密切，可有应对之策，既可让婵儿退婚成功，又不至于让东海过于难堪？"

出得戴风书房，被风一吹，张翼轸才觉一时清爽，浑身舒坦无比。想到刚才的狼狈之态，心中不免暗暗嘀咕，不想这戴风看似闲谈，绕来绕去却将天大的难题随手丢到他的身上。戴风言外之意，他与婵儿之事他并不反对，只要张翼轸自行解决了戴婵儿与东海的婚事，一切好说。若不退婚，好事难成，却也不能责怪戴风。

这戴风，出手犀利，倒也是老谋深算之人。

不过与东海退婚之事，张翼轸并不以为难事。早在他初出灭仙海，与倾东等人交谈之时，便已然得知东海早有退婚之心，只是戴婵儿生死不知，再贸然提退婚，怕惹无天山不快，是以东海也是按下不提。戴风再提此事，张翼轸却是心中笃定，淡然处之。

旭日东升，霞光万道，张翼轸全身沐浴金光之中，一时忘我。他在一处僻静之处站定，正闭目沉静片刻，忽觉身后有人，不及回头，猛然被来人捂住双眼，却听来人假着嗓子说道："猜猜我是谁，若猜不中，便不放手。"

张翼轸悄然一笑，假装惊喜说道："咦，倾颖你何时来此，怎么也不知会我一声？"

却听身后之人气呼呼说道："好一个张翼轸，人在无天山，心念东海公主，即便朝三暮四，也要假装一二，让我暂且宽心也好。"

张翼轸回头一笑，却是答道："婵儿，不过逗你一逗，当真这么小气不成？对了，金王方才找我有事，你可知道？"

听完张翼轸说完戴风所提之事，戴婵儿调皮一笑，却问："你可有应对之策？"

张翼轸一脸无奈，大摇其头。

戴婵儿咯咯一笑："父王也是，如翼轸这般少年举世难寻，还非要出些难题作甚？翼轸不用理他，若是父王不允，东海不退婚，大不了我一走了之，从此天上地下，伴你左右，看谁敢管我！"

戴婵儿说得铿锵有力，义无反顾，张翼轸心中生暖，点头说道："有婵儿此诺，翼轸定当将一应之事理顺周全，说什么也不能亏待了婵儿不是？"

戴婵儿盈盈一笑，说道："翼轸有心就是，不必刻意将诸事都一一理清。世间万人万事，哪里可以照应周全，只求心安即可。"

二人说话间，来到一处悬崖之上。但见朝霞灿烂夺目，映照在云海之上，灿然耀眼，美不胜收。张翼轸凝望片刻，心中盘算离真平前往无风之地还有七八日光景，既然陪同真平前来此处，总要再等上一等，亲见真平被接引使接走才算心安，也好得此机会若与接引使一谈，问些十洲三仙山之事，也是来得其所。

心中想着，目光无意中扫过云海远处，猛然间发觉无边云海之中，有一处云雾翻腾不停，无法汇聚一处，虽是远处情景看不分明，隐约之间可见一道青气直冲云天，生生将云雾推开！

"云开雾散之处有何古怪不成，为何云雾无法聚拢成形？"张翼轸遥遥一指远处，开口问道。

戴婵儿一怔，定神一看，答道："说来此处你也不算陌生，正是无天山中最负盛名的强木林。当时掌门大典之时赠你的金错刀，便是出自此林。"

说到金错刀，张翼轸猛然想起一事，伸手取出断为两截的金错刀，不无惋惜地说道："可惜，婵儿当初所赠之刀，如今已然一分为二。"

戴婵儿伸手从张翼轸手中抢过一半，郑重放好，说道："倒也正好，一人一半，不离不弃！"

张翼轸一时也是柔情顿生，大声说道："好，不离不弃，此言对天可表！"

刚将半段金错刀放好，张翼轸忽然心生感应，背后声风剑竟是无风自鸣，嗡嗡作响。虽然先前九灵曾经说过，声风剑若是远处有风，便会嗡嗡自鸣。若是前方有雨，剑身隐有水痕。不过张翼轸自得声风剑以来，从未留意此事，或许是有，不过一直背负身后，未曾看到也不得而知。

心意一动，声风剑跃然手中。却见声风剑轻吟不断，剑身轻轻颤抖不停，且弥漫一层氤氲水汽，仿佛兴奋莫名，直欲脱手而飞。

怪事，张翼轸心中惊奇，再一细想，忽有所动，手一松，声风剑竟是呼啸飞出，直直朝前飞去。

张翼轸招呼一声，当前一步飞身去追。戴婵儿也不甘落后，飞身追上。二人一前一后，紧跟声风剑，疾飞如电朝远处飞去。

声风剑所飞之处，正是方才戴婵儿所指的强木林！

不多时，二人尾随声风剑来到强木林中。

张翼轸乍见强木，顿时惊呆。只见强木生得颇为高大，笔直冲天，怕有不下千丈。若说单是长得高大也不足为奇，毕竟张翼轸也曾在沧海桑田见过毕方所在之处的巨树，比起强木高了不知几许。这强木的独特之处便是树干直上直下，别说有一处弯曲之处，就连分杈和枝丫都没有，树干光洁犹如石壁！

更为奇异之处，强木通体只有一根笔直的树干，既无分枝，也无树叶，光秃秃犹如一根石柱。若非戴婵儿提前告知此为强木，张翼轸初见之下，只当是何古怪之物，定不会认定眼前之物竟是一棵树！且还是久负盛名的强木！

再看声风剑犹自盘旋不定，在强木林中四下穿梭片刻，最后定在一处，剑尖朝下，凌空悬浮，不再动弹。

张翼轸心意微动，却觉声风剑剑身之中木性隐隐有所感应，当即心中大喜，立时呼应体内木之灵性，却仍无反应，不由心中暗奇，想了一想又不得要领，正好戴婵儿忽然开口相问："翼轸，你这木剑倒也古怪，莫不是强木木髓所成？"

张翼轸点头称是："正是！怎的婵儿也识得木髓剑？"

戴婵儿摇头说道："虽然强木产自无天山，但强木木髓极其稀少，若要聚成此剑，怕是此片树林之中的数万株强木积万年之功才可得之。是以我只是试着一问，不敢确定。翼轸，你且看看……"

忽见声风剑猛然间剑身一亮，竟是变成晶莹之色，随即剑身大震，嗡嗡之声响彻入云。再看四周强木也是一齐随声附和，一时嗡嗡声乱作一团，交织杂乱，直令张翼轸和戴婵儿大皱眉头，难以忍受。

陡然，自四周强木之上突现无数黑气，黑气如烟，汇聚成一丈方圆，聚集到声风剑之上。黑气翻滚不停，越转越浓，越浓越小，逐渐收缩成一滴漆黑如墨的水滴状物，凌空立于声风剑一尺之上。

"强木髓！"戴婵儿惊叫出声。

话音未落，但见强木髓倏忽一闪，竟是没入声风剑剑身，紧接着声风剑亮光大盛，猛然闪亮片刻，随后悄然一收，又恢复漆黑的木炭之色。旋即剑身一挺，"铮"的一声跌到地上，插入土中一尺有余。

声风剑一跌落，四周立时一静，一切恢复如常，再无一丝异状。

戴婵儿情知此片强木林再过百年之久，正好可收取数滴木髓，不想此木剑竟有如此神通，强行将即将成形的木髓收取，令人匪夷所思。

正要开口问张翼轸此剑有何来历有何奇异之处时，却见张翼轸一脸肃然，闭目不语，眉头紧皱，显是正在紧要之时。

此等情景之下，戴婵儿不敢轻举妄动，只好站立一旁，静观张翼轸脸色由紧变缓，又慢慢恢复一脸淡然笑意，猛然间，张翼轸睁开双眼，大喝一声："收！"

却见声风剑倏忽一闪，竟是化剑为影，化影为气，一道青气一闪，声风剑悄无声息间便隐入张翼轸体内。

大功告成！

04　白凤公子

　　白凤公子哈哈一笑，得意非常："不管你是何人，不过眼光倒是不错，连我的独门离魂术也认得，不简单。不过你只知其一不知其二，不杀我，戴婵儿对我言听计从；杀了我，戴婵儿便失魂落魄，谁也不认得。哈哈哈哈，看你等能奈我何？"

勉力而为莫问天

张翼轸哈哈一笑，望着一脸惊讶的戴婵儿，右手一伸，陡现一条青光。随即青光一暗，方才木炭之色的木剑又跃然手上。再一定神，声风剑突现万火之精。随后火光一收，青光再闪，却是又将声风剑化为木气收回体内。

张翼轸方才惊见声风剑如此威力，一时也是无比愕然。正不解其意时，体内木之灵性忽然再起感应，竟是前所未有的强烈，顿时令他无比惊喜，当下呼应体内木性，试图初步掌握控木之术，却失望地发觉，对外界所有树木仍是全无感应，别说施展控木之术，便连四周沛然的木气也感知不到。

不过令张翼轸感到意外的是，不知何故竟与声风剑心意相通。

先前心意一动，声风剑便会跃入手中，不过是借助火之灵性，呼应声风剑剑身之内的万火之精，才可随意操纵声风剑。如今却是不同，张翼轸只觉心意大开之下，体内木之灵性与声风剑一呼一应，全然感知的是声风剑本身的木性。

要知声风剑本是由木髓所成，虽有万火之精也不过是借木而留，其本体仍是木性。是以张翼轸以木之灵性与声风剑心意相通，只一相连，便觉声风剑和体内木性合二为一，不分彼此，心念一动，便自然而然得知声风剑可以在体内木性的操控之下，化剑为光，化光为气，可随意隐入体内，也可随时放出，收放自如！

有此收获，张翼轸自是喜出望外。有心一试声风剑有此等变化，不知可否木火相应，威力更进一层，当即施放而出，一试之下却是发现，得木髓之助的声风剑只比以前多了可化剑为气收入体内之能，剑身之内的木性在催动万火之精之时，仍无一丝相助之意。

略有一丝沮丧之意，张翼轸还是无比欣慰，毕竟经此一事，声风剑隐入体内，比起以前需要时刻背负身后更来得便利，且不为人所知。

张翼轸按捺不住激动之意，当下便将声风剑来历对戴婵儿详细说出。

戴婵儿只在前来无天山途中，众人停留小妙境之时见过九灵一次，听张翼轸说完，想了想，问道："九灵不过是三元宫厨房总管，怎会无意中捡到如此不世宝物？

这木髓剑来之不易，无天山虽有强木，但即便聚齐无天山所有强木木髓，也难得有此剑的十分之一，何况木髓不惧万火，断难炼化成形。这声风剑，恐怕绝非九灵所说，乃是无意之中拾得那般简单！九灵其人，莫非也有来历不成？"

张翼轸却是不以为然地说道："凡所不世宝物，定有灵性，也会自晦其形，隐入世间杂物之中，不被世人所知也实属正常。九灵道长，虽是有时看似行事不依常规，不过修为至多人仙之境，且一向生性淡然，除了爱与灵空下棋争论之外，向来与世无争，为人倒也不错，除此之外，并无奇异之处，应该只是一名普通的修道之士。"

戴婵儿沉思片刻，却有不同意见："如你所说，宝物自有灵性，无缘无福者不可得之。九灵若说只是一名烧火道士，却能无意捡到此等宝物，怎能说他是寻常道士？天下寻常道士何止万千，怎不见有他人可随意偶得法宝之事？"

说得也是！

张翼轸一时思忖，若说九灵送他声风剑是为还他相赠定风珠之情，其后他假扮灵空夜探三元宫，被九灵识破假装，也被九灵以秘法为由推托过去。再后众人路经三元宫，刚刚降落小妙境，却又正好撞见九灵，若说巧合也说得过去，仔细推测也不算什么。

如此推算起来，实在找不到九灵有何神奇之处，恐怕也是戴婵儿多想了。想到此节，张翼轸淡然一笑，说道："九灵道长依我看来，应当是常人无疑，倒也不必多虑。暂且不提九灵，我倒有一处疑惑不解，那烛龙到底是何等禀性，为何又放你生还？"

戴婵儿也是脸露疑惑之色，说道："烛龙禀性还是凶多善少，不过倒也谈不上大凶。他一路之上倒也没有为难我，只是借我的气息躲避天庭探查。据他所说，他自海枯石烂前往玄冥天之时，曾抓了北海一名大将，借他气息掩盖。虽然烛龙未提以后如何，不过据我推测，那名大将定是被烛龙吞掉，是以我到了海枯石烂之时，也是认定必死无疑。烛龙也是凶相毕露，正要杀我之时，忽然脸色大变，大叫一声'凡间怎会有天仙'便扔下我远逃而走……"

早先听戴婵儿讲到烛龙之事时，张翼轸并未细心留意此处，如今再次听起，心中却是一怔，以烛龙之能，脱口而出叫出"天仙"，定是真有天仙留存世间。只是天仙怎会下凡，不是说天仙下凡会打破天地平衡，令生灵横遭浩劫？

再有，若真有天仙在此世间，为何魔门如此蠢动，天仙却置之不理，任由罗远公残害地仙灵动和清无，这又算得哪门子身负天命的天仙？

随即又想起烛龙临死所说，虽不解其意，且烛龙也有谋害戴婵儿之心，不过烛龙最后以逆鳞相赠，又死于他手，不管如何，也怪不得烛龙什么。只是不知烛龙以逆鳞相赠且告知炼化之法，又有何深意？

前思后想一番，张翼轸越觉事有蹊跷，认定烛龙定是看出了什么，只是不便明告。只是烛龙已然身死，再也无从问起。

猛然间又想到铜镜之中的飞仙灵体商鹤羽，张翼轸推算距真平与接引使约定日期还有数日，其间总有机会入得铜镜之中与商鹤羽商定塑体而出之事，不过他身单力薄，绝非魔门之敌。

只是依然没有灵动掌门下落，不由令张翼轸一时黯然，也不知灵动掌门身在何处，既然未死，即便不便现身中土世间，前往东海留讯龙宫也可，难道灵动也被困于某处不成？

将一应事情前后理顺一遍，张翼轸越想越觉诸事繁杂，难以理清头绪。眼下之事还是提高自身修为，再其后随真平面见接引使，问个清楚最为重要。

当下又与戴婵儿在强木林中四处走动一圈，再无收获，见天色不早，二人便飞身返回无事宫。刚一站稳身形，却见真平正一人站立门前，脸露犹豫之色，一见张翼轸现身便急急向前，开口说道："翼轸，灵空何在？"

灵空定是和画儿四处玩得不亦乐乎，不定到了何处，见真平一脸焦急，张翼轸急忙问道："灵空师傅不是烧火便是游玩，不知真平道长找他何事？"

真平一怔，想了想，说道："也无要事，只是想问他一问，当年灵动掌门初晋地仙之时，是否心生不安之感？不知何故，我这两日，心绪难以平静，总觉前路迷茫，竟有凶多吉少之想！"

张翼轸怦然心惊，一脸讶然，问道："可是心思黯淡，心生无名伤感，只觉前景昏暗，难有成就地仙的无边欣喜之意？"

真平惊呆当场，惊问："正是！你从何得知？"

张翼轸喟叹一声，当下将灵动掌门以驻影留形术所说之事简略一提，省去关键之处，只说灵动当时心思，直听得真平脸色大变，摇头说道："莫非……此行前去与接引使相会，那接引使，也是魔门中人假扮不成？"

张翼轸也不敢肯定，说道："若以此判断接引使真假也不免草率，真平道长不必担心，到时我自会陪同你一同前往，若接引使乃是假冒，合我二人之力，也可与他周旋一二。即便不能将他拿下，自保也是有几分把握。"

真平点头称是，说道："也只能如此了，若非唯恐有天规所定，我倒有意滞留世间，与魔门周旋。如此便听翼轸所言，且看上一看再行定夺。倒要多谢翼轸一番好意了！"

张翼轸又宽慰真平数语，这才与戴婵儿一同来到无事宫门前。刚到门口，却见戴敳从门内一闪而出，一见二人，便一脸古怪地说道："正要找你二人，翼轸，婵儿，请到后殿议事！"

见戴敳神色之中有一丝慌乱不安，张翼轸心中纳闷，不知出了何事。戴婵儿也是瞧出了端倪，心问："哥哥，出了何事？"

戴敳目光闪烁，避而不答，却说："父王正在等你，去了便知！"

戴婵儿哼了一声，不屑地说道："有何大不了之事，吞吞吐吐！你我被魔门所擒，九死一生，何事能大过天？不说就算！"说话间伸手推开戴敳，当前一步迈入大殿之内。

戴敳无奈摇头，冲张翼轸匆匆一笑，竟是闪身而出，远远跑开。张翼轸不免好笑，当下也不多想，紧随戴婵儿身后，转了几转，便来到无事宫的后殿之中。

后殿较前殿虽了小了许多，却更加精致奢华，金沙铺地，七宝庄严，正中一道琉璃几案，后面坐有一人，面沉如水，气宇沉稳，正是金王戴风。

戴风一见二人到来，只微一点头，目光掠过一丝无奈，微一定神，开口说道："翼轸，东海退婚之事，不必再费心费力，已无必要！"

身不由己且一试

张翼轸不想戴风开口便是此话，心中一凛，情知定有大事发生，忙问："此话怎讲？"

戴婵儿更是眉毛一扬，问道："出了何事，父王？"

戴风愣神半晌，忽然长叹一声，说道："婵儿，父王怎能不知你的心意？也知道你毅然决然的性子，不过此事事关重大，你万万不可再率性而为，否则稍有不慎便会害了无天山全体金翅鸟性命，不可不小心从事！"

戴婵儿顿时大惊："父王，何事如此重大？"

戴风起身站起，来到二人中间，语重心长地说道："你二人历经艰难，若无此事发生，即便拼了被天帝处罚，治我一个违反天条之罪，我也定会让你二人常在一起。只是如今局势，却是身不由己，我也做不了主……"

戴风一咬牙，决然说道："翼轸，婵儿，你二人便绝了在一起的念头吧，此事，再无可能！"

"啪！"却是戴婵儿手中用力，生生将一把强木椅掰下一块，脸色薄怒带嗔，说道："父王且将话说到明处，否则，休怪婵儿誓死不从！"

戴风脸色铁青，怒道："你当父王愿意如此，愿意生生将你二人拆散不成？婵儿，先前父王曾有痴心妄想，以你容貌，即便有飞仙看重也是应当。不过自从你对翼轸有了心思之后，父王早也不作他想。不料天不遂人愿，今日却有一名飞仙不期而至，二话不说便向我下了聘礼，说要娶你为妻！"

"什么？"张翼轸早已按捺不住，一听此言，更是骇然而惊。飞仙下凡前来向神人求婚，且不说飞仙凡心大动是否允许，但说飞仙与神人之间的界限也不比神人与凡人之间少上多少，天庭难道不管上一管？

张翼轸当即说出心中疑问，戴风听了，黯然说道："别说飞仙，便是天仙动了凡心，有意成就神仙伴侣者，也不在少数。不过还是以天仙与天仙、飞仙与飞仙之间为多，即便少数有天仙与飞仙相配者，也是少之又少。而飞仙与神人相配，更是罕见。只因飞仙寿命无尽，神人终究有限，且神人除非身负天命，否则莫说久居天庭，便连天庭上也无法上得……不过除了神人与凡人联姻，天庭有严令不许，天仙与飞仙，飞仙与神人，并未有天规明确不可。飞仙与神人相配，在我生平之中，只听传闻，从未得见。不想偶有一例，竟是落在婵儿身上，真是可笑得很。"

张翼轸仍是不解，继续问道："飞仙怎可私自下凡？"

"天规只是不许飞仙私自到中土世间，若有要事，飞仙不必禀报天帝便可到天无山和四海龙宫。不过飞仙向来也是少有下凡者，毕竟飞仙只是闲散之仙，既无天命，又无天事，除非飞仙思凡，前来凡间游玩……只是不知此名飞仙因何得知婵儿之貌，开口提亲，留下聘礼，说时机一到便前来迎娶，竟是不给我一丝说话之机。"

飞仙也是堂堂上仙，如此行径，与凡间恶霸强抢民女有何区别？张翼轸怒极反笑，说道："不知这飞仙姓甚名谁？如此胆大妄为，也不怕金王上报天帝，让天帝治他之罪。"

戴婵儿更是气得紧咬银牙，斩钉截铁地说道："管他飞仙还是天仙，我不嫁就是不嫁！即便将我杀了，我戴婵儿能活一天，便一天不离翼轸身边！"

有戴婵儿如此慷慨表白，张翼轸也不顾戴风在旁，伸手捉住戴婵儿双手，说道："我愿与婵儿同生共死，绝不后退一步！"

戴风见二人情深意切，也是一时感慨，苦笑说道："若是事情这般容易解决，我也不会如此为难。你二人，却是想得过于简单了。那飞仙名叫白凤公子，自称来时已然得到天帝许可，且他还口出狂言，说若是不从，他便寻个理由将无天山荡平，杀得一人不留！"

一听此言，张翼轸顿时气得怒火冲天，怎的还有如此嚣张狂妄的飞仙，竟无一丝上仙风范，直欲与世间恶人一般无二！

戴婵儿冷笑连连，说道："难道天帝也放任此等之人无法无天？如此恶劣之人竟能成就飞仙，且还自称得了天帝许可，莫非天帝也偏私护短，任由一名飞仙对我等神人随意恐吓肆意杀害不成？"

戴风只是摇头，说道："天帝之威，概莫能测！即便是我，也只见过天帝一次，且还是远远观望，中间有仙纱相隔，看不真切。我等神人在凡人眼中，高高在上，实则在天庭之上，别说天帝，便是在飞仙眼中，也与凡人一般无二。若是飞仙与神人起了冲突，虽说将无天山一众全数杀死有些虚张声势，但若将我父女二人挥手灭去，再除掉数十名金翅鸟，即便天帝得知，也不过训斥几句，难有实质处罚。更何况，若是白凤公子真的得了天帝首肯，到时他大开杀戒，只怕天帝也会假装不知，不加理会。"

张翼轸不由倒吸一口凉气，若真是如此，那白凤公子既然敢傲然放言，定然也是有恃无恐。天帝是否公允暂且不论，难不成只能任由此人强娶戴婵儿，所有人等全数束手无策，全无一丝反抗之力？

张翼轸只恨得咬牙切齿，却又心生无力之感。以飞仙之能，打也打不过，跑也跑不得，到底如何是好？以他如今修为，远不是飞仙对手，且声风剑还是无法木火相应，寻常万火之精对付飞仙，根本无法突破飞仙的护体仙气，自是没有丝毫威力。

怎么办？以戴婵儿性子，定是宁死不从，真要惹恼了飞仙，血洗无天山，到时酿成大错，谁人可担？

天帝只是端坐于九霄之上，竟是这般置世间纷争于不顾。

猛然间脑中灵光一闪，商鹤羽！

张翼轸当下也不迟疑，向戴风拱手说道："金王稍候片刻，我有一法或许可行……"说完，也不等戴风有所表示，神识外放，立时进入铜镜之中。

一入铜镜，只觉天地一片莫名，和上次一样，无日无月，无始无终。张翼轸心意一动，神识倏忽间远远放出，旋即在远方数十万里外感应到商鹤羽气息。张翼轸神识一扫，商鹤羽也是顿时有所察觉。正运功调息的商鹤羽立刻大喜，身形一闪，转眼间便来到张翼轸近前。

张翼轸也顾不上与商鹤羽客套，急急问道："商兄，此次前来我有一事与你相商，若我可助你脱困而出，你如何回报于我？"

商鹤羽一怔，想到他如今修为有成，已然达到飞仙顶峰，若只以灵体之身，在此间即便修行数万年，也难达天仙之境。若有脱困之法，以他现在手段，躲避天庭探查不是难事，到时滞留世间也好，再回天庭也罢，来去自如。

既然有此好事，不可不得，商鹤羽当下一脸喜色，答道："先前我曾许诺，若是翼轸不将我炼化，愿意追随一千年。若是翼轸有助于我脱困之法，我愿誓死追随左右三千年，三千年后，也永不与翼轸为敌。此誓可以魂魄起誓，绝不违背！"

张翼轸闻言大为心宽，正要委婉说出立誓一事，毕竟以商鹤羽飞仙神通，出去之后要是反悔，张翼轸只能听之任之，无计可施。却见商鹤羽双手竖立额前，嘴中念念有词，眨眼誓言已成，一闪便没入灵体之内。

见商鹤羽有此诚意，张翼轸微一点头，当即将他手中有一颗珊瑚珠之事说出，商鹤羽也听说过南海珊瑚珠，大喜说道："若有此珠，一颗便成飞仙仙体。哈哈，天助我也！"

商鹤羽欣喜若狂，仰天大笑片刻，忽又朝张翼轸深揖一礼，说道："我承蒙翼轸相助，先是从灭仙海中脱困，后又得翼轸宽宏大量不将我炼化，如今又赠我珊瑚珠，可重塑仙体，此等大恩大德，我商鹤羽定当永世不忘！"

张翼轸顾不上与商鹤羽多说，当下说出他如今身在无天山，商鹤羽听了更是大喜过望，说道："如此更好，无天山本是神人所居，天庭之上对神人之所的巡视向来宽松……翼轸你且回归身体，若再以你的地仙之气弥漫数十丈方圆，加上此地本有的神人气息，应该可保我灵体出镜，一时三刻不被天庭察觉。"

随即，商鹤羽将如何助他塑体之法详细向张翼轸说出，张翼轸一一记下，也不迟疑，挥手间神识出得铜镜，回归身体。

张翼轸刚一回神，发现戴风和戴婵儿全是一脸惊讶之色，怔怔地看着他，不由哂然一笑，说道："金王、婵儿，我有一法或许可解目前之围，不过尚须借助神人气息一用，可否全力施放神人气息助我一臂之力？"

戴风正要开口相问究竟何事，却见戴婵儿身形一晃，神人气息立时弥漫大殿，却是问也不问便施展开来。戴风无奈笑笑，也是气势大涨，顿时整个大殿一片金光闪耀。

张翼轸站定身形，心意一动，地仙之气外放，紫光闪烁，紫气缭绕，与金翅鸟的金光相映成趣，倒也煞是好看。三人气息交织在一起，好一派神仙气象！

紧接着便见张翼轸颈间一道亮光闪出，一团异常强大并且沛然的气息从中逸出。刚一逸出，便慢慢汇聚成人形。

张翼轸不敢怠慢，急忙依照商鹤羽方才所说，取出珊瑚珠，注入一丝地仙灵力，随即屈指一弹，珊瑚珠一闪便没入人形气息之中。

顿时一阵巨大的波动传来，再看眼前的人形气息，立生异变！

珊瑚一珠飞仙现

珊瑚珠一入人形气息之中，瞬间消散成一股莫名的混浊之气。但见混浊之气在人形气息之中穿梭不停，左冲右突，竟是渐渐凝固成实质，越来越厚重，越来越清晰可见！

张翼轸唯恐动静过大，万一被天庭探查得知，便大事不妙，当即心意一动，一个巨大的元风罩形成，将眼前的人形气息笼罩在内。

翻滚之间，混浊之气与人形气息渐渐合二为一，不分彼此，并越来越凝重成实体。不出片刻，一名儒雅打扮的中年文士便出现在众人面前。

中年文士只一成形，陡然间身上红光大盛。红光一闪即逝，饶是如此，红光所及之处，张翼轸的元水罩立时怦然消散，便连戴风和戴婵儿的神人气息也被红光所逼，生生不受控制，强行退回体内。

戴风强压心中的骇然之意，又将体内翻腾的气息压制下去，方才惊叫出声："飞仙！"

戴风并非没有见过飞仙，却是未曾见过化气为实的飞仙，惊讶当场，一时不知所措。

戴婵儿也是无比震惊，惊问："翼轸，此人是谁？这……又是怎么回事？"

张翼轸尚未答话，却听商鹤羽朗朗一笑，朝张翼轸深施一礼，说道："翼轸，今日重见乾坤，全仗翼轸之功，大恩不言谢，日后定受翼轸驱使，万死不辞！"

说着，又朝戴风和戴婵儿微施一礼，说道："方才我初成形体，气息外溢，逼迫你二人气息强行回体，是为失礼，还望见谅！再者，还要谢过二位方才相助气息之情！"

戴风和戴婵儿面面相觑，却是无比愕然，一时不解张翼轸怎的突然凭空多出一名飞仙相助，当真令人匪夷所思！

张翼轸也不隐瞒，将在灭仙海之中偶遇商鹤羽一事说出，当然不过是简略一提，并未详尽道出。饶是如此，戴风和戴婵儿也是听得惊骇不断，直为张翼轸惊险遭遇而后怕不已。

待张翼轸说完，商鹤羽已经收敛气息，肃然而立，浑身上下看不出一丝不同之处，俨然一名寻常凡人。张翼轸暗中探查，只觉商鹤羽体内空空荡荡，犹如全无修为之人。

商鹤羽自是明白张翼轸心中疑问，答道："我本飞仙，若在凡间滞留一些时日也是可以，但不可久居，是以只好隐藏飞仙气息，以凡人之身现世。除非万分危急之时，否则断然不敢全力施展飞仙修为，以免惊动上苍……"

说话间，商鹤羽突然脸色一变，说道："好强大的气息，至少也是飞仙，不，与飞仙相当，似乎又并非仙气……这无天山当真热闹，竟有高人潜伏！"

微一停顿，又看向张翼轸，问道："此人仿佛在暗中锁定你的气息，翼轸，可知是谁？"

张翼轸悚然心惊，心道果然是人外有人，天外有天，却原来一直有人潜藏左右却丝毫不知，若是仇敌，只怕举手间便可取自己性命。

张翼轸却是不知何人，略一思忖，不禁大惊："莫非是罗远公？"

此话一出，戴婵儿和戴风也是同时脸色大变。

商鹤羽却不知罗远公是谁，正要开口相问，猛然噔噔噔倒退三步，微微动容说道："此人功力当真深不可测，比我还要强上几分，刚刚发觉了我的探查，转眼便消失不见……我原本以为世间安宁平静，却原来有如此多的不世高人潜藏，了得，了得。此人生得身材瘦小，全身罩在灰袍之中，看不清楚面容，不过一身修为非仙非魔，倒也好生古怪！"

灰袍人！

张翼轸和戴婵儿对视一眼，心中莫名惊诧。灰袍人虽然当时吓走罗远公，却又不和众人见面，只怕非友非敌，只是不知何故暗中追随到无天山。

不过幸好不是罗远公，倒还多少让张翼轸暗中长出一口气！

商鹤羽果然不愧为飞仙，只一现身，便已经探知周遭情景，如此看来，有此一大助力，至少可确保无天山无虞。

商鹤羽淡定自若，开口问道："翼轸，罗远公是何人？"

张翼轸得此一问，正好借罗远公魔心仙体之事说出心中疑问，便将罗远公之事详细说出，末了却是问道："罗远公本是魔心仙体，却可长居凡间，为害道门，而飞仙仙心仙体，为何不能久居世间，维护世间清明？再者天下魔门蠢动异常，据魔门中人天媚子所称，世间还有天魔隐匿，为何天帝对此置之不理，任由魔门逐步壮大？"

商鹤羽听了却是摇头笑笑，反问："翼轸，何谓仙？何谓魔？"

张翼轸慨然答道："仙者，大义凛然的修道之士；魔者，心怀叵测的修道之人。"

"也对，也不全对。"

商鹤羽说话倒也干脆利索，说道："既有天地相对，便有仙魔对立，魔强仙弱或是仙强魔弱，都实属正常之事。天帝不过是替天行道，并非天道，也无神通法力影响天道，天行有常，天帝也是顺而行之。不过，凡间之事上应天庭，并非孤立而行。至于为何飞仙不可久居世间，而大魔则可以，我也不知原因，只知成就飞仙之后，上天开眼，轻体飞升，随即飞升天庭。"

商鹤羽说到此处，蓦然眼光一扫，顿时愣住，直视张翼轸头顶之上，奇道："流光飞舞？这是我的法宝，翼轸从何得来？"

流光飞舞束在发梢，一直未得使用之法，张翼轸几乎忘记身上还有如此宝物，听商鹤羽开口点破，又说是他的法宝，也是无比惊奇，随后将此宝物得自东海一事说出。商鹤羽听了连连点头，说道："不错，不错，正是我将此宝赠予东海龙王……也是一件难堪之事，不提也罢。既然翼轸有此机缘，我便将流光飞舞的口诀传你，以你地仙灵力催动之下，飞空之快堪比飞仙，若是用来护体，也可抵飞仙一击！"

商鹤羽当即将口诀如数传授给张翼轸，不过寥寥数语，张翼轸片刻便记在心中，只一催动，骤见流光飞舞红光一闪，一层若有若无的红光将张翼轸周身上下笼罩其内，若不细看，只当张翼轸身上衣服有红线织就，并不显眼。

戴婵儿见流光飞舞甚是奇妙，心生好奇，轻轻一掌拍出。手掌刚刚触及张翼轸身上红光，陡然一股莫名大力反弹而至，戴婵儿忙身形一退，心意一动，试图化解此力。不料此力倒也怪异，明明是由手掌之力反弹，却自脚底生起，猛然间将戴婵儿托到半空之中，一连旋转数圈才堪堪消解。

戴婵儿缓缓落到地上，俏皮一笑，说道："好厉害，以后翼轸只需催动法宝，在我等神人面前，便已然立于不败之地。"

商鹤羽倒是实话实说："以翼轸现今修为，应对寻常神人已不在话下，即便是异变神人，也可勉力一战。"

"异变神人？此为何意？"张翼轸开口问道。

"神人终其一生止步于神人之境，难成飞仙。但神人之中也不乏天资聪颖远超同类者，也有可突破神人自身局限，跨入飞仙之境者，不过为数甚少，万中无一。"

竟还真有此种可能！张翼轸悚然心惊，猛然想起当日在南海中，倾景所说的一番豪言壮语，心中不由一喜，如此看来，即便数万有其一，只要有例可得，也算略胜于无。

戴风乍见商鹤羽现形，开始还惧于其飞仙之威，不敢近前，稍后见商鹤羽犹如寻常之人，言谈之间对张翼轸也是颇为客气，不由心中大慰，瞧得机会，来到商鹤羽面前，施了一礼，说道："无天山金王戴风，参见上仙！"

商鹤羽虽是不太明了张翼轸与戴风关系，但略一推算便知二人关系匪浅，当下也不敢拿捏，回礼说道："金王不必多礼！我蒙翼轸相助才得以脱困，日后当会一直追随翼轸左右，若金王过于客套，倒是显得见外了。"

戴风顿时大惊，堂堂飞仙不但说话客气非常，且还对张翼轸如此恭敬，心中更对张翼轸高看许多，他暗暗打定主意，若是商鹤羽能够助张翼轸逼退白凤公子，说不得婵儿与翼轸之事，尽快定下才好。

戴婵儿当下也与商鹤羽正式见礼，商鹤羽也是礼数周全，不卑不亢。

张翼轸见众人相见完毕，猛然间又想起真平之事，便问："商兄，可有成就地仙之后，便被接引使引到海内十洲居住一说？"

商鹤羽微微一怔，摇头说道："不曾听闻此说……我成就飞仙之前，一直以地仙之身久居世间，直至飞仙大成之时，才白日飞升。海内十洲，我倒素有耳闻，也曾见过祖洲，不过并未与其上仙人交集，只是匆匆一见便过。"

张翼轸暗暗称奇，不过商鹤羽成就飞仙日久，而十洲接引地仙之说，却是千年以来所传，应是另有隐情。只是身为飞仙，却也与十洲来往甚少，倒也出乎张翼轸意料。张翼轸向来以为，只要晋身飞仙之境，这天上地下便可任意遨游，听商鹤羽一说，看来也并非如此逍遥。

正要再开口相问三仙山之事，忽见商鹤羽神情一怔，凝神静思片刻，说道："方才那名灰袍人去而复返……不对，不是他，竟是另有其人，而且也是一名飞仙！"

再见仙人行无端

白凤公子！

戴风顿时脸色大变，说道："不好，我只当白凤公子还要过些时日才来，不料来得如此之快，翼轸，这可如何是好？"

戴风自是不敢亲自向商鹤羽开口，只好向张翼轸求助。张翼轸只一点头，也不客气，三言两语说出白凤公子抢亲之事，希望商鹤羽能够助他逼退白凤公子。

商鹤羽微一沉吟，点头说道："来人修为比我稍差几分，将他吓阻倒是不在话下。不过若是将其杀死也是不能，我非天仙，既无天命又无天福，飞仙之体万物难伤。"

张翼轸哂然一笑，说道："毕竟来人也是堂堂飞仙，岂可轻言杀死？能将他吓退，让他不敢再前来扰乱即可。"

话音未落，众人忽觉四周一阵波动，眼前红光一闪，虚空之中凭空现出一个人影。

此人生得倒是一表人才，只一现身，旋即落在地上，冲戴风微一拱手，哈哈笑道："金王，此女莫非便是我的娇妻？"说着，伸手一指戴婵儿。戴婵儿只觉全身一紧，顿时气力全无，身不由己便飞身而起，连一丝反抗之力也没有，便被白凤公子以法力拘到近前。

张翼轸顿时大怒，正要拔剑相向，却见商鹤羽淡笑摇头，一副胸有成竹的模样，只好强忍心中怒火，按捺不动。

白凤公子一举得手，回身一扫张翼轸和商鹤羽，口出狂言："你二人若要活命，速速离去。若自嫌命长，也可自杀。若是惹烦了我，要我出手，到时生不如死，可别怪我。"

忽然一愣，回头直视张翼轸，点头赞道："这般年轻的地仙，倒也少见。怪哉，体内竟有万木之精，小子，你从何得来？从实招来！不如，送了我吧！"

随即挥手将戴婵儿挥落一旁，一步迈出，又朝张翼轸走来。

张翼轸也是只觉全身一紧，如陷无边泥潭之中，浑身无处着力，便连全身灵力也被禁制。飞仙就是飞仙，地仙与之相比，不啻天渊之别。

幸好张翼轸尚有心意可以外放，当即心动之处，元风剑凭空生成，一闪便直取白凤公子后背。

白凤公子也是一时惊讶，显然没有料到眼前的小小地仙竟有操纵天地元力之能。不过区区一把并不精粹的元风剑所蕴含的粗浅的天地元力，对白凤公子而言全然没有一丝威力。是以他头也不回，只是升起护体仙气，一闪之间便将元风剑化解于无形。

张翼轸一时喟叹，心中断定白凤公子应是仙心仙体的飞仙无疑，只因元风剑所击之处，仙气异常浑厚纯正，以他初步的控风之术，一触即溃，罗远公与之相比也有不及之处。

飞仙之能，感天应地，果然远非地仙可比！

张翼轸正想再次汇聚元风元水剑，不料心意刚动，却蓦然发觉，心意竟也被禁锢体内，无法外放而出！

飞仙动念之间将人禁锢之能端的厉害，若是无法破解，以后不管是对战罗远公还是其他飞仙，只要被对方抢了先机，先行将人全身封闭，任你有天大的神通也再难施展。

张翼轸一念想到此处，又转念想到为何商鹤羽此时还不出手，莫非另有变故不成？却见白凤公子蓦然脸色一变，全身一挺，犹如僵直木偶一般竟是手脚并直，凌空直立而起。

"飞……仙？"白凤公子人在空中，一脸惊骇之色，惊叫出声。

白凤公子一升空，张翼轸只觉全身一松，禁锢立即解除，再看商鹤羽，却是微笑间向前迈出一步，点头说道："不错，实不相瞒，在下不才，也是区区一名飞仙。白凤公子，你身为堂堂飞仙，却强抢神女为妻，也算是恬不知耻至极。又见地仙身具万木之精，心生据为己有之念，更是无赖行径！"

白凤公子却是嘻嘻一笑，说道："你既是飞仙，也应是知道飞仙之间往来不用禁锢之术，你却乘我不备封我仙力，也算是正人所为？为何不将我放下，我二人公平大战一场，生死不论！"

禁锢术是飞仙境界才有的神通，用来封闭飞仙以下境界之人最为有用，也来得最为直接，且不伤人，向来为众多飞仙最常用的法术。不过飞仙之间却极少运用，一是禁锢术施展之时心意大开，极易受到法宝攻击而心神失守，且还必须在对方不备之时，禁锢术才可锁定对方气机。是以飞仙之间若无必胜把握，向来极少禁锢对方，以免被对方得了先机，反戈一击。

是以方才商鹤羽没有仓促出手，始终隐在一旁，只为等候最佳时机。

商鹤羽却不回应白凤公子的指责，说道："若你答应此后不再为难无天山，不再强娶戴婵儿为妻，我便放你离去，你道如何？"

白凤公子一脸不信，问道："真的如此容易放我离去？不将我禁锢数千上万年？"

商鹤羽摇头说道："不必，你我之间唯一冲突便是此事，若此事了结，天地之大，你自由往来，与我无关。你可想好了，可是答应？"

白凤公子想了一想，无奈地说道："如今形势，只怕不答应也不由我，我答应便是，从此再不为难戴婵儿和无天山，特立此誓！"

商鹤羽冲张翼轸微一点头，说道："飞仙立誓，一向与天地感应，必定有誓必守，尽管放心。"

随后又看了白凤公子一眼，不无警告地说道："白凤公子，我先劝你莫作他想，以你的修为，非我对手。若要行不端之举，非要逼我出手将你禁锢，到时我也不会手软。"

白凤公子忙说："好说，好说，我自有分寸。抢亲之事，是我不对，就此改过……在下白凤公子，还未请教阁下尊姓大名？"

"商鹤羽！"

"如此，还请商兄高抬贵手，放我一马。我白凤公子一言既出，定当守诺！"

商鹤羽却是扭头看向张翼轸，问道："你意下如何，翼轸？"

张翼轸见白凤公子言辞恳切，且对方身为飞仙，怎可轻易禁锢？当即点头同意。一旁的戴风和戴婵儿也是微微点头，再无异议。

商鹤羽心意一动，动念间收回禁锢术。白凤公子一得自由，身子一晃便落到地上，倒也不失了礼数，冲商鹤羽微一拱手，说道："商兄法力高强，在下自知不是对手，定不会与阁下纠缠。方才在下答应不为难戴婵儿也定会做到，不为难她，却有时间让她回心转意，哈哈……"

笑声一起，白凤公子身形一晃，立时消失不见。同时只听戴婵儿惊呼一声，竟在眨眼间也被白凤公子掠走！

突逢此变，商鹤羽顿时大怒，不想白凤公子身为飞仙竟如此无端，当即冷哼一声，身形一闪随即移形换位，凭空消失。

张翼轸一时大骇，也顾不上多说什么，心意一动，脚下清风一卷，也飞身朝外面追去。戴风气得脸色铁青，大喝一声，也是御风而起。

张翼轸追到外面，但见天地苍茫一片，哪里还有白凤公子和戴婵儿的身影？连商鹤羽也踪影全无，不由心中大为沮丧。不想白凤公子身为飞仙，竟是出尔反尔，甚至不如魔门中人信守承诺，更不如神人一诺千金，当真是令人不齿！

即便是如今为己所用的商鹤羽，当初也曾在灭仙海中意欲夺舍，现今虽然归心，也是因为自己大度且助他脱困。想到此处，张翼轸不免惶恐茫然，若是仙家全是此等做派，这仙魔之间，却原来并不如自己先前所想一般泾渭分明，非正即邪。

当下心中喟叹一声，控风之术施展，方圆数十里尽入感应之中，却是一无所获。猛然间张翼轸心意一动，却是感应到商鹤羽所留的气息，正是指向北海方向。

清风激荡间，也顾不上理会身后的戴风，直朝北海飞去。不过商鹤羽气息忽东忽西，来往甚疾，张翼轸才知他的控风之术飞空之能与飞仙相比，却是慢如牛车！

何不一试流光飞舞！

心想意到，灵力运转，暗中催动口诀，旋即流光飞舞红光闪动，倏忽间只觉眼前一花，便已置身百里之外，当真是其快如电。张翼轸大喜，果然好宝物，飞空之快比起御风，快了怕有十倍以上。

得流光飞舞之助，张翼轸紧随商鹤羽所留气息，一连追逐不下万里，终于感觉接近二人千里以内。此时他已经置身北海万里冰封的冰洋之上，目光所及之处，白茫茫一片，呼啸之间，雪花扑面如刀！

风雪漫天，流光飞舞护住全身，风雪无法近身一丈之内。张翼轸定神感应，赫然发觉右方百里之外有人对峙，忙身影一闪，呼吸之间便来到场中。

正是商鹤羽与白凤公子相对而立，而戴婵儿紧闭双目，悬浮于白凤公子一侧。白凤公子神色紧张万分，目光紧盯商鹤羽。

奇怪的是，商鹤羽神情比起白凤公子还要严肃几分。二人对立不语，竟是一动不动，全神戒备！

张翼轸近身商鹤羽，问道："商兄，为何不将白凤公子拿下？"

商鹤羽头也不回，目光一扫眼前无尽的苍茫风雪，低声说道："此处另有高人隐藏，不知是敌是友！"

斗转星移咫尺间

张翼轸顿时愣住，还未来得及发问，却听白凤公子终于忍耐不住，对空说道："何方高人，还是现身吧！莫要躲躲藏藏，是友是敌，还是给个明白得好！"

商鹤羽神色一凛，显然是有所发现，闷声说道："正是灰袍人！"

话音未落，忽见不远处虚空之中四散飞舞的雪花突然分开，随后一个人影由淡到浓现身空中。此人身材矮小，一身灰袍，全身笼罩在一层莫名的虚幻之中，看不清面容，不是灰袍人又是哪个！

张翼轸见灰袍人现身，心中一喜，向前一步，拱手说道："前辈，当日南山湖一别，未曾当面致谢，今日先拜谢前辈先前相救之恩。"

灰袍人刻意压抑声音说道："张翼轸，休要啰唆，眼前此人，杀了如何？"

此言一出，张翼轸顿时骇然。想当初，他求灰袍人杀掉罗远公，灰袍人却置之不理，今日开口间却是要杀掉飞仙，难道他也是魔门中人？

即便不是魔门中人，怕是对仙家也无好感，要不宁肯放过罗远公，却只一露面却要杀掉白凤公子，是为何意？

略一沉吟，张翼轸摇头说道："我也身为修仙之人，且已是地仙之身，即便白凤公子有不端之举，毕竟也是一位名列天庭的飞仙，如何能轻易杀得？不如略施惩罚，放他一条生路……"

张翼轸话未说完，却见灰袍人陡然原地消失，随即又现身张翼轸身侧，手一挥，却将昏迷不醒的戴婵儿抛到张翼轸身边，冷冷说道："不杀也可，你的心上人已经被此人下了离魂术，若他不死，此法不解，从此戴婵儿形同行尸走肉，只听他一人之言！"

白凤公子哈哈一笑，得意非常："不管你是何人，不过眼光倒是不错，连我的独门离魂术也认得，不简单。不过你只知其一不知其二，不杀我，戴婵儿对我言听计从；杀了我，戴婵儿便失魂落魄，谁也不认得。哈哈哈哈，看你等能奈我何？"

商鹤羽一惊，问道："离魂术……你是无明岛之人？"

"不错，怕了吧？无明岛独立于天庭之外，便连天帝也敬上三分，别说你一个小小的闲散飞仙，便是掌管天庭要职的天仙也不敢拿我怎样，否则无明岛岛主一怒，便是将天无山杀个片甲不留，天帝也不会因为小小的无天山而拿无明岛如何！"

白凤公子无比嚣张地仰天大笑，见商鹤羽知道无明岛，更是得意非常，一副有恃无恐的作态。

张翼轸虽是以前也曾听倾颖说过无明岛之名，却并不清楚无明岛是何等神圣之地，只被白凤公子的阴毒法术气得咬牙切齿，杀不得又放不得，这该如何是好？

张翼轸一脸恨恨之色紧盯白凤公子不放，白凤公子却毫不示弱，犹自说道："张翼轸，你不过是小小地仙，却与我斗，能得以不死便已是侥幸，还要和我争夺女人，也不掂量一下自己分量，嘿嘿，可悲加可怜。不过你倒也面子不小，请了两大飞仙护你，不过天仙来了也不敢轻易对无明岛放肆，何况是两名飞仙！我且劝你，小子，便死了这条心吧，戴婵儿虽然在我眼中不过是薄柳之姿，不过有人争抢也多了一些趣味……"

随后又一脸不耐地看着灰袍人，轻蔑地说道："商兄识时务知大体，清楚无明岛的厉害，你又有何话说？是帮那个小小的地仙与无明岛作对，还是识趣一点，主动消失？"

灰袍人听了竟是一笑，笑声难听至极，犹如破锣在敲，还未笑完，便森然说道："什么无明岛，从未听说过。说实话，我初见之下便看你颇不顺眼，又见你抢翼轸女人，现在你又仗势欺人，更加认定你不是什么好东西。既然如此，今天我就试试替天行道是何等滋味，你何其有幸被我看中，也算死得其所……"

灰袍人身影一晃，残影尚在张翼轸身侧，真身却已然逼近白凤公子身前，猛然一拳挥出直击白凤公子胸膛。

张翼轸惊得目瞪口呆，与罗远公一战，以及刚才被白凤公子禁锢，他便认定若是两大飞仙对战，不定会有如何惊天动地之威，定是法宝纷飞，仙气弥漫。不料灰袍人一出手，却毫无花招技巧，竟是当胸一拳，直如寻常武夫打斗！

看似平淡无奇的一拳击中，缓慢且坚定，白凤公子却顿时脸色大变，躲无可躲，竟是嘿了一声，双手平平推出。

掌拳相交，无声无息，交接之处却猛然形成一道肉眼可见的波动，犹如虚空破碎一般。随即轰然一声巨响，灰袍人后退数丈之远，白凤公子却身影一晃，倏忽间远去，踪影全无！

仿佛只是一退一进，但见白凤公子身影刚一消失，却又同时在原地出现，却是堪堪伸出一只手指，遥遥朝灰袍人凌空一点。

一指点出，张翼轸只觉便如整个天地被吸入其中一般，白凤公子的指尖红光一现，随后却是一点漆黑之色，疾飞而出，瞬间击中灰袍人。

灰袍人全无感觉一般，人被击中，却浑然不觉，身形消散在空中，如同同时发生，此处身影尚未完全不见，彼处人已现身，却是化掌为刀，一刀斩向白凤公子颈间。

白凤公子不慌不忙，左臂伸出拦住致命一击，右手紧随其后，五根手指犹如抚琴一般在空中依次弹过，随后化掌为拳，紧紧一握，大喝一声："爆！"

却见灰袍人依然若无其事，非但没有如白凤公子所料爆体而亡，反而更加勇猛无比。灰袍人错身飞开数十丈远，闷声一笑，说道："你的灵犀一指神通并非绝技，至少对我而言，全然无用！"

说着，双手交叉，伸出双指指天，以低沉的声音厉声说道："天地之大德曰美！"

惊见无边飞雪一时停留在空中一动不动，随后无数雪花灿烂盛开，竟是瞬间变为朵朵鲜花，漫天花雨纷飞，却无一丝花香，更无丝毫美感，只觉异常诡异，令人心生无名恐惧。

陡然，鲜花消失不见，随之竟是连天地也隐去不见。张翼轸只觉眼前一花，再定睛一看，几人竟是置身一处无边无际的莫名之地，不知天不觉地，却是只觉四周全是灿然星辰闪烁不定，此地无上无下，全是无尽虚空，只是无数星光倏忽来去。

"斗转星移！"白凤公子和商鹤羽一齐惊叫出声。

"你究竟是何人，为何会施展斗转星移这般无上大法？"白凤公子终于露出恐惧之色，颤声问道。

"斗转星移也是无上大法？"灰袍人不以为然地答道，双手穿插不停，却是越来越慢，越来越凝重。随着灰袍人手势减缓，漫天星光飞舞渐渐变慢，并慢慢合拢，朝几人汇聚而来。

白凤公子惊叫出声："你要如何？真要将我封印于斗转星移之中不成？你可是想好了，若我被封，不但戴婵儿的离魂术无人可解，若被无明岛得知，定叫你生不如死，受那炼魂之苦！"

灰袍人却无动于衷，依然缓慢而一丝不苟地完成手势，却是说道："有此空闲时间，不如自灭魂魄，省得受那抽丝剥茧之苦！"

白凤公子一脸狞笑，发疯一般向灰袍人发动进攻，明明眼见就要击中灰袍人，却又转瞬之间与灰袍人擦肩而过，无法伤及灰袍人分毫。

张翼轸瞧得惊奇，心道这斗转星移果然不凡，看似几人同处一地，或许相隔千里万里也不止。只是不知斗转星移是何等法术，又有何惊人神通，更让张翼轸感到迷惑的是，灰袍人究竟是谁，为何在南山湖先是助他脱难，其后又一路尾随追到无天山，如今又悍然出手对付白凤公子？

他是何许人，又有何目的？

正思忖之时，却见漫天星光已然汇聚成团，约有数丈大小，如同一片飘忽不定的云朵，围绕几人飞速旋转。猛然间，星云一闪便飞临白凤公子头顶，骤然散发出一团蒙蒙星光，虽不耀眼，却顿时令白凤公子定在当场，动弹不得。

星光一闪一暗不停闪动，一次闪烁，白凤公子身形便缩小一分，同时脸露痛苦之色。只几次闪烁之后，白凤公子便形如三岁小儿，脸色惨白如纸，却猛然间露出狠绝之色，却是哈哈大笑："好，既然如此逼我，休怪我不留情面……"

却见白凤公子紧咬牙关，伸手间取出一枚绿色丹丸，张口吞下。刚一入口便见他浑身绿光大盛，身形随即瞬间还原到正常大小，一晃便逃出星光笼罩，紧接着便欺身到张翼轸身前，嘿嘿一声干笑，伸手便将张翼轸擒在手中，说道："本来我不想杀你，也无杀你之由，不过倒未想到你身边竟有如此高人助你，说不得今日吃了大亏全是拜你所赐，杀你解气，也不为过吧？"

说着，白凤公子眼中红光一闪，双道沛然仙气自双眼射出，仙眼大开，直朝张翼轸双眼射来！

天地最难得灵眼

张翼轸今日第二次被白凤公子所制，自然心中气愤难平。此次白凤公子仓促之间出手，又因两大高手在侧，未敢贸然发动禁锢术，是以张翼轸大骇之下也是将心一横，抱定两败俱伤之心，也不躲避，心意大开，动念之间，声风剑便凭空生成，跃然手上。

声风剑只一形成，万火之精随之迸发，一剑便朝白凤公子当胸刺来。

事发突然，从白凤公子逃离星光控制到举手间擒获张翼轸，再到白凤公子发动仙眼，张翼轸随即唤出声风剑，总共不过瞬息之间。饶是灰袍人和商鹤羽两大飞仙高人，都未曾料到白凤公子竟然身具还灵丹，借助还灵丹的无上增进法力之能，眨眼便脱离星光吸附。

待二人反应过来，白凤公子的仙眼仙光已然击中张翼轸双眼，而张翼轸手中的声风剑激发万火之精，也是一剑将白凤公子洞穿！二人同时惨叫出声。

张翼轸被仙光射中双眼，只觉一阵晕眩，随即眼前一黑，便陷入无边黑暗之中。

而白凤公子只求伤人不求自保，且又心中大意，认定张翼轸不过是地仙，定无伤他之能，且飞仙仙体万物难伤，以一名小小地仙的神通，即便有不世宝物，也断难伤及飞仙仙体，是以大意之下再加一时不察，被声风剑一剑刺穿。

刺穿之后，白凤公子虽然微有惊讶，却也不以为然，只当张翼轸手中宝剑定是飞仙法宝，能将他刺穿已是侥幸，绝无伤及仙气之能。飞仙仙体不比肉体凡胎，寻常宝物即便有刺伤之利，若无法将仙体之内的仙气打散，也不过如抽刀断水，刀过水流，并不伤及根本。

不料剑一入体，剑身之上的热力迅即注入体内，生生将体内反击仙力推到一边，且热力惊人，与仙气一接触，竟片刻之间将仙气消融大半。白凤公子尚未反应过来，剑身热力便在他体内盘旋一转，非但护体仙力无法将热力扑灭扼杀，且维持仙体的仙气全然不是热力对手，竟有惧怕这股热力之意，节节败退。

白凤公子当时惊吓得魂飞天上，脑中灵光一闪，猛然想到此股怪异的热力正是传闻中可灭飞仙仙体斩天仙天福的天命之火，当即惊叫出声："天命之火！张翼轸，你究竟何人，怎会有此等火力？"

话未说完，便再也支撑不起，一声惨叫，便晕死过去。若不是刚刚服下至刚至强的还灵丹，只此一剑，说不得也要让白凤公子永失飞仙仙体！

张翼轸上次对战罗远公，只因无法突破罗远公的护体仙气，是以才无法发挥天命之火可消融维持仙体的仙气之威。此次侥幸之下一剑重创白凤公子，一是因白凤公子被斗转星移消耗大半仙力，二是他仓促之下不及升起护体仙气，实在也是瞎打误撞。

不过，张翼轸也付出了惨痛的代价，双目失明！

一切太过突然，强如灰袍人和商鹤羽者，也是不及反应，等二人大惊之人将白凤公子禁锢且同时移身到张翼轸身边时，张翼轸已然双手护眼，晕死过去。

声风剑失去心意支持，化红为黑，化黑为青，青光一闪，竟然自动回收到张翼轸体内！

商鹤羽挥手间卷起张翼轸，探查一番不禁紧锁眉头，叹道："地仙之体与飞仙仙体大不相同，仍是肉体凡胎，双目失明，除非世间妙药救治，却无法如飞仙一般，可靠仙气修复。翼轸……可怜！"

灰袍人全身笼罩灰暗之中，看不清面容，不过由其举动之上也可看出，他对张翼轸也多少有些关切之意。听商鹤羽如此说来，灰袍人微一点头，说道："方才我施展斗转星移打算封闭白凤公子，幸得阁下暗中出手相助，在此谢过。不过未曾料到这白凤公子看上去修为不高，竟也如此硬挺，合我二人之力竟还让他伤了张翼轸，实在汗颜。"

商鹤羽也是一脸无奈，答道："若非我方才全力暗中助你，一时无暇顾及翼轸，也不可能让白凤公子暗中得了便宜，竟是伤了翼轸。翼轸之伤虽不伤及性命，却双眼难保，以后我遍寻天下为他寻找灵丹妙药，定要救好。只是这白凤公子阁下要如何处置？”

灰袍人冷哼几声，一扬手，星云再次星光灿烂，将白凤公子笼罩在内。几次星光闪烁之后，白凤公子身形越来越小，最后小如蚂蚁，被星光瞬间吸附入星云之内。

“此人如此歹毒，且将他封印在星云之中，过上十万八千年再放他出来，看他是否悔改！”说完，灰袍人又打量张翼轸几眼，一副欲言又止的样子，最终还是摇摇头，说道，“也罢，张翼轸就先交由阁下照管，就此告辞！”

灰袍人倒也干脆，说走就走，商鹤羽正要开口问对方究竟何人，封印了白凤公子又该如何救治戴婵儿，却觉眼前一亮，耳边再次响起呼啸风声，又重回冰洋之上，而灰袍人已然消失不见！

商鹤羽微一愣神，定睛看到双双昏迷不醒的张翼轸和戴婵儿，不由心生无奈。先在灭仙海被困无数年，又在铜镜之中藏身许久，不料重见天日便惊见此等巨变。虽有飞仙之能，却对张翼轸的双目失明和戴婵儿所中的离魂术束手无策，怎不让商鹤羽心生挫败之感？

按下心中焦虑不提，商鹤羽打起精神，御空飞行。因带动张翼轸和戴婵儿二人，无法施展移形换位的神通，只得飞空而行，饶是如此，也比地仙驾云快了许多。不多时，便出得冰洋，一眼便看见正焦急不安急得团团转的戴风！

商鹤羽迎上前去，将事情简略一说，戴风急火攻心，差当场昏厥过去。逢此变故，戴风尽管心中万般怒火，也只好强忍下去，强打精神，和商鹤羽一起返回无天山。

无天山上下顿时乱作一团，戴戬忙前忙后，寻找灵丹妙药。戴蛸子一脸肃然，喝令众人全体戒备。戴风愁眉不展，苦思救治良方，倒是商鹤羽似乎一时悠闲下来，站在一旁凝思不语。

过不多时，得知了消息的灵空、画儿以及真平也一同赶来，几人都是面露关切之意，一脸凝重和担忧。尤其是画儿一反常态，竟是镇静如松，怔怔地看着张翼轸半晌，紧咬嘴唇，眼泪盈满眼眶，却不落下，小小模样惹人生怜，却又毅然决然地说道：“主人师兄，以后画儿修为有成之时，定要全力护你周全，不让任何人伤你一根汗毛，管他天帝还是天魔，都休想过得了画儿这一关！”

商鹤羽初见画儿是木石化形之体，也是微微一怔，又听画儿立此大誓，见她虽是生得幼小，但说话慨然有力，神态坚定，竟是令人生不起丝毫轻视之意，不由心中一惊，暗道此女非同寻常，立誓竟能感得天地呼应，恐怕并非寻常的木石化形。

灵空和真平初见商鹤羽不免惊讶一番，商鹤羽只好简要一提，灵空听了嬉笑说道："怪不得一望之下气宇非凡，仙气内敛，举手投足间与天地浑然一体，果然是飞仙下凡……既然你是飞仙，可否认得我灵空这个下凡的神仙？"

商鹤羽不免觉得好笑，说道："翼轸倒是自身资质极好，否则也不会自行修到此等境界。灵空，飞仙以上便是天仙，未曾听闻神仙一说，不知你是哪门子下凡的神仙？"

灵空岂能听不出商鹤羽话中的讥讽之意？暗嘲他这个翼轸师傅并无大用，当下也不恼，摇头晃脑地一笑，答道："此乃天机，便是天庭之上，也只有数人知道，你不过是寻常飞仙，怎会知晓此等绝密之事。算了，不提也罢，但说治伤之事，堂堂飞仙，可有法子治好翼轸的双眼和婵儿的离魂术？"

商鹤羽黯然摇头，说道："若是飞仙伤及仙体，莫说双眼毁去，就算断手断脚，只要不被斩首，便无性命之忧，假以时日，便可炼化仙气修复受损之处。只因飞仙仙体本是借助天地之气，以仙气转化而成。翼轸身为地仙，虽比常人肉体强悍一些，不过仍是肉体凡胎，世间万物，法宝好炼，肉体难修，所以翼轸此伤，恐怕需要世间的灵丹妙药，我却无能为力。

"至于戴婵儿身中离魂术，也是无上仙法之一，除非施法之人自己出手或是天仙修为才可去除，惭愧得很，我也是爱莫能助。"

灵空听了眼睛一瞪，难以置信地说道："这么说来，你这飞仙却是一点用处也没有？翼轸也是，原以为可以得一大助力，不料竟是百无一用，可惜了一颗难得的珊瑚珠！"

灵空此言一出，非但戴风等人脸色大变，便是真平也是大吃一惊，急忙上前向商鹤羽深施一礼，说道："地仙真平拜见上仙！上仙勿怪，灵空此人向来疯癫，说话无心行事无端，还望上仙切莫与他一般见识才是，若有失礼之处，真平先替灵空赔罪了！"

商鹤羽被灵空嘲讽一番，也不以为忤，愣了片刻，心思一时恍惚，忽然脑中灵光一闪，惊叫出声："灵空道长，你的言谈举止令我忽然想起天庭之上一名久负盛名的天仙！"

我本蓬莱闲散仙

商鹤羽此言一出，一众皆惊。

灵空却是得意地一笑，说道："想不到我灵空混迹凡间多年，第一次被人认出身份，了不起！"

商鹤羽本是一脸惊喜，猛然想到了什么，又摇头一笑，说道："不过是相似而已……此人尚在天庭担任天官，怎可下凡？再者他身为天仙，绝无可能私下凡间。"

灵空一脸失望，叹道："罢了，不与你等计较短长，信不信由你。不过商鹤羽，你且说说，天庭何人敢与我相似？"

真平在一旁看不过去，插话说道："灵空道长休要胡搅蛮缠，眼下还是要以为二人诊治最为重要。"

灵空听了顿时一脸晦色，连连点头说道："说得对，说得好，是我不对，是我疏忽了，向翼轸和婵儿赔不是了……"说着，灵空分别朝昏迷中的二人揖了一礼。

商鹤羽毕竟身为飞仙，看法自与众人不同，却是说道："如今二人之伤只能从长计议，急也无用。或许世间另有良医可治，一切只看二人机缘，不必勉强。倒是与灵空相似之人，正是天庭之上主管南方七宿的南天官！"

真平自晋身地仙之后，与天地感应较之以前大进，对天庭之事也颇感兴趣，听商鹤羽提及，当下也将张翼轸二人救治之事暂且压下，忙问："南天官身司何职？"

商鹤羽看了真平一眼，略一迟疑，还是说道："你不过是地仙之境，按理说不应知晓天庭之事，不过我看现今飞仙下凡强抢神女，我这小小的泄露天机之罪，更是无人理会，说了也无妨。二十八星宿分东西南北四方星官，各自统领七宿，是为东西南北四天官，总领天下二十八星宿，至关重要，四天官又皆为太白金星统管。"

说到此处，商鹤羽赫然一惊，看向躺在床上的张翼轸，惊道："张、翼、轸……南方七宿之中的张月鹿、翼火蛇和轸水蚓起头之字，莫非此名字有何端倪不成？"

灵空大摇其头，说道："大错特错，张翼轸此名并无特殊含义，不过是其父母偶然得之罢了。翼轸有今日修为，全仗我这个神通广大的师傅一手调教。不过商鹤羽你还有一错，便是我灵空可不是什么小小的南天官，以我灵空之能，岂能甘居于太白金星手下？哼，也忒小瞧了我。"

戴风一脸愁苦之相，来到商鹤羽面前，正要行大礼参拜，却被商鹤羽扶住，却听商鹤羽说道："金王不必客套，我即便不算认翼轸为主，眼下也是辅助之身，你为翼轸长辈，我受你之礼是为不当。我知你心意，戴婵儿身中离魂之术，此法术异常刁钻，我也只是只闻之名不知其详，更无破解之法，是以一时也急不得，方才我也将戴婵儿神识封闭，省得她醒来之后闹上一闹。不过金王暂且心安，天地之大，能人无数，总有救治之法。离魂术不过是令人失魂落魄，并无性命之虞。"

听商鹤羽一说，戴风心中稍安，转身又去查看戴婵儿伤势。戴婵儿依然双目紧闭，犹如沉沉睡去，只是脸色阴冷，全非正常面容，如同身处噩梦之中。

而张翼轸倒是脸色平静，只是明眼人一眼可以看出，双目虽是紧闭，却已然失去神韵。

戴风本来爱女失而复得，正是心生喜悦之际，白凤公子却节外生枝，非但要强抢戴婵儿，却还如此悍然出手，将戴婵儿和张翼轸二人全然打伤，直令戴风的心情由云端跌入深渊，欲哭无泪。

商鹤羽定神之间，微一查看张翼轸伤势，点头说道："翼轸应是无碍，白凤公子的仙气虽然厉害，不过当时一是仓促，二是他遭遇重创，无法全力施展，是以翼轸只是双目失明，且被仙气封闭了神识。方才我已经将其仙气驱逐出翼轸体内，眼下不醒，应是神识正在恢复之中。"

一直守候在张翼轸身旁静默不语的画儿突然开口说道："主人师兄已经醒了，只是不愿说话罢了。"

画儿话音一落，却听张翼轸幽幽说道："画儿，你又何必点破？且让我多休息片刻也好，而且……醒与不醒又有何区别，反正眼前一片漆黑……"

声音落寞寂寥，无奈幽怨，竟是沧桑不堪，不见曾经心性坦然的少年，令人听闻之下一时心酸。张翼轸，一向淡然随意的少年突逢此等变故，也再难镇静自若，心生凄凉之感！

灵空向前一步，一把抓住张翼轸双手，铿锵说道："翼轸莫怕，切莫灰心，有为师这个无所不能的下凡神仙在此，治好小小的双目失明不在话下，若要再进一步，便是助你成就飞仙也不算太难！"

张翼轸却是叹息一声，说道："师傅，莫要再胡言乱语了，自家事自家知，我这两眼全然毁去，只怕再无复明的可能。虽说修道以来，为求天道，情知有得必有所失，只是眼下诸事未了，亲生父母杳无音讯，灵动掌门也不知身在何处，罗远公未除，中土道门未净，如此等等，我若一死还则罢了，如今却是双目失明，怎不令人痛心疾首，心生无力之感？"

张翼轸慷慨说来，却又声音低沉，神色落寞，众人听了无不心情沉重，一时无语。

商鹤羽想起什么，惊问："翼轸，你亲生父母一事，所谓何意？"

张翼轸虽然心情落到低谷，不过凭借控风之术，对身外环境和周边几人也有一个大概感应，虽然不如肉眼看得历历在目，却也依稀可见大概轮廓，是以并未完全绝望。正好商鹤羽问及亲生父母之事，便也不隐瞒，将他的莫名身世如数说出。

商鹤羽听了先是愕然，随即摇头说道："绝无可能，翼轸，飞仙成亲者有之，成亲之后生子者也有之。不过飞仙并非肉体凡胎，是以飞仙生子也与凡人大不相同，乃是化生。所谓化生，是指化形而生，男女飞仙仙气结合，最终化形而得子，此子生而便是地仙修为，不过体质与地仙又大不相同，又非飞仙仙体，是为普通天人之体，称为天体之身。不论天仙还是飞仙，所生之子皆是如此，统称为天人。

"天人虽然生而便为地仙修为，寿命十万年，不过若是不勤奋修行，既无神通也无天福，只可安享一生清福。不过天人生而安逸，能精进勤修者寥寥无几，终有所成者更是绝无仅有。是以天庭之上，无论天官、天仙还是飞仙，全是凡间飞升之人，而天人虽也人数众多，多数只任寻常职务，天兵天将，或是看管天河放养天马，又或只是寻常天人，便如世间普通百姓一般。

"若说翼轸父母乃是飞仙，则翼轸绝非肉体凡胎。且天人体质不同于飞仙，无法突破天地界限下到凡间，是以此说应该只是山村传言，并无真实之处。"

张翼轸已经不止一次听到飞仙并无肉体凡胎之子的说法，当下也只是淡淡一笑，说道："商兄，我也并非自抬身份，非要认定有飞仙父母才如何，而是此乃太平村爹娘所言，不过当时倒也并未言明亲生父母定是飞仙，只说他二人人在方丈仙山，让我长大之后前往寻找他们……我初时也是不信，不过亲生父母所留的铜镜绝非凡品，想必商兄也是亲身经历，可知晓铜镜来历？"

商鹤羽也是不知，想起当初在铜镜之中，曾经疑心此物本是传闻中的紫金钵，后来虽然得知并非如此，不过也猜测到此物定非凡品，远在飞仙法宝之上，甚至天仙法宝也有所不及，或许与传闻中的天地自成的法宝有相似之处。商鹤羽苦思一番也不知此宝究竟何物，低头想了片刻，才又答道："我也不知此宝究竟何物，不过此宝恐怕是与天帝的天地宝鉴和量天尺为同一等级法宝，来历非凡。依此推算，翼轸亲生父母定非凡人，莫说飞仙，便是天仙也有可能。只是天仙与飞仙并无凡间之子，这倒也是说不通之处。你说是亲生父母留言，让你前往仙山方丈寻找他们？"

"正是！商兄可知方丈仙山究竟位于何处？"

"海外三仙山，方丈、蓬莱和昆仑，皆在四海之外七万里之遥，隐没在天地迷雾之中，地仙所不能及，昆仑仙山四周更有弱水围绕，地仙不渡。蓬莱仙山掩映于无风无水之地，凡驾云御风之地仙或神人，皆不能抵达。而仙山方丈则更为独特，山高直与天齐，若无御空之能，也是断难飞临。三仙山远居方外之地，绕四海旋转不停，行踪不定，别说地仙，寻常飞仙也是极难寻得。"

灵空奇道："商鹤羽，你说得倒是头头是道，仿佛亲眼所见一般，比我还敢信口开河，不知从哪里听来的？"

商鹤羽不知何故对灵空的冷嘲热讽从不气恼，点头一笑，说道："灵空，虽然三仙山我并未全部亲眼所见，不过我所言应该不差，只因我……本是来自蓬莱仙山。"

方外之地三仙山

别说他人一时惊愕当场，便连张翼轸也是悚然而惊，竟是从床上一跃而起，惊问："商兄，此话当真？"

戴风也是惊得目瞪口呆，真平更是难以置信，便连灵空也是一时忘了讥讽一二，张大了嘴巴。

也难怪众人如此惊诧，只因三仙山历来在传闻之中神秘无比，并无具体所指，真假不定，比起高高在上的天庭还令人感到深不可测，令人心生向往。如今赫然听到商鹤羽自称来自蓬莱，顿时让一众人等都支起耳朵，震惊之余静等下文。

见众人这般神情，商鹤羽恍然一笑，说道："天有天规，海外三仙山与凡间并无干系，不可向凡人泄露天机。不过翼轸身世莫名，有此机缘，我就算说出也只是为助他寻找亲生父母参详之用，并非刻意透露天机。"

"倒也啰唆，想说便说，不说拉倒，怎的如此麻烦？瞻前顾后，怎可成就大事？再说所谓泄露天机，怕是泄露何人心机更来得贴切。"却是灵空在一旁颇不耐烦地说道。

商鹤羽一怔，灵空无心之语，将天机说成何人心机，倒也来得其所，不由又上下打量灵空几眼，却又将灵空看得火起，怒道："非礼勿视，莫非连此等小事也要我说出才知？"

被灵空一嚷，商鹤羽苦笑摇摇头，也不反驳，直看得众人面面相觑，不敢相信眼前情景。堂堂飞仙，被灵空这个冒牌神仙的烧火道士训斥一番，竟是坦然受之，莫说恼火，连一丝怨言也不敢说出，当真是令人不可思议。

话说海外三座仙山本是闲散飞仙所居之地，蓬莱多居男仙，方丈男女飞仙各半，而昆仑几乎全数为女仙，各自在海外之地飘浮不定，不归天庭不属凡间，是真正的方外之地。

大多飞仙一旦跨入飞仙之境，便会被天庭感应，名列《太玄长生录》之上，称之为名列仙班。此后再被天帝钦点，交由天官录入《飞仙录》，此时尚在凡间的飞仙便是待诏洞天。再后天帝令人登录在册，永存于镇天之宝的《天地往生录》之中，此时才算正式感天应地，飞仙大成。此刻的飞仙便可感知天庭所在之处，御空直飞九天，一直飞升到空无可空之处，便可踏破虚空，打破天地界限，飞升天庭。

飞升天庭之后，天帝便依飞仙修为高低和天福多少，分封属地或是放任不管。天福多者，可得一官半职，绝大多数飞仙并无官职，不过是天庭之上一名闲散飞仙而已。且大多数飞仙也极少见到天帝，刚一飞升天庭，便会遭遣散到无明岛、无根海和四天王天，或是海外三仙山。能够留在天庭之上者，还算飞仙中的佼佼者。

久而久之，无明岛、无根海和四天王天，以及海外三仙山，飞仙越聚越多，渐渐成为超然之地，俨然独立于天庭之外，不受天帝节制。三仙山还好一些，毕竟每座仙山之上都有一名天仙坐镇，名为统领，实为监察。四天王天也相对平和，因四大天王皆效忠于天帝。而无明岛和无根海虽也有天仙镇守，不过却并不与天帝齐心，如今形势，此两处方外之地几乎自成一体，不受天帝所辖，不为魔门所动，自得其所。

无明岛位于海外三仙山之上，天庭之下，岛主箫羽竹虽然只是一名飞仙，不过却法力高强不亚于天仙，修为通天，再加上其人天纵之姿，平生所创绝学无数，许多独创法术非但厉害无比，且无人可破。据传箫羽竹手中还有一件天地法宝，即使天帝也无可奈何。一向传闻箫羽竹又善于笼络人心，将无明岛治理得井井有条，其上一众自由自在惯了的飞仙对他之命无不服从，无明岛已经是箫羽竹的自家之地。

无根海是一处匪夷所思之地，位于天庭之外百万里之遥，此处天地八风日夜不停，寻常飞仙也断难进入。无根海悬于虚空之中，宽广无边，其范围之广比起天庭也不遑多让。不过无根海方圆虽广，却是阴风、天雷、九幽之火、黄泉之水汇聚一起，随处可见，飞仙入内也如常人一步踏入刀山火海，凶多吉少。是以前来此处的飞仙，多半是性子漠、恶劣或是凶狠之人。也正是因此，无根海积聚无数神通广大，生性强悍的飞仙，渐渐坐大，成为一方不可忽视的势力。领头之人也是一名飞仙，名字很怪，叫王文上！

尽管如此，无明岛和无根海虽然坐大日久，不过天庭一直无事，倒也不见有何事端，表面之上，一岛一海对天帝仍是无比尊敬，只是暗中对天帝之令阳奉阴违，或是推三阻四，置之不理。更有传言所说，天魔也曾数次拜访无明岛和无根海，与箫羽竹和王文上暗中来往甚密。此事断然瞒不过天帝的天地宝鉴的探查，不知何故，天帝一直隐忍不发，任由无明岛和无根海日益壮大起来。

相比之下，三仙山倒还真是仙山福地，其上飞仙多是性情淡然喜好宁静之人。蓬莱仙山所居飞仙，多数是喜爱静而思之，思而虑之，参悟天地变化究竟之人，心性冲和，与世无争。方丈仙山所居飞仙，多是男女飞仙相伴，一心只求朝朝暮暮，愿做长相厮守的神仙伴侣之人。而昆仑仙山所居飞仙多为女仙，除去已有心仪之人的女仙之外，几乎全数女子飞仙全聚于此，当真是芳香之国，众艳之地，而统领一众女仙之人正是赫赫有名的西王母。

"既然商兄来自蓬莱仙山，为何未曾亲眼见过方丈仙山？"

张翼轸虽是目不能视物，不过心意大开之下，以控风之术也能模糊感应到商鹤羽所在，来到商鹤羽近前，不解地问道。

商鹤羽伸手扶住张翼轸，却是说道："翼轸莫急，且听我慢慢道来。你这眼睛也不必急在一时，若是世间无药可治，倒也无妨。他日你成就飞仙之时，肉体凡胎所受之伤便会全部大好！"

商鹤羽成就飞仙已久，于人情世故之上全无心机，是以对张翼轸和戴婵儿所受之伤漠然视之，不以为然。

张翼轸本来也是内心无比懊丧，直想大闹一场，以缓心中烦恼之意。不过听得商鹤羽讲来天庭之事，一时听得入神，却是暂且忘记了不快。刚刚又听得商鹤羽随意说来伤势，心中转念一想，忽然想通，以前他也不过是未经世面的山村少年，惊闻亲生父母身在海外仙山，也是坦然受之。后又入得三元宫修道，与倾颖和戴婵儿相识相知，再其后种种事情，件件闻所未闻，事事不可思议，却也一路走来，直到今天。不过是被白凤公子射瞎了双眼，又非丢掉了性命，前有飞仙可成，后有世间灵丹妙药，何惧之有？何忧之有？

一经想通，张翼轸顿时心情大展，哈哈一笑，说道："双目失明也并非全是坏事，世人多以眼观看世间，却不知若以心观察世间，以神识察看天地，却比双眼更来得真切，更得世事精髓。"

商鹤羽闻言欣然拊掌，赞道："翼轸，你有此等心境，不愁飞仙难成，可喜可贺！"

二人谈笑风生，直让众人不免感叹二人的坦荡心性，一个是身受其害却不以其苦，一个是见其受伤而不慰其心，当真是一对怪人。

商鹤羽情知张翼轸心中挂念方丈仙山之事，是以只是一笑而过，便又说道："三仙山之间飞仙虽然也有走动，不过不多。所谓物以类聚，人以群分，仙人亦然。既然大家选定所居之地，认定之事便再难更改。我本蓬莱之仙，虽说并非不喜方丈之上的仙人，不过也觉并无可谈之事，也无可交之人，是以连前往方丈仙山和昆仑仙山的心思都不曾动过，前往一观更无可能。"

张翼轸连连点头，倒是赞同商鹤羽说法。成就飞仙之人，哪个不是修行千年万年以上，性子早已定型，若无至关重要之事，三山仙人绝无一人主动前往他处，与他人交谈。仙人禀性不能说与魔人一般偏执，但也是各有侧重之人。便如风伯控风，土伯控土，二兽之间若是各自谈及风性土性，定是无法谈拢。

正深思之时，忽听耳边嘤咛一声，竟是戴婵儿悠悠醒来。

戴婵儿睁开双眼，一脸迷茫之色，喃喃问道："这是哪里？你等又是何人？我的夫君何在？"

戴风一惊，急忙向前，轻声说道："婵儿，父王在此……你莫非连父王也不认得了？"

戴婵儿愕然万分地看着戴风，呆了片刻，却开口说道："当然认得父王，可是我现在只想找到我的夫君白凤公子！"说完，纵身一跃从床上跳到地上，起身间便要飞空而去。

人刚到半空，猛然身子一滞，扑通又落回地面，目光呆滞，脸色茫然，低头想了半天，抬头说道："此地一为别，孤蓬万里征……君问归期未有期……何当共剪西窗烛……"

失魂落魄！

05　对决

　　眼见崔向的法宝离真平不过一丈之遥，张翼轸的元水剑却后发先至，横亘在真平面前，生生将法宝拦下。剑光一闪，以元水剑之力，竟将法宝从中一分为二。随后光芒一收，法宝变回原先大小，一晃，便又飞回崔向手中。

失魂落魄情难断

张翼轸急忙近前，拉住戴婵儿双手，说道："婵儿，可是记得我是哪个？"

戴婵儿却理也未理张翼轸，目光只是轻轻一瞥而过，眼中全无一丝感情，随即又自顾自走到一边，仍是口中低低念道："春日春风有时好，春日春风有时恶。不得春风花不开，花开又被风吹落……"

众人相视摇头！

戴婵儿如今神思渺渺，沉浸其中不可自拔，正是离魂术发作之迹象。商鹤羽微一点头，手指一弹，一缕微弱红光一闪便没入戴婵儿额头之中。戴婵儿嘤咛一声，歪倒在地。

戴风大袖一挥将戴婵儿重新卷到床上，早有侍女上前服侍。

众人又相谈片刻，均是无计可施，只好各自回去安歇。张翼轸跟随商鹤羽回到房间，画儿执意不离左右，无奈只好由她。灵空却是打了个哈哈，找了个理由，转身不知去了哪里。真平宽慰张翼轸几声，也是告辞而去。

一切归于平静，张翼轸反而也不觉如何。凭借控风之术，只觉四周一片朦胧之色，犹如雾里看花，影影绰绰看不分明。忽又想起不久前还在忘忧地开口夸奖戴婵儿，以月下看美人自得，不料如今双目失明，不论感知外界何物全在朦胧之间，当真也是一语成谶！

张翼轸不由暗暗苦笑。

画儿虽然无比担心张翼轸，毕竟也是心性单纯，不过片刻，便已然恢复天真烂漫之态，倒让张翼轸一时心安。又过不多时，画儿便被灵空唤走，临走之时，画儿还再三叮嘱张翼轸不要乱想，要好好睡觉，早日伤好陪她游玩。

哄走画儿，房间之中只留张翼轸和商鹤羽二人。商鹤羽不知想起什么，忽然说道："翼轸，以你目前修为，若是万缘放下，一心精修，五百年内必晋飞仙之境。在我看来，飞仙易成，你这副肉体凡胎，却是难治。"

张翼轸哂然笑笑，说道："话虽如此，不过毕竟世间诸事未了，若一人远离世间修行五百年，就算成就飞仙，也不过是独善其身，终了只得自由之身，却无了愿之心，也是憾事。人世间事，怎可逃避？"

商鹤羽点头赞道："翼轸此心，可成天仙之道。"

张翼轸哈哈一笑："天仙者，身负天福更有天命在身，位居九天之上，却也高处不胜寒，不理人间疾苦，不管世间纷争，当他何用！"

二人又闲谈片刻，商鹤羽却又问道："其实天地之间，多诡异莫名之地，越是凶险之处，越有天地宝物。凡人之体生于凡间，依毒蛇出没之处七步之内必有解药的天地平衡之理，治你双眼之妙药，定在世间某处。只是我成就飞仙前生性闲散，不喜四处巡游，成就飞仙之后，又常居蓬莱不得出离，是以世间究竟何处有宝也不得而知，若是知晓，定当为翼轸取来。"

张翼轸先是谢过商鹤羽相助之心，也是一时感慨说道："天地有大美而不言，我等生于天地，却不知天地之心，万物之道，也是可怜。商兄不必多虑，翼轸虽然目不视物，不过倒也并不急躁，正好乘机调养几日，也是好事。"

商鹤羽微一点头，随即告辞而去。一时人去屋空，只留张翼轸一人宁静自然，竟是难得的一片心意开阔。当下收敛心神，盘膝坐于床上，暗自运转体内灵力，抛却纷扰杂乱之事，张翼轸只觉内心一片空明，不知不觉间，竟是慢慢入定。

难得有此空闲时刻，这一入定，竟是一连一天一夜方才醒转。出定之后，张翼轸顿觉神清气爽，周身无不舒坦，更觉天地之间无限宽广，虽目不能视，却心驰神往，神游物外，更得天人合一之精髓。

张翼轸如今地仙既成，世间道门典籍之中再无地仙的修行之法，张翼轸正好趁机向商鹤羽请教一二。商鹤羽也是倾囊相授，悉心指导。得商鹤羽这位成道不下千年的飞仙指引，张翼轸地仙之境进展神速。初成地仙之时，曾得东海龙王倾东的清虚茶之助，稳固地仙之境。其后又在沧海桑田得毕方的万木之髓增进修为，一时相当于百年地仙修为。

现今又得商鹤羽尽心指正，张翼轸心中明了，待炼化天地元气日久，灵力充盈体内，积蓄已满，以肉体凡胎之体，再无寸进的可能之际，此时便离飞仙之境只是咫尺之间。不过由地仙晋身飞仙却是极为难成，一是即使地仙灵力满盈，若无一丝天机感悟，无法勘破最后一道玄关，只能终身止步于地仙之境。二是即便突破最后界限，感天应地，得以与天地感应道交，以天地灵气灌注身体，得飞仙之体。此时

119

若是心性滞后，心劫难度，飞仙初成之时，便是心魔发作之际，此时走火入魔或是暴体而亡者不在少数。

是以凡人一万人中若有十人可成地仙，地仙万人之中，能有五人可得飞仙已算万幸！

原来成就飞仙如此不易，张翼轸也是骇然而惊，不过心中却是更加坚定了早日晋身飞仙的信心。不管为了疗伤，还是为了应对罗远公，甚至是前来寻事的无明岛之人，成就飞仙也是势在必行。只有成就了飞仙，才可勉力与罗远公等人一战，到时再借助天地元力，或许还可多一些胜算。

如此静心修炼，再加体悟，转眼间过了四五日光景。这一日张翼轸正在房中一人静修，感到体内灵力隐隐愈加凝重，若说先前犹如水汽，且如今已和云雾相当。暗暗推算，以此等境界，怕是相当于五百年地仙之境了。

忽听门外有人高喊："金王特请张道长前去议事！"

张翼轸应了一声，起身间控风之术施展，蓦然发觉数日以来每日都凭借控风之术感知四周，竟比以前清晰不少，虽然远不如双目看得分明，不过模糊之间，犹如眼蒙轻纱视物。自然若是与一眼望去千里之景便可尽收眼底的便利相比，以张翼轸目前修为，控风之术只可感应七八十里方圆，尚不到百里之外，却是不可同日而语。

好在随着修为的增深，灵力日益充沛，与之相应的控风之术施展起来也是更加娴熟精纯。以张翼轸估算，不出数日，他的控风之术可远至百里之外不在话下。

听金王有事相商，张翼轸推门而出，不让来人搀扶，双目紧闭却负手而行，心意大开之下，控风之术全力施展，倒也一路走得平稳。也幸好无天山道路平坦如镜，并无不平坎坷之处，张翼轸高抬脚轻迈步，走得小心翼翼，一路遇到无天山来往之人，非但都恭敬异常地退立一旁，躬身让路，且人人都目露敬意，对这位为救无喜公主而双目失明的少年心生感激和崇敬之情。

来到金王书房，来人弯腰退下。张翼轸推门而入，隐约中可见金王正端坐正中，一脸平静。

戴婵儿醒来之后，也未大吵大闹，只是不理别人，自言自语，说一些不着边际的话，吟唱一些无名小曲，神色呆滞，所有人等全然不识，令无天山上下无不悲愤难平。昔日嬉笑怒骂的无喜公主竟被人害成如此惨状，无天山一众儿郎个个义愤填膺，直欲与恶人拼个你死我活，管他是飞仙还是大魔！

戴风见张翼轸进来，忙起身相迎，张翼轸却摆手制止，问道："不知金王有何吩咐？"

戴风对张翼轸态度却是恭敬得很，毕竟张翼轸为救戴婵儿而受此重伤，且身边有飞仙相伴，封印白凤公子，生生替无天山解了大难，说是座上宾也是亏了礼数，说是无天山恩人也非言过其实。

张翼轸依然如先前一般淡然，客套几句，坐定之后，才听戴风说道："本该我亲自前往翼轸住处，与翼轸相商此事，不过正好有属下前来禀报杂事，怕一时耽误，便特意请翼轸前来，还望翼轸莫怪失礼才是。"微一停顿，继续说道，"东海有讯，派人送来婵儿婚书，正式解除婚约！"

张翼轸微一点头，心道此事对东海和无天山而言都是好事，对倾洛来说，也是解脱，正要说话，戴风却又说道："倾颖一切安好，传讯来说让你不必挂念，她会一直在东海候你……咳咳，不知翼轸可与倾颖正式定下婚约？"戴风却是话题一转，竟是问及此事。

张翼轸摇头说道："尚未提及此事……一则我亲生父母下落未明，二来灵动掌门也不知流落到了何处，此时谈婚论嫁，却也不好。"

戴风眼中掠过一丝尴尬，却是说道："此话有理！先前我也曾想，既然翼轸与倾颖和婵儿一样情深义重，不分前后，我先前也是想过，倾颖与婵儿虽然各自贵为公主，不过翼轸也非常人，二女共侍一夫，若她二人不争高下，我身为父辈也是无话可说，只是眼下……"

戴风脸露为难之色，叹气说道："如今婵儿这般模样，也不知何年何月才会好转，行同疯癫，再难与翼轸相配，你与婵儿之事，就此了结了吧……我不怪你！"

张翼轸愣神片刻，半晌无语，忽然恍然一笑，起身向戴风深施一礼，慨然说道："虽说亲生父母不在，灵动掌门未果，不过有师傅灵空在此，也算有长辈做主，不算逾越，若金王不嫌弃在下双目失明，身有疾患，在下愿与婵儿定下婚约。"

三生有缘今生见

此言一出，戴风惊喜交加，眼中掠过一丝愧色，一闪而逝，随即哈哈大笑："以翼轸的神通，些许眼疾不过是时日问题，早晚痊愈。既然翼轸话说到这个份儿上，我若不答应，便是不识时务且又耽误婵儿幸福，既如此，来人……"

立时有人应声听令，却听戴风声音洪亮，远远传到外面："传令下去，张翼轸与无喜公主定亲仪式，三天后正式举行，令无天山所有人等，全数喜庆三天三夜！"

张翼轸感念戴婵儿生死相随之真情，值此婵儿失魂落魄之时，焉能再令戴风忧心忡忡？再者即便戴婵儿终身不好，他也愿意相伴婵儿左右，不令她一人失落难安。眼下情景紧急，形势所逼，想必倾颖也会赞成，不会有怨言。

想到倾颖，张翼轸忙问东海使者何在，戴风却说使者来去极为匆匆，未曾停留片刻便又返回东海。不过戴风却知张翼轸心意，当下说道："翼轸不必多虑，我即刻派人前往东海传讯，好叫倾颖得知，虽然婵儿与你先行定下婚约，不过二人并无大小之分，可好？"

张翼轸点头应下，一想戴风安排倒也合理，也就不再多说，告辞退下。

回到房中，令人唤来灵空，将此事一说，灵空自然赞成。与画儿一说，画儿也是大喜，问道："主人师兄，画儿以后叫婵儿师母好，还是叫主人师姐？"

灵空哈哈一笑，却道："画儿，莫要捣乱，你管翼轸是否与婵儿定婚，婵儿还是婵儿，你先前叫她什么，以后还叫什么便是。"

画儿撇了小嘴，不满地说："画儿倒更喜欢倾颖姐姐，可惜主人师兄不与倾颖姐姐先定下婚约。不过还好了，虽然以前婵儿姐姐对主人师兄凶了一点，不过后来人变好了，画儿就原谅她了，大不了以后叫她师母，叫倾颖姐姐算了……"

不理画儿一人说个不停，张翼轸此刻不得消停，不时有人前来向他祝贺一二，戴戬也好，戴蛸子、戴庆也罢，认识的不认识的，都纷至沓来，一时房中人满为患。张翼轸一一见礼，脾气再好也不免感到厌烦，却也不得不强打精神应付。

好在商鹤羽看出张翼轸不喜虚礼，便以张翼轸身体不适为由，让众人不必再来客套。飞仙开口，众人莫不敢从，顿时清静下来。

静心一算，离真平与崔向约定之日还有四日，正好与婵儿订婚过后，便是真平前往无风之地之日。尽管如今双目失明，且已有商鹤羽之言，得知三仙山之事，前去与崔向见面再打探十洲之事并无太大必要，不过既然答应真平，且真平心中隐生不测之想，陪她前往也在情理之中。幸好身边有商鹤羽相助，倒也不用惧怕什么。

　　三日间，无天山上下同庆，一片欢腾。三日后，张翼轸在众人簇拥之下来到无事宫，身着礼服，按照仪式正式与戴婵儿订下婚约。灵空以张翼轸长辈身份郑重接下婚书，将张翼轸婚书交给戴风，摇头无奈地说道："我好不容易捡来一个便宜徒弟，费尽千辛万苦才教导成才，金王倒好，明是嫁女，实则将我的徒弟纳为贤婿。若要细细算来，金王得快婿，婵儿得如意夫君，只有我灵空一无所得，还要装作大方，将徒弟拱手送人，说来说去，吃亏最大的还是我。贫道贫道，果然赤贫！"

　　众人听得哄堂大笑。

　　戴风岂能不知灵空心意？忙笑问："无天山宝物众多，不过多数不入灵空道长法眼。不知灵空道长生平最爱何物？"

　　灵空一反常态没有开口索要宝物，摇头晃脑地说道："想我灵空本是隐世高人，怎可天天沉迷于宝物之中？我看这无天山景色优美，无数山峰皆空无人住，若我可得一处山峰，闲时便来峰顶居住一些时日，遗世而独立，也是难得的清闲时光，不知金王可否赏脸？"

　　灵空倒也胃口大开，开口便向戴风索要无天山地盘。戴风听了却是一脸笑意，答道："此事还不简单，无天山无名之山甚多，可寻一处中意山峰，命名为灵空山也可……灵空道长何时看好一处，尽管开口，无天山七日之内便可为你建造一座宫殿，一应俱全，灵空道长只管随时入住便是。"

　　灵空眼睛一亮，眉开眼笑说道："当真？金王可是说话算话？"

　　戴风伸出右手，慷慨说道："君子一言，驷马难追，何况我身为神人，怎会胡乱许诺？众人皆可做证，来，灵空道长，你我击掌盟誓！"

　　灵空正求之不得，急急与戴风双掌一击，哈哈大笑说道："下来若是得空，我再四处转转，多捡几个便宜徒弟回来，到时再让徒弟们都去娶大户人家的女子，我身为他们师傅，想不发达都难，哈哈！"

　　有灵空在此，一时气氛活跃无比，众人皆是开怀大笑，也冲淡了不少忧愁。

　　此忧何忧，此愁何愁，自然是今日定亲二人令人心生无限感慨！

张翼轸喜形于色，却双目失明。戴婵儿穿戴一新，端庄大方且高贵绝伦，却神情恍惚，不知身在何处，犹自一人不停地哼唱无名小曲，面无表情，心无所归，神思缥缈，只是任人摆布，做做样子。张翼轸紧牵戴婵儿双手，如握至宝，不敢稍离。

二人如此情景，却形影不离，一人一脸幸福，一人一脸痴迷，直看得众人不免暗暗心痛。更有血性儿郎暗中紧握双拳，直想见到白凤公子本人，不管是不是他对手，也要一拳打将过去，先解了心头之恨再说。

戴婵儿对此间事情恍然不知，任由张翼轸紧牵素手，时而迷茫，时而低声私语，不知今日何日、今夕何夕。

张翼轸虽是一脸淡然笑意，且看不真切戴婵儿面容，即便全力施展控风之术，在感应中也只可模糊感知戴婵儿模样，不过听她独自哼唱或是自言自语，情知她神思渺渺不知所往，人在此处，心神失守，神识远离，不由心痛如割。

若他日恢复双目，增进修为，再见白凤公子之时，定要亲手将他打落尘埃，方解心头之恨！

张翼轸决心已下，只是心中却隐隐觉得此事来得颇为蹊跷，先不说飞仙强抢神女一事来得古怪，且以飞仙境界，若寻得一名飞仙伴侣也不是难事，何苦非要来凡间寻得神女。戴婵儿就算美如九天仙女，飞仙又非未曾见过绝世女子，怎会如世间恶霸一般，行强取豪夺之事？

再者说来，早不来晚不来，为何在他刚刚和戴婵儿冰释前嫌、两情相悦之时，白凤公子横空杀出，若说只是巧合，怕是有些勉强，莫非是有人故意为之？

若是真有一人暗中操纵此事，此人是谁，又有何种目的？张翼轸暗自揣测半天，心中更是坚定，此事大有由头，定有大大的隐情。

想到此处张翼轸不免头疼，一向认定魔门阴险狡诈，多行无端之举，谁知自南山湖一事之后，魔门再无异动，却突现飞仙作乱，一时令张翼轸心生不安。飞仙下凡不理魔门蠢动，不管魔门大肆为害道门，却偏偏行此抢亲之事，说是全无上仙风范还是轻了，说是为非作歹也不为过。

众人亦喜亦悲，欢聚一场，宴席过后，张翼轸与戴婵儿名分已定，也是心中大慰。戴戬往前，冲张翼轸深揖一礼，说道："翼轸此举，令戴戬万分敬佩，当为我辈男儿楷模。"

戴蛸子也闷声说道："我戴蛸子算是口服心服，从此翼轸身为无天山姑爷，有事但说无妨，末将赴汤蹈火，万死不辞！"

戴蛸子自称末将，显是听令认主之意。张翼轸少不得又客套几句，又与戴风告辞，和商鹤羽一同回到房间。

待与商鹤羽提及明日真平道长前往无风之地一事，商鹤羽一口答应同往，定会护得二人周全。张翼轸又令人将真平道长约来，商议一番，约定明日一早三人前去，不让灵空和画儿相随，以免节外生枝。

次日一早，张翼轸三人瞒过灵空和画儿，悄悄飞空而起，跃过无天山，一路向北而去。本来商鹤羽有意以法术带张翼轸飞空而行，却被张翼轸回绝。张翼轸以灵力催动流光飞舞，又以控风之术探测方圆近百里动静，虽是较之以前飞行慢了不少，却也在空中犹如闲庭信步，并不慌乱。若不细看，还真看不出张翼轸双目失明。

商鹤羽倒无什么反应，真平见了却是暗暗点头，心中赞叹张翼轸虽然年纪不足弱冠，心性和心境却不比修道数十年之人差上多少，甚至有过之而无不及。他能有今日之成就，也绝非全仗机缘。

凭借流光飞舞，虽是因双目问题不得不放慢前行之势，饶是如此，张翼轸飞空之快也和真平相当，真平尚须全力催动才可勉强追上。三人闲谈间，不多时便见前方不远之处明显有一道诡异的界限，如同一道细线一般将海水从中一分为二。

此端海水波涛翻滚，清风阵阵，彼处海水水平如镜，不见一丝波动，当真是如镜面一般平整光洁，莫说波涛起伏，便连浪花也不见一朵。

无风之地！

咫尺之间天地宽

须臾间三人来到近前，细细看来，除去海水之间犹如被法力禁制分开，只有一线之隔却大相径庭之外，再无丝毫不同寻常之处。若非格外诡异的一边波涛起伏，一边风平浪静，还真看不出咫尺之隔，竟是两处天地。

三人在一侧停下，张翼轸凝神感应半晌，一无所得。商鹤羽点头笑笑，说道："此地颇有怪异之处，以我飞仙神识尚无法探知，怕是天地之威概莫能测，不必再枉费心机。真平道长，可有接引使音讯？"

真平静心片刻，摇头说道："空空荡荡，全无一丝消息。莫不是接引使见我三人前来，故意隐身不见不成？"

商鹤羽却不同意，说道："我以隐形之法隐去了我和翼轸的身形，再者接引使若是地仙，尚未近身我便会先行察觉，不过……"

商鹤羽凝视无风之地一侧，但见一眼望去，浩渺海水无边，也是天地无限，人影全无，却又说道："若是来人自无风之地前来，我便无法先行探知对方。不过即便如此，他也理应不会识破我的隐形之法，且再等等再说！"

真平微一点头，错身到一边，也不再和商鹤羽答话，微闭双眼，耐心等候。

张翼轸和商鹤羽也是各自静心，尤其是张翼轸，收回控风之术，唯恐惊动来人，心中却是纳闷，不明白为何身负使命的接引使行事如此古怪，全无仙家气派，十分小气，比起魔门还要捉摸不定，当真也令人大为不解。

三人又等了半晌，仍不见有人出现，真平不免焦躁，说道："既无人又无音讯，这算是哪门子接引使？行事不光明正大不说，还数次变化地点，如此行径，倒如做何坏事一般，令人难以相信此为上仙所为！"

真平自是从灵动、清无之事以后，对所谓上仙心生芥蒂，先前又听张翼轸说到灵动前往东海之前，心生不测之想，正好与她此刻心境相似，更是心中隐隐不安，对长居十洲一事再无期待之意。一是担心此乃天规所定，二是也怕错过良机，正好又有张翼轸和商鹤羽相伴，便有心前来一试，不料来此近一个时辰竟是无人现身，不由心中无名火起，再难坦然处之。

真平话音未落，却见商鹤羽脸色微变，低声说道："有人！"

张翼轸看不到，真平却瞧得分明，无风之地一侧，远远现出两人身影。二人来势甚快，眨眼间便来到近前数丈之外，当空站定。

但见二人之中一人身材颇为高大，比寻常人高了一倍有余，当前一站，如同巨人。另一人却身材矮小，形体干瘦，与巨人并肩而立，直如一名孩童，高不及巨人腰间。

真平只看了巨人一眼，虽是震慑此人的高大，未及细想，便被巨人身旁的老者吸引，她瞪大了眼睛，不敢相信眼前所见，呆了半晌，才无比惊讶地说道："灵动掌门！"

张翼轸目不能视，又并未施展控风之术，惊闻真平此言，当即骇然而惊，忙问：

"真平道长，灵动掌门何在？真是灵动掌门在此不成？"

张翼轸猛然听到灵动掌门音讯，一时欣喜万分，更是无比激动，当下不管不顾施展控水之术，立时将方圆百里之内一应情景尽收脑中。

此处水汽充沛，控水之术一经施展，眼前二人形貌大概便即刻被张翼轸探知，虽是感应不到清晰面容，但对灵动掌门无比熟悉的张翼轸却是只凭模糊感应但已然可以断定，眼前此人正是灵动掌门！

无数时日的担心和想念，今日得见，张翼轸顿时再难自制，当下也顾不上双目不能视物，一闪身便迈出商鹤羽隐形之法的波及之处，现身于真平身侧。

张翼轸只一现身，商鹤羽也便不再隐匿身形，当即撤去法术，二人凭空现形空中，直惊得对面二人先是一愣，随即巨人开口说道："真平，我传讯于你，只准你一人前来，为何还与此二人一同？上仙之言，也是耳边风？"

真平正要开口解释，却见张翼轸竟是一步迈出，闪身间来到无风之地，近身到灵动身前一丈左右，声音颤抖，开口说道："灵动师伯，翼轸找你找得好苦……为何偏安此处，不前往中土世间维护道门昌明？"

张翼轸原以为灵动掌门一见他之面，定会激动万分，一诉别后情景，不料他话音刚落，却听灵动冷冷说道："张翼轸，你不好生在三元宫修道，跑到此处作甚？天地之大，唯飞仙才可遨游四海，你如今修为虽然略有小成，不过只是区区地仙，境界太低，还不速速回去，待成就飞仙之后，再来此地不迟……"

话未说完，却被身旁巨人打断，只听巨人说道："张翼轸……不想你小小年纪也成就了地仙之境，了不起。不过看你双目失明，日后行走世间多有不便，既然你与灵动道友是旧识，且与我撞见便是有缘，不如同真平道长一起，随我前往玄洲居住，一来可以同灵动道友一起静心参悟飞仙大道，二来玄洲之上出产金芝玉草，治你眼疾，药到病除。如此好事，你意下如何？"

张翼轸尚未来得及开口，却听灵动急急说道："使不得，此事万万不可！崔向，先前我二人约好，只接真平一人，翼轸的应缘之洲并非玄洲，不可勉强。"

崔向嘿嘿一笑，却是答道："灵动莫急，崔某见你与张翼轸有旧，正好你二人可同居玄洲，日常也好互相照应一二，有何不可？张翼轸已是地仙之体，且尚未前往十洲居住，既然今日遇到，也是有缘，岂可错过？哈哈，张翼轸，玄洲乃是洞天福地，仙家气象，比起中土世间好上何止千倍，莫再迟疑，快快随我一同前往，也算幸事一件。"

张翼轸控水之术施展开来，感应到崔向体内灵力充沛，已是地仙顶峰修为，而灵动虽然仍是初等地仙之境，不过体内灵力运转流畅，全无伤势，心中大安。虽然看不清崔向神情，不过听二人言谈之间，一人迫切，一人急切，却是截然相反的态度，张翼轸心中打定了主意。

"敢问上仙，这十洲接引地仙之举，是天规所定，还是另有隐情？"若不趁此机会将此事问个明白，张翼轸情知再难得遇机缘。

崔向微微一怔，却是扭头看了灵动一眼，眼中闪过不满之色，随即说道："地仙为地上之仙，不可飞升天庭，而海内十洲虽在中土世间之外，不过尚属凡间范畴。是故十洲接引地仙之举，并非天规，本是千年以前十洲之上的仙人经过商议，一致认定此举上合天道，下应修道之士道心，因此约定俗成，并成为惯例。怎么，张翼轸你还疑心我这地仙接引使有假不成？"

张翼轸摇头一笑，却道："不敢，既然接引使有无上法力可以直接传讯给初晋地仙，定是借助天地之威感应得知，有此等法术，定是上仙无疑。只是不知可否告知在下，为何尚有魔门中人假扮接引使，先是将灵动掌门骗走，其后又将清无掌门如法炮制接走杀害，莫非天地感应法术出了差错，竟让魔门得了先机？"

此言一出，崔向面露尴尬之色，叹息说道："天地感应法术本是仙家绝密之事，不知何故突然出了纰漏，被魔门得知乘虚而入，从而骗了数名地仙。这也怪不得我们，毕竟中土道门千年以来未成地仙，一时有所疏漏在所难免……幸得灵动掌门无意之中流落此地，被我救下，才得知天地感应法术有了差池，便立时知会无明岛仙人将天地感应修复，是以其后成就的地仙，应是全数被接引到十洲之中，而非落入魔门之手。"

无明岛？张翼轸悚然而惊，怎的此事又与无明岛有了关联？不过眼下情景却不好再问及无明岛之事，只好按捺心中疑问，暂且略过不提。

虽是张翼轸看不清崔向面容，不过听他说得真诚，倒也信了八九，忽然又想起一事："不知接引使可认识北海龙王倾北？"

崔向点头，不知想起什么趣事，听了倾北之名，竟是呵呵笑了半晌，才道："认识，自然认识。倾北与我倒也有些来往，并不相熟。不过据我观察，倾北此人倒是四海龙王之中，最为热心交友之人，我与他相见不过数次，便非要送我无数宝物。

盛情之下，我也送了他一些五芝茶和金芝玉草……"

猛然住口，崔向意识到有些失言，脸色微沉，看向尚在另一侧的真平，说道："真平道长，我已现身，为何还不近前，随我一同前往玄洲？"

真平在一旁听得真切，拱手说道："既然地仙前往十洲居住并非天规，我却是改了主意，愿意滞留世间，还望接引使见谅！"

崔向顿时脸色大变，怒道："此乃无数地仙约定俗成之事，你敢以一人之力，对抗整个十洲不成？既如此，休怪我动强了……"话音未落，崔向伸手间拿出一物，脱手而出。

此物飞到空中，初时只有手帕大小，迎风便长，瞬间变大成亩许大小，一晃，直朝真平当头罩去。

水龙长啸冲云天

这是何许接引使，一言不合，出手便抓，却又是和白凤公子一样的强盗行径！

张翼轸登时怒极，闪身跃到空中，一扬手一把元水剑汇聚成形，蓝光一闪，便朝崔向放出之物一剑斩出。

眼见崔向的法宝离真平不过一丈之遥，张翼轸的元水剑却后发先至，横亘在真平面前，生生将法宝拦下。剑光一闪，以元水剑之力，竟将法宝从中一分为二。随后光芒一收，法宝变回原先大小，一晃，便又飞回崔向手中。

张翼轸只是感应到法宝形如一张巨网，具体何物却无法得知，真平却是看得分明，惊叫出声："天罗网！"

若是张翼轸双目正常，定会比真平更加愕然，只因崔向的天罗网却与当时天媪子困住戴婵儿和戴戬二人的天罗网一般无二，如出一辙！

却说崔向见张翼轸只一出手，便将他的宝物毁去，不由大怒，喝道："好一个张翼轸，如此胆大包天，敢毁我心爱法宝，今日饶你不得……"

崔向话一说完，扭头冷冷看了灵动一眼，说道："灵动，还不动手，更待何时！若再迟疑，回去之后，定教你再吃些苦头。"

灵动竟是打了个激灵，点头应了一声，一脸悲愤之色，却敢怒不敢言，双手一

129

错，竟是朝商鹤羽击去。

张翼轸情知灵动师伯不愿与他正面相争，却不知商鹤羽才是三人之中实力最恐怖之人，当即大喊一声："商兄手下留情，此人乃是我的师伯，恐怕被人所制，身不由己！"

商鹤羽哈哈一笑，答道："好说，好说。翼轸若是应付不来，我再来助你。"

张翼轸却是心中郁闷，接连遇到的仙人个个不堪，连魔门中人还有所不如，一时令张翼轸大失所望，不免连带对身在方丈仙山的亲生父母也少了一丝认同感。他心中无比憋屈，正想拿崔向出气，听商鹤羽一说，当即怒笑说道："商兄尽管放心，若是飞仙在此，我定会请你出手相助，不过只是一名地仙，怕他作甚！"

崔向方才虽然惊见张翼轸只一出手便将天罗网斩为两段，且所运用的并非灵力，不免暗暗心惊，心中猜测张翼轸究竟是借助了何等法宝，眼下却听张翼轸如此张狂，登时心中愠怒，哪里还有时间细想？张翼轸一身灵力不足五百年地仙修为，而他千年地仙修为且已是地仙顶峰之身，若是打不过晋身地仙不久的张翼轸，岂非笑话？

崔向也不多说，扬手间又取一物，却是一把寸长的银色小刀。崔向双指捏紧小刀，如同女子提针缝衣一般，一伸手，便朝张翼轸双眼刺来！

张翼轸控水之术全力施展之下，即便做不到毫发毕现的程度，也可以借助无所不在的充沛水汽，清晰地感知到崔向的一举一动，比起双眼直视也不遑多让，毕竟此地身处海上。若是置身海水之中，张翼轸无须眼睛只凭控水之术，也可将百里之内情景尽收脑中，无不历历分明。

崔向银色小刀颇为怪异，虽然小若银针，一刀刺来却隐含无穷巨力，仿佛并非寸长小刀，而是巨灵神的百丈巨刀一般，一刀斩来，有开天辟地之威。

张翼轸不敢硬接，当下催动流光飞舞，疾飞间闪到一边。原本以来凭借流光飞舞之快，崔向定是无法企及，不料刚一错身，只觉背后又是一股巨力传来，竟是银刀如影随形，紧随身后，顺势而上。

好快的刀！

张翼轸微微心惊，当下不及多想，心意一动，声风剑跃然手中，锁定身后银刀来势，回手一剑，堪堪挡住银刀一击。

剑刀相交，"叮"的一声轻响，自声风剑被张翼轸感应到剑身木性，可以随意收回体内之后的第一次迎敌，在张翼轸感觉之中与寻常无异，却听得身后崔向一声

130

闷哼，随即身形向后翻转数圈，才将将站称身形。

崔向倒吸一口凉气，骇然问道："张翼轸，你手中何剑，竟有如此威力？连我的灵宝刀也难以抵挡，莫非是飞仙法宝不成？"

张翼轸却是懒得理会崔向的问询，答道："崔向，若你识趣，自行离去，可保一命。若是不然，万一不慎将你打伤，休要怪我不敬你这所谓上仙！"

崔向狂放地一笑，却是说道："张翼轸，你不过仰仗手中法宝有些许威力，便口出狂言，当真以为我怕你不成？且再来试试我这一刀！"

说完，崔向全身灵力运用到极致，浑身紫气缭绕，头顶之上紫光闪烁间，竟是隐隐透露出红光，显是已达地仙顶峰之境，离飞仙之境只有一步之差。

崔向灵力提升到最高，手中寸长银刀陡然间长大成数十丈长短！尽管崔向身高惊人，手持如此巨刀也是犹如小孩手提丈八蛇矛，看去多少有些不伦不类。不过如此巨刀被崔向舞动起来却不见一点吃力，他嘿的一声，巨刀高高扬起，以铺天盖地之势朝张翼轸当头劈下！

刀未至，张翼轸已被刀上气势压得抬不起头来，只欲再难飞空而起，只差一点便落入水中。

此地只是无风之地，张翼轸无风可用，但此处水汽沛然，才给了他可乘之机。既然崔向刀势如虹，不可力敌，何必非要与他硬碰？张翼轸灵力一收，流光飞舞顿时失去飞空神通，紧接着只听"扑通"一声，张翼轸纵身跳入海水之中。

自从体内风土水火四种灵性相融之后，张翼轸只与罗远公对战之时运用一二，不过因罗远公过于强大，他尚未精心施展便被对方所制。今日得遇崔向，其人虽是地仙顶峰，但毕竟还不是飞仙。若说人仙顶峰与初晋地仙相差不大，但地仙顶峰若与飞仙相比，却有天壤之别。只因地仙成就飞仙，成与不成，却是一步天一步地的巨大落差，毕竟飞仙脱胎换骨，舍弃肉体凡胎而位列仙班，地仙即便是达到顶峰千年，若是无法突破最后一关，不能秉承天地灵气而成就仙体，也只能无奈寿元终有尽时，最终身死。

张翼轸也是深知地仙与飞仙之间难以逾越的鸿沟，是以对崔向并无惧意。人一落水，立时控水之术立时发动，与海水融为一体。崔向顿时失去张翼轸行踪，再难锁定他的气机。

失去张翼轸所在，崔向一时多少有些惶恐，定睛一看，却见真平正在一旁静立，

131

冷眼旁观，不由心中大怒，手中大刀一挺，一刀便朝真平斩去。

真平猝不及防之下，急急退后，以为全力飞身之后应该可以躲开致命一击。不料崔向手中巨刀看似巨大笨重，却无比灵活轻巧，一刀劈开，既快又准，真平尚未来得及反应，巨刀已然逼近身前三尺之内。

眼见真平便要丧命崔向刀下，猛然间崔向身下海水呼啸而起，凭空生成一道水墙。水墙厚有一尺，闪烁晶莹蓝光，非但正好挡在二人之间，却还有余力留下半尺左右，狠狠撞向崔向双脚。

崔向不敢怠慢，若是一刀劈实真平，少不了也会受到脚下水墙的猛烈撞击。水墙未至，崔向已经感应到其上所蕴含的水力无比沛然，隐有排山倒海之势，直惊得崔向心惊胆战，一心自保之下，哪里还顾得上再伤真平，撤刀回手，倏忽间后退数十丈。

孰料尚未站稳身形，水墙蓦然变幻成一条水龙，长吟一声，声如雷震，直向云天，当空摇头摆尾，张开大口，一口便朝崔向拦腰咬去。

崔向虽也认识龙王，也常在水上行走，却从未见过如此神乎其神的用水神通，更未料到以张翼轸之能竟能如此娴熟操地纵海水地。他心生惧意，再目光一扫，只见灵动与另外一人纠缠在一起，全无取胜迹象，心中顿生去意。当下手中巨刀一挺，将身一纵飞身拔高，自上而下一刀朝水龙拦腰斩下。

水龙虽然来势汹汹，不过却并不灵活，崔向一刀斩过，竟将水龙一刀两断，斩为两截。水龙首尾分身，当即哗啦啦一声化为海水，四处飞溅消散。

崔向顾不上心中喜悦，心意一动，巨刀又变回寸长大小，扬手间收回，也不理灵动如何，转身便走。张翼轸自海水之中瞧得真切，哪里容他如此轻易逃跑？当即双手连挥，猛见一把一尺宽一丈长的水剑自海水之中升起，横亘空中，正好将崔向拦下。

崔向定身空中，见张翼轸从海水中踏波而起，心中猛然想通，惊道："张翼轸，你不过是地仙修为，如何能操控海水？即便是你从龙宫学得御水之术，那龙王本领似乎比你还要逊上三分……不对，此剑元力沛然，竟然是……元水剑！"

崔向这一惊可是非同小可。

方才虽然被张翼轸一剑斩断法宝，却因一闪而过，并未在意，如今丈长的元水剑横亘眼前，其上元力沛然，他张大了嘴巴，难以置信地紧盯张翼轸半天，才愕然说道："控水之术……这怎么可能？张翼轸，即使你是飞仙之境，也不可能学会此等天地之间失传已久的不传之术！"

何人嚣张天地间

不传之术？此为何意？张翼轸心思电闪间，猛然想起似乎无数人都认定玄冥已死，是以天地之间再无控水之术可得，听崔向口气，定然也知道什么，当即心意一动，元水剑蓄势不发，却是问道："怎么说，为何说控水之术为不传之术？"

崔向自知说漏，不肯再说，顾左右而言他："张翼轸，你我无冤无仇，不必非要赶尽杀绝吧？若你放我一条生路，我也不会为难灵动，自会将他体内禁制去除，任他自行离去。"

"是何禁制？"张翼轸心中隐有怒意，上次的接引使罗远公身为大魔，此名接引使崔向虽然并非魔门中人，却行事全无仙家做派，竟还将灵动掌门禁制，怪不得方才说话之时，灵动神情怪异，隐忍难发，原来是被人所制。

一想到当日罗远公暗中下手将灵动禁锢，张翼轸心中愤恨难平，不想眼前崔向又提及相同之事，不由脸色一沉，森然说道："崔向，若你将灵动掌门禁制去除，一切好说。若是不然，即便你身负上仙之名，说不得也要将你强行留下。身为仙人，你行径卑劣禁锢他人，又与魔人有何不同？还敢自称上仙，却是污了上仙之名。"

崔向被张翼轸义正词严指责一番，却是哈哈大笑，说道："张翼轸，这便是你的不是了！谁人规定仙人不可禁锢仙人？既然你大言不惭要将我留下，我也不再与你客气，你出手便是，看我怕你不成？"

说着，崔向当空一立，竟是神情淡定，全无惧意。

张翼轸也不迟疑，既然对方有恃无恐，也只有将他拿下才好讨价还价，当下伸手拿下元水剑，一剑朝崔向当面斩下。

以张翼轸推算，崔向定会闪身躲开，再以银刀还击，说不得也得争斗一时片刻，才能将他拿下。不料一剑斩去，崔向竟是不动不闪，脸露微微笑意，任由张翼轸一剑劈来，竟是当头一剑将他身体从中一分为二！

怎会如此？

张翼轸也是无比惊讶，崔向即便不是他的对手，也断然不会如此不济，为何会不知躲闪？正不解时，却感应到被一剑从中劈开的崔向尸身一左一右向下跌落，不见鲜血四溅，落到半空之时，却是化为两段刀身！

张翼轸心意一动，右手一伸将断为两截的小刀抓在手中，正是方才崔向手中的银刀。

正惊愕之际，猛然听到远处传来崔向得意的笑声，是说不出来的得意和嚣张："张翼轸，切莫张狂，你毁我两件宝物，总有一日我要加倍讨还回来，哈哈……"旋即声音远去，不知所踪。

原来崔向以刀化身，李代桃僵，趁他不备将化身留此，真身却远遁而去，当真也是非同一般之人！

当机立断毫不迟疑，这崔向，只此一手便可看出也非等闲之辈。

好在崔向远逃，却是意外寻得了灵动掌门，倒也是幸事一件。张翼轸当即回身，来到灵动近前。

灵动与商鹤羽只是争斗片刻，便知他绝非眼前此人对手，只觉此人虽然看不出修为高深，却举手投足间应对自如，与他打斗之时，根本毫不费力，漫不经心间便将他的攻势一一化解。灵动自知对方远远未尽全力，否则早已将他拿下。待其后看到张翼轸与崔向争斗之时，二人便停手驻空，远远观望。

张翼轸再次面见灵动，危机已去，心意已松，顿时悲喜交加，喜极而泣。

灵动也是不胜感慨，自东海一别之后，九死一生，终又得与张翼轸相见，本是大喜之事，却蓦然发觉张翼轸双目失明，一时也无比感慨，唏嘘不止。

二人正要诉说别后之事，商鹤羽猛然有所察觉，忙道："速速离开无风之地，若对方有天地感应法术，可以将我等言行探查得一清二楚。"

众人忙点头，正要一步迈出无风之地时，忽见灵动"哎呀"一声惊叫，随即双目一闭，立时昏死过去。

商鹤羽也不迟疑，右手一挥，卷起灵动带领张翼轸和真平闪出无风之地，回到另一侧海上，但见灵动脸色发青，隐约还有黑光闪现，却是人事不省，一动不动！

商鹤羽略一探查，心中稍安，说道："离魂术！"

张翼轸大惊，忙问："怎么又是此等邪恶法术？灵动掌门莫非也被飞仙所制？"

商鹤羽微笑摇头，说道："还好，灵动掌门所中离魂术乃是地仙所下，回到无天山，我便可做法解除，翼轸不必担忧……"

商鹤羽是不喜多事之人，明见张翼轸与灵动相识，又对他关切非常，却不主动相问二人关系，只是当前一步，飞空带动灵动，一路飞回无天山。

戴风等人并未见过灵动，却对灵动大名早有耳闻，惊见灵动被带回，也是惊喜交加，当即令人布置房间，很快一切安排妥当。

商鹤羽不慌不忙，屏退众人，只留张翼轸一人在旁，这才静心施法。飞仙仙气外逸少许，红光一闪便没入灵动体内。

灵动本来双目紧闭，被红光一激，顿时醒来，眼神空洞，竟开口说道："灵动愿遵上仙之命，誓死效忠，永不反悔！"

一连说了数遍方才停下，说话之时，面无表情，莫名诡异。

不多时猛听商鹤羽轻喝一声："收！"随即右手平平伸出，骤见灵动眼中紫光一闪，紧接着双道黑气自眼中逃出，一入空中便合成一道，正要逃逸，两道红光却紧随其后自灵动眼中飞出，一晃一闪，便将两道黑气包裹在内。

倏忽间飞回商鹤羽手心一寸之上，红光相间，盘旋不定。商鹤羽微闭双目，感觉片刻，随后心意一动，红光大盛间，将黑气消散一空，点头说道："不错，与白凤公子的离魂术如出一辙，应是一家之法。不过灵动掌门是由地仙修为之人所下，我可以飞仙仙气破之。而戴婵儿是被飞仙施法，我的飞仙之气无法破解飞仙仙力，是以无能为力。"

随着黑气和红光逸出，灵动脸色渐渐恢复平静，沉沉睡去。

"灵动需要三五日恢复神识，到时可保无事。翼轸，我有一事不明，不知可否问上一问？"

商鹤羽一脸恳切，可见本是生性不喜问事之人，实在是疑虑不解，才不得不开口相问。

张翼轸却是笑道："商兄但说无妨，你我之间有话直说，不必计较太多。莫非商兄想问我手中宝剑本为何物，还有我为何会控水之术？"

商鹤羽一脸喜色，立时点头说道："不错，其实早在我一出铜镜之时，便已然察觉你身具木性，后来也被白凤公子喝破，虽然当时心中便有疑问，不过也未加多问。后来在冰洋之上，你力伤白凤公子之时，掌中突生木剑，剑上所附天命之火，我便更加不解。再后在无风之地，你大战崔向，控水之术也是运用娴熟，更令人无比震惊。要知天地灵兽已全然消亡，即便我等飞仙操纵天地之力远胜地仙，若无天

135

地灵兽的记忆传承，也断难有此等精妙的控水之术……"

张翼轸先不答商鹤羽的疑问，却是反问："为何商兄如此认定天地灵兽已全数消亡？"

商鹤羽讶然说道："凡是飞升天庭的飞仙，皆会被告知一些天地之秘，天地灵兽消亡一事，便是天地之间无数秘密之一。"

果然是天庭有言，也就是天规所说，张翼轸心中暗暗纳闷，心道若非天庭有意隐瞒真相，便是天庭确实不知天地灵兽仍旧存活于世，只怕其中还有不可告人之秘。

不过尽管商鹤羽如今听命于他，张翼轸也不敢轻易说出天地灵兽之秘，唯恐事情有变，几大灵兽的藏身之地若是传将出去，不定会有何事发生。是以张翼轸淡然一笑，也不编造假话，直接说道："实不相瞒，商兄，我身具控水之能以及体内隐含木性之事，另有隐情，不便告知，还望商兄勿怪。"

商鹤羽急忙摇头，说道："哪里会？翼轸莫要多虑，我只是随口一问，心生好奇而已。且天地灵兽之事事关重大，你不说出也在情理之中。不过日后定要小心从事才对，毕竟崔向已然得知你身负控水之能，玄洲虽然不能直通天庭，不过寻常有飞仙来往也是正常，到时传到天庭之上，或许会有对你不利之事。"

张翼轸当下谢过商鹤羽好意，心意一动，声风剑自体内逸出，跃入手中。他伸手将剑交给商鹤羽，问道："商兄可知此剑来历？"

商鹤羽执剑在手，端详一番，动容说道："此剑来历我无丝毫印象，不过此剑绝非凡品，能将木之精髓与万火之精合二为一，相融一起，非无上法力不可。即便是我，全力施展飞仙仙力，也是不能。翼轸，此剑极其难得，你从何得之？"

飞仙果然是飞仙，虽然体内并无木火灵性，却只凭仙力便可探知此剑本由木火相融而成，可见仙力也是天地之间至强至纯之力。张翼轸当下也不隐瞒，将此剑来历简要一说。

商鹤羽听了半晌无语，又仔细打量半天声风剑，摇头说道："天地玄机，深奥难测。说是无意捡来，或是故意赠你，都有可通之处，依我看来，不必刻意追究此事。九灵此人，是假装简单也好，是真实高深也罢，毕竟也是有助于你，时机成熟之时，一切自会揭晓。"

张翼轸点头称是，又问："方才也听商兄说出天命之火，天命之火究竟是何等火力？"

商鹤羽微一沉吟，答道："天命之火具体是何火力我也并不清楚，毕竟飞仙并无天福，凡是涉及天命之事，飞仙无法得知。只是听说此火无比霸道，若是运用到极致，可一剑斩杀飞仙，或湮灭，或直接将其打入轮回！"

竟有如此威力？张翼轸不免暗暗心惊，心中更是对九灵其人多了一些疑惑，正要再深思一二之时，忽听门外有人叫嚷："灵动师兄，你的宝贝师弟灵空前来看望，还不速速出来迎接！"

一剑别离一刀斩

灵空！

紧接着，只听房门"咣当"一声，却是灵空推门而入，他也不理会张翼轸和商鹤羽，径直来到灵动面前，二话不说伸手将灵动提起，左右摇动数下，大声说道："灵动师兄，快快醒来，看看我是哪个！"

张翼轸大骇，急忙上前正要一把推开灵空，冷脸说他几句，不料还未近前，忽见一物从灵动怀中跌落，翻滚几下，正好滚落到张翼轸脚下。

张翼轸控风之术感应四周人物环境还说得过去，若是细小物体，便模糊难辨。商鹤羽上前一步捡在手中，却是一张纸团，其上字迹潦草，显然是匆忙写就，只有一句话：

"五芝茶辅以珊瑚泪，可解离魂术！"

他当下也顾不上思忖灵动为何写下此句，忙念给翼轸听。

"珊瑚泪！"

张翼轸当即大喜，伸手间从怀中拿出珊瑚泪，说道："我手中尚有两滴珊瑚泪，灵动掌门和婵儿可一人一颗，只是五芝茶……"

猛然间脑中灵光一闪，惊叫出声："北海龙王倾北之处，有五芝茶……"

商鹤羽哈哈大笑，喜形于色，说道："翼轸，你还忘了一件重要之事，倾北手中，还有可以治你眼疾的金芝玉草！"

张翼轸经此提醒，也是蓦然想起当时问起崔向之时，对方曾亲口说出此事，当即心情大好，呵呵一笑，说道："如此看来，当初与倾北周旋一二，倒是好事一件。"

二人说笑间，忽然想到灵空怎的没了动静，扭头一看，却见灵空已经将灵动安然放置床上，一脸落寞之色，他站立床前，自言自语道："师兄，不要以为我没心没肺，其实灵空也是性情中人，不过不善于表露罢了。自东海事发之后，我也是日思夜想，无比担忧。虽然我心中清楚，如你这般老谋深算老奸巨猾之人，断难轻易死掉。不过即便不死，万一被困在某处不得出离，过上几百上千年也难得一见，与死又有什么区别？还好，功夫不负有心人，今日终于与你相见，也总算让我大慰平生了。你先睡着，我先去无天山厨房重地再去烧上一时三刻的火，这神人厨房也忒简陋了些，烧火灶具都不齐全，忒是少了些乐趣！"

说完，低着头看也不看张翼轸二人一眼，噔噔噔一路小跑，转眼不见了踪影，直让张翼轸无奈摇头，暗笑灵空此人行事确实颇多出人意料之处。

稍后画儿又来看望灵动，少不得又与张翼轸说一些在无天山的趣事乐事，以及和灵空去了哪里游玩，等等。张翼轸见画儿玩得开心也是心中大安，近来顾不上照应画儿，有灵空在，倒也省却了他不少心思，也是不错。

眼下事不宜迟，当下哄走画儿，又令人请来戴风，请戴风派人照应灵动周全，以及让灵空、画儿二人切莫惹事，又将他要前去北海寻药一事说了。戴风当即喜出望外，满口应下，提出要派数员大将跟随，被张翼轸婉言谢绝。有商鹤羽在旁，整个北海也非他敌手，况且以倾北先前表现，五芝茶和金芝玉草应该并非难事。

张翼轸也不耽误，交代完毕，急急和商鹤羽飞空直奔北海而去。

无天山离北海不过数万里之遥，张翼轸有商鹤羽在旁，只管全力催动流光飞舞即可，当真是快如流星，一个时辰不到，便先后穿越毒雾和冰洋，置身龙族所辖的北海之上。

张翼轸正要施展控水之术，潜入海水之中，直朝龙宫而去之时，忽听商鹤羽低低的声音说道："前方有变，应是有人在争斗！"

商鹤羽说话间只一动念，便隐去二人身形，悄然前行千里左右，便见数里之外有二人正当空对峙。此二人一人孔武有力，一人瘦弱不堪，若是张翼轸双目完好，定会一眼认出正是华风云与华自在。

张翼轸控风之术悄然施展，模糊感应到二人相距数丈对立，杀意流露，正是蓄势待发，只等生死一搏。当下悄声告知商鹤羽，在不被二人发觉的情况下，尽量离得近些。

商鹤羽悄然一笑，却是说道："即便我二人近在咫尺，他二人也不会发觉。此二人修为不过地仙，与你相比也是远远不如，只是不知为何本是同族，却要以死相拼。"

说完动念间便接近二人数丈之内。

二人丝毫不觉有异，敌视片刻，却听华风云轻轻说道："华自在，你我本是同族，倒也不必非要自相残杀，且听我一言，跟我回到北海，想必龙王会念在你忠心耿耿的分儿上，饶你不死！"

华自在却是讥笑一声，说道："华风云，你说的是什么屁话……也不脸红！我既然逃出，定是存了必死之心，即便死，也要死得其所，不被倾北父子利用。我倒还想劝你一劝，华风云，切莫以为倾北父子最后会真心对你，不过是哄你死心塌地的假话罢了。我言尽于此，尽快出手便是，生死各凭本领。"

张翼轸暗暗吃惊，怎的华自在与华风云在此生死相争？

目不能视，不能尽观眼前情景，张翼轸不免有些着急。

华风云哈哈一笑，扬手间取出双刃刀，当胸一横，却又说道："自在，如今四海化蛇凋零，我真不忍心杀你。不如你跟我回龙宫，我拼了性命也要向龙王求情，饶你不死。"

"真是可笑至极！哈哈……"华自在仰天大笑，一伸手拔出一把长剑。剑长三尺有余，似蓝又绿，宛如一泓秋水，闪动着惊心动魄之美。

华自在轻抚剑身，双眼深情流露，犹如凝视相守千年的爱人，口中喃喃低语："此剑伤别离，千年未曾出鞘，今日现身一试锋芒，华风云，你何其有幸！"

华自在长剑一挺，斜指向下，蓦然剑身嗡嗡作响，只激荡得四周云气顿生，弥漫一片，一股莫名的离别伤感萦绕心间，只觉秋水轻泛，天地间忽起离别萧索之意，令人不可避免心生离愁别绪！

"不想寻常神人也有此种神通，倒也令人惊讶！"难得商鹤羽竟一时感慨，直视华自在手中长剑，叹息说道，"移情同扉术，以自身心绪感染对方，令对方陷入莫名情绪之中，不可自拔。此法术虽然不是高深大法，不过也不易学成。这个华自在，倒是一个有心人。"

华风云一不留神，被华自在带动情绪，竟是暗中着了道儿，双眼迷离片刻，心神一时失守，差点把持不住，手中双刃刀一举，悲伤之余便要举刀自刎！

139

刀将触及脖间，他身体猛然一震，登时停住，双眼猛然一瞪，恢复清明，大怒说道："好一个华自在，竟暗中下手，用一些宵小伎俩，当真是鼠辈行径……看我如何将你碎尸万段！"

移情同痹术对一人只可奏效一次，是一招不中，再无施展的可能。华自在脸上微微闪过失望之色，随即长剑一刺，一道寒光直取华风云胸口。

华风云不甘示弱，双刃刀舞动起来，呼呼风响，倒也威势惊人。二人互不相让，立时厮打在一起。

商鹤羽和张翼轸静立一旁，一人冷眼旁观，一人凝神感应，只见场中二人跳跃腾挪，招招致命，显然确实是生死相拼，全无半点虚假可言。

不多时，华自在便落了下风，气力不支，神力不济，被华风云打得节节败退，一直退出千里之远，猛然间华风云双刃刀一收，好言劝道："华自在，想来想去，我仍是不想取你性命。四海之中，化蛇所剩无几，所有化蛇本是同根同源，虽然龙王有命要我杀你，我却于心不忍。你……且逃命去吧！"

华自在微微一怔，一脸难以置信，问道："此话当真？莫不是哄我逃走，然后背后一刀再取我性命？华风云，你身为倾北和倾化最得力干将、最信任的手下，竟会背主放我一条生路？我却不信！"

华风云叹息说道："其实你我心中都清楚得很，倾北父子为人……表面待人热情真诚，实则二人心机深不可测，即便是我久在倾化身边，他所想所做，我也不过只知一二，机密或关键之事，他断然不会对我等属下说出。所谓鸟尽弓藏，他父子二人野心极大，策划之事尚未成功，正是用人之际，自然会对我和颜悦色，许下重诺。若是他日功成之时，说不得我也会被弃之一边……我何必杀你，不如暗中放你逃走，到时或许还可助我一臂之力。"

听华风云说得合情合理，华自在一时踌躇，略一犹豫便点头说道："也好，既如此，我便铭记华兄情谊，他年相会之时，必有回报。告辞！"

华自在一拱手，也不多说话，转身便走。华风云却是暗暗一笑，也是一拱手，说道："华将军一路好走，莫要迟疑，走得越远越好！"

说话间，却将双刃刀向上一抛，陡然间双刃刀光芒大涨，其势如虹，其快如电，风驰电掣直朝华自在后背斩去！

良药易得心难宽

华自在人未回头，却是哈哈大笑，说道："早已料到你有此等两面三刀的本领，华风云，你却失算了，恕华某不能奉陪了，就此别过！"

华自在扬手间向后掷出一物，此物形如角状，无声无息与双刃刀相迎在一起，只听"砰"的一声裂开，散发出万点蓝光。蓝光闪耀间，双刃刀被困在其中，半分动弹不得。

华风云双刃刀被困，也不慌，竟是神秘一笑，一扬手又飞出一物。此物无形无质，犹如空无一物，却被张翼轸的控风之术探查得一清二楚，张翼轸顿时大吃一惊。

正与上次南海之中，倾化暗中助华风云斩杀华独行之时，暗中出手所施放之物一般无二！

华自在只当华风云只是双刃刀来袭，却未料到双刃刀不过是虚晃一刀，真正的杀招却是其后之物。待华自在有所察觉之际为时已晚，此物一闪而没，全数隐入华自在体内。

华自在人在空中，身子一挺，旋即停在空中，缓慢回转身子，目光呆滞，如痴如傻，他俯身向华风云施礼说道："华自在谨遵华风云号令，万死不辞！"

华风云满意地点点头，一伸手收回双刃刀，嘿嘿一笑说道："果然妙极，此术倒也了得，控人心神，迷人心智，妙用无比。"

随即微一点头，厉声说道："华自在，即刻跟我返回北海，不得有误！"

"是！"华自在躬身应答，神态恭敬无比，语气坚定，双眼之中却全是迷茫之色。

"又是离魂术！"商鹤羽也是微微吃惊，几日之内数次得见离魂术，飞仙施展，地仙施展，如今又是神人施展，无明岛独创之术为何突然之间随处可见，倒是咄咄怪事！

张翼轸心思电闪间，似有所悟，忙问："商兄，若是救下华自在，封闭华风云，可否将他二人安置一处，不被人发觉？"

商鹤羽微微一想，答道："这个不难，翼轸，你且看来……"

商鹤羽心意一动，顿时现身空中，一步拦住华风云去路。

华风云正心满意得，准备同华自在一起返回北海龙宫复命，不料一抬头，却见二人凭空现身眼前，顿时大吃一惊。他定睛一看，一人是张翼轸，另一个却不认识，不由一怔，随即笑道："我当是谁，原来是张道长大驾光临，不知来到北海有何贵干？若去北海龙宫，在下愿当前领路。"

张翼轸心急灵动和戴婵儿之事，虽然心中有无数疑问，却知眼下不是追问之时，当即脸色一寒，轻喝出声："拿下！"

华风云见势不妙，急忙将身一跃，试图跳入水中逃走。不料刚刚一动，却骇然发觉全身如坠泥淖，全无施力之处，也全无着力之处，竟是被束缚当场！

华风云心中大骇，惊叫："张翼轸，你怎会有如此神通……你意欲何为？我家龙王与你交好，你便是这般回报龙王盛情？"

商鹤羽不由分说，一挥手，又将华风云心意禁锢，随即双手开合之间，竟是生生在虚空之中划出一处方圆数丈的天地屏障来，随后又将华自在封闭神识，举手间将二人投入屏障之中，最后屏障合拢，这才说道："此处可隔绝飞仙探查，除非对方有无上法宝，否则即便飞仙无意经过，一时三刻也难以发觉此处有异。不过此屏障只可维持七个时辰，时候一过，便会自行失效。"

张翼轸点头一笑，说道："我二人此去北海，若是顺利的话，不出两个时辰便会返回，到时再处置二人不迟。"

二人说话间，不多时便来到北海龙宫海上，张翼轸也不让人通报一声，直接和商鹤羽入水，直朝龙宫而去。张翼轸身负控水之术，在水中与水外并无两样。商鹤羽飞仙之体，入水而行也是怡然自得。

片刻二人便来到龙宫前面，守卫惊见二人现身，急急向前拦下。张翼轸也不多说，直接亮明身份，声称倾米师傅前来龙宫，让她出来迎接。

倾米拜师之事，小小守卫虽然也有耳闻，却并未见过张翼轸。又见他双目失明，不免心生轻视之意，正要呵斥几句，忽听龙宫之中传来一声惊喜的娇呼之声："师傅，果真是你？徒儿没有看错，没有做梦吧？"

正是倾米飞身前来，一见张翼轸便亲热无比迎向前来，急急将张翼轸二人迎入宫内，只留下一众守卫瞪口呆，高高在上的公主竟对一名失明的凡人如此热情恭敬！

倾米先前只顾高兴，将张翼轸迎入大殿方才发觉张翼轸竟是双目失明，顿时大惊失色，忙追问原因。张翼轸自是不能明说，谎称被坏人所害，特来相求金芝玉草。

倾米一脸关切之情，眼中泪光闪动，哽咽说道："师傅有求，徒儿自然相送。请师傅稍候片刻，我这便取来金芝玉草……也不知哪个坏人出手如此残毒，竟将师傅的眼睛害瞎，若是让我见了，定杀不饶。"

说话间，倾米身形一闪便进入后堂。

张翼轸与商鹤羽静候片刻，倾米便从后面急急闪出，手中捧有一株七叶一花的寸长小草。此草色泽上白下黄，黄色部分其黄如金，白色一端洁白如玉，果然不负金芝玉草之称。

张翼轸接草在手，只觉其上隐含清明之气，沛然洁净，心知此物当是宝物无疑，当即谢过倾米。倾米推辞不谢，却是问道："不知师傅可有闲暇在龙宫住些时日，龙宫也有精通医术的高人，可为师傅诊治一二。"

张翼轸哪里有心思在龙宫住下，便是多待片刻也觉难挨，不过五芝茶尚未借到，也不能转身离去，便开口问道："为何不见龙王和倾化？"

倾米也不隐瞒，说道："父王和哥哥有事外出，已有一些时日，至今未归。"

"所为何事竟耽误如此之久？"

"我也不得而知，不过父王有天命在身，统领北海，若无允许，应该只在北海之内，不会擅自远离北海范围。"

"原来如此……倾米，我还有一事，上次听龙王所说，龙宫之中尚有五芝茶乃是茶中绝品，我此位朋友生性嗜茶如命，可否赠我少许，让他品尝一二，也算得偿夙愿。"

张翼轸微一迟疑，便想了一个借口，提出借茶一事，心中却暗暗猜测倾北与倾化外出，既是不能出离北海，莫不是二人前往玄洲或是元洲不成？

不知为何，张翼轸总觉北海之地，乃是四海之中最为莫测高深之处，倾北与倾化，皆是心机颇深之人，行事大异常规，背后定有不可告人之事。

听到借茶，倾米也是一口应下，当即又返回后堂前去取茶。

张翼轸一时大为心宽，见事情异常顺利，不由心情大好，与商鹤羽说笑几句，又等了片刻，却不见倾米回转，不由心中暗暗担忧。又等了小半会儿，才见倾米姗姗来迟，却是空手而归，一脸惭愧之色，说道："倾米无能，还望师傅勿怪。金芝玉草父王随意放置，我随手便可取得。五芝茶却遍寻不见，也不知父王放于何处，我找了半晌，却一无所获……"

"谁想要我的五芝茶……翼轸，怎么是你？难得有空闲来又来我龙宫做客，当真令我深感荣幸！"

却见两人一前一后自门外迈入大殿，正是倾北与倾化竟是此时回来。

张翼轸忙起身相迎，却被倾北和倾化意外发觉双眼之事，少不得又解释一番，倾北和倾化又义愤填膺对伤及张翼轸之人痛加指责，末了却说："翼轸，这五芝茶火旺，饮之易上火，对双目不利，还是少喝为好。"

竟是推托之意！

张翼轸微感惊讶，按说以先前北海龙王出手大方对灵空也是相赠厚礼来看，区区五芝茶应不在话下，定当欣然出手，不料开口却是委婉回绝之意。张翼轸不得不心生疑虑，难不成倾北已然得人授意，不得将五芝茶转赠他人？

倾北不肯，张翼轸断不会轻易放弃，便以商鹤羽生性酷爱喝茶为由，强行向倾北索取五芝茶。倾北一时面露迟疑之色，看了倾化一眼，见倾化无动于衷，又看向倾米，倾米自然力劝倾北赠茶。倾北无奈摇头，说道："翼轸，不怕你笑话，我生平最爱此茶，且此茶来之不易，轻易不肯示人，何况赠你。不过既然你开口提出，我若不让出少许，也说不过去。不过……"

倾北却是上下看了商鹤羽几眼，眼中闪过一丝疑惑之意，开口问道："既然你身为翼轸好友，且又听翼轸谈及你嗜茶如命，不知可否与本王探讨一二品茶之道，阁下意下如何？"

此言一出，张翼轸顿时心中一凉，这倾北倒也好生厉害，不明着一口回绝，却以讨论茶经为由，试探商鹤羽。张翼轸暗暗叫苦，他并不清楚商鹤羽爱好如何，只是随口一提，拿他说事而已，不料倾北竟是以此为由，谈论茶道。万一商鹤羽对茶道全然不知，岂不坏事？

商鹤羽一听也是一脸为难之色，恭敬答道："好教龙王得知，在下虽然生性爱茶，但于茶道并无深入研究，只是爱喝而已。"

倾北脸色顿时一沉，冷冷说道："既如此，天下好茶何其多，这五芝茶并不好喝，阁下便不必夺人所爱，非要向我讨要这五芝茶了！"

06　重见光明

　　乳滴一入双眼，张翼轸只觉一股钻心的疼痛由双眼传来，痛入肺腑，几乎难以忍受。尽管张翼轸紧咬牙关，仍觉双眼犹如被人生生剜掉一般痛不可言，不过呼吸之间却犹如过了无比漫长的时间，浑身大汗淋漓，全身湿透。

莫道天仙不下凡

张翼轸心中一沉，正要思忖如何想方设法，就算软硬兼施，也一定要向倾北讨些五芝茶回去，耳边却又听商鹤羽说道："在下不钻研茶道，只因向来认为茶之道，应是无道可谈。一旦落于形式，饮茶此等美妙之事有章法可循，便立时落了下乘！所谓法无定法，饮茶也是如此，春茶秋茶，各茶各得其味，各得其髓，怎可一概论之……"

商鹤羽此话一出，倾北顿时面色一喜，倾耳细听。随后，商鹤羽侃侃而谈，竟是滔滔不绝一连讲了一个时辰有余，由茶道谈及天道，又由天道落回人道，再谈及世间万茶的各自不同之处，直听得倾北连连点头赞许，目光之中流露出无比欣赏之色，大有相见恨晚之意。

商鹤羽又说了少时，话题一收，说道："不过是在下些许浅见，难入龙王法眼，还请龙王勿要见怪才是。"

倾北却是喜不自禁，一伸手从袖中取出一只水晶瓶，瓶内五彩光华闪动，光华流转间，隐约可见数十片茶叶飘浮其间，正是定神收心可治离魂之术的五芝茶。

倾北一把将水晶瓶交到商鹤羽手中，大笑说道："知己，知己！宝剑赠壮士，宝茶赠名士！此茶被阁下所得，当之无愧。"

商鹤羽也不推托，当即收下，郑重谢过倾北。倾北却是连连摆手，感叹不已，说道："罢了，罢了。我一向自诩为懂茶之人，不想与阁下相比，却是差之千里。若是阁下不嫌，还望得空之时，前来龙宫做客，与老龙我共话茶经，共品好茶，可好？"

商鹤羽晋身飞仙日久，对于人情世故早已不心生留恋，不过倒也应付得来，当下与倾北客套几句，言辞恳切，对答自如，倒也颇合倾北心意。

倾北执意留张翼轸住些时日，张翼轸哪有心思，声称还有要事要办，便和商鹤羽一起辞别倾北等人，转眼间置身海上。

张翼轸一走，倾北脸上笑意一转，立时一脸肃然，却是说道："此事……难办了！"

倾化看了倾米一眼，倾米一脸不快，"哼"了一声，转身就走，说道："我才懒得听一些阴谋诡计！"

倾北却是笑着安慰："米儿莫怪，其实父王也是为了你好。"

倾米不理，犹自气呼呼离去。倾北无奈摇头，示意倾化继续。倾化脸色凝重，不解地问道："父王，既然那人明确告知我等，说是张翼轸会来龙宫，为何还送他五芝茶？"

倾北嘿嘿一笑，却是说道："化儿，那人虽是飞仙，可是先前交代我等绑来灵空之人却特意吩咐，万万照应张翼轸周全。此人却是天仙，你说，我该听哪一个多一些？"

倾化倒吸一口凉气，瞪大了眼睛："父王，天仙怎会下凡？这怎么可能？"

倾北冷冷一笑，说道："天机浩渺，概莫能测。天仙不可下凡，否则会打破天地平衡确实不假，不过若有天地宝物相助，一两名天仙来到凡间，也是寻常之事。"

"即便如此，我北海送了张翼轸金芝玉草便可，何必又赠他五芝茶？若是不赠此茶，正好两家都不得罪，左右逢源！"

"左右逢源？哼，怕就怕到时左右讨不到好去。你当我愿意送茶给他？你可知要茶那人是何许人？我看不透他一身修为，他无辟水宝物，却在水中从容自若，你说此人是何境界？"

倾化顿时脸色大变，吞吐说道："难道他，他也是……飞仙！怎的如今飞仙纷纷下凡，便连天仙也潜藏世间，究竟出了何等大事？"

再说张翼轸和倾化二人来到海面之上，片刻又来到天地屏障之处。商鹤羽催动法术，打开天地屏障，从中取出华风云和华自在二人，而二人仍是昏睡沉沉。

当下与张翼轸略一商议，二人也不停留，飞速一路向北返回无天山。

回到无天山，先将华自在二人搁置一边，随后立即取出五芝茶，以一滴珊瑚泪辅之，由商鹤羽以仙气相融于一起，屈指一弹便没入灵动额头之内。

本来依商鹤羽所言，灵动无须再用五芝茶相助也是无忧，不过张翼轸担心唯恐万一有变，珊瑚泪虽是不世宝物，却还是不如灵动性命来得重要，是以坚持再以药物为灵动疗伤。

不出片刻，本来按照常理需要三五日才会醒来的灵动，却是长嘘一口气，立时睁开了眼睛。他眼中先是闪过一丝茫然，随后紫光一闪，由床上一跃而起，闪身来到商鹤羽面前，长揖一礼，说道："灵动谢过上仙援手之恩！"

商鹤羽闪到一边，推辞不受，却是说道："我不知阁下是谁，出手救你，全因翼轸之故，所以你不必谢我！"

灵动焉能不知其中缘由，却依然坚持恭恭敬敬地施完礼，这才来到张翼轸面前，一时感慨万千，嘴唇嚅动半晌，方才说出一句："翼轸，当初赠你《三元辑录》，师伯总算没有看错。时至今日，你有如此成就，当真是三元宫之大幸！"

灵动显然未知中土道门大变之事。

张翼轸见灵动安然无事，也是一时心情大好，当下后退一步，郑重一礼，说道："三元宫弟子张翼轸，拜见掌门师伯！"

这一句掌门师伯叫得发自肺腑，叫得真切无比，直让张翼轸想起三元宫中以往岁月以及种种旧事，不免一时唏嘘，心中既悲又喜。

灵动也是无比悲凉，紧紧抱住张翼轸双肩，老泪纵横，别后情景，历历在目，今日一见，终是苍天开眼，不负心中无数挂念！

商鹤羽只是静立一旁，对二人别后重逢的悲喜之情无动于衷。毕竟他成就飞仙许久，对于世间之情早已淡然不想，是以在张翼轸看来无比欢喜之事，在商鹤羽心中却全无半分波澜。

稍后，顾不上与灵动详细诉说别后之事和中土道门之变，几人又即刻来到戴婵儿之处，依然由商鹤羽施法，以五芝茶和珊瑚泪为戴婵儿疗伤。

毕竟戴婵儿的离魂术乃飞仙所下，商鹤羽全身红光大盛，竟是耗费一个时辰才大功告成。商鹤羽仙力消费大半，脸上略显疲惫之色。

张翼轸于心不忍，说道："商兄，你且先回房休息，我的眼疾明日再治无妨。"

商鹤羽坚持不肯，说道："不必，我体内仙力尚可支撑，无须担心。倒是你，翼轸，却是先替他人疗伤，将自己放在最后，若是我，定会先治好双眼，再论其他。"

张翼轸淡淡一笑，也不多说，说话间，便听戴婵儿一声呻吟，幽幽醒转过来。

"头……好疼！"只一醒来，戴婵儿便双手抚头，秀眉轻皱，轻声说道。

随后环顾四周，见众人围在身边，均是一脸关切之情，不由奇道："为何这般看我……我又是身在哪里？啊……"

戴婵儿惊叫出声："翼轸，你的眼睛……谁害的？"

随即翻身而起，一脸决绝之色，狠声说道："我去寻他晦气，定叫他痛不欲生！"

戴风和戴戡惊见戴婵儿醒来无事，顿时笑逐颜开，忙上前三言两语说出白凤公子之事，戴婵儿直气得紧咬银牙，恨恨说道："好一个白凤公子，欺人太甚。只恨我修为浅薄，否则若要让我遇到，管他是仙是魔，杀了便是。"

戴风见诸事顺利，老怀大慰，忙将张翼轸拉到一旁，说道："贤婿，眼下灵动掌门和婵儿已然无虞，还是速速将你的眼疾治好才为上策！"

这一声贤婿叫得亲切无比，又来得真诚，直让张翼轸一时脸热心跳，还未说话，却听戴婵儿一声惊呼，闪身来到二人中间，奇道："父王何出此言？翼轸和我，何时定下了亲事？"

戴风呵呵一笑，当即将戴婵儿身中离魂术之时与张翼轸定亲之事说出，戴婵儿听完才恍然大悟，说道："怪不得，我只记得白凤公子将我掠走之前之事，其后事情一概不知，却原来其间还发生如此多的波折，不好……"

戴婵儿猛然惊叫出声，只吓得众人一愣，却听戴婵儿极度不满地说道："不行，我要重新定亲，如此大事我没有丝毫感觉，再说，我是否同意还在两可之间……"

略过戴婵儿亦真亦假的吵闹不提，张翼轸和商鹤羽回到房间，好说歹说哄走戴婵儿和画儿，只余灵动在一旁护法，便由商鹤羽再次作法为张翼轸治疗双目。

商鹤羽将仙力注入金芝玉草，只觉其内蕴含无比蓬勃的生长之意，小小的一株黄白相间的小草，竟是土性与木性相得益彰，无比完美地相融在一起，土木相生，故有生生不息的破旧生新之能。

商鹤羽凝神静思，仙力运转之间，将金芝玉草慢慢融化成一滴黄白相间的乳滴，随后又一分为二，分成两滴大小相等的乳滴。又过得片刻，只听商鹤羽大喝一声："翼轸，聚全身灵力于双眼之上，开！"

张翼轸早有准备，立时依言而行，浑身紫气弥漫，猛然间睁开双眼，眼中紫光闪烁，两滴乳滴倏忽一闪便隐入张翼轸双眼之中。

乳滴一入双眼，张翼轸只觉一股钻心的疼痛由双眼传来，痛入肺腑，几乎难以忍受。尽管张翼轸紧咬牙关，仍觉双眼犹如被人生生剜掉一般痛不可言，不过呼吸之间却犹如过了无比漫长的时间，浑身大汗淋漓，全身湿透。

蓦然，又觉眼中一空，双眼竟被仙力尽数毁去，眼眶之内，顿时空无一物！

重见天日话机缘

原先双目失明，双眼仍在，如今双眼尽失，张翼轸毕竟年少，一时不免心惊，顿时心神失守，慌乱之下，灵力犹如潮水般退去。

商鹤羽察觉有异，立时冷喝一声："翼轸，凝神，关键时刻，切莫走神！"

张翼轸被一语惊醒，赫然心惊，立时又运转灵力，心意回神。灵动要上前助张翼轸一臂之力，却被商鹤羽开口制止："无妨，翼轸还可应付得来。此事，还是由他自行解决为好。"

灵动只好点头，止步不前。

双目尽失，两滴乳滴却在眼眶之中旋转不停，越转越大，同时将张翼轸汇聚而来的灵力一吸而空。得了灵力滋润，乳滴更是如鱼得水，慢慢凝聚成实质。张翼轸只觉体内灵力犹如被虹吸一般，片刻之间便几乎被吞食一空！

眼见灵力再难以为继之时，蓦然体内风、土、水、火四种灵性不请自动，分出一缕灵性，自行注入乳滴之中。得灵性相助，乳滴猛然气势大涨，竟是精光乱闪，一时五彩缤纷。

张翼轸却是吓了一跳，唯恐有变，正要心意一动将灵性压制，却猛然发觉体内向来不动如松的木性也是突然逸出一丝，一闪而没入乳滴之中。

如此突变，张翼轸猝不及防，顿时只觉双目之处犹如数种天地元力交汇，互相拉扯不断，又不停融合交错。几次三番下来，张翼轸被折磨得筋疲力尽，不但灵力用空，浑身也再无丝毫力气，坐立不住，身子一歪，便要向床下倒去。

灵动一步向前，伸手扶住张翼轸。商鹤羽见时机成熟，点头说道："请出手助翼轸恢复灵力，不必过多，保他经脉不伤即可。"

灵动忙将地仙灵力注入张翼轸体内，不多时，张翼轸缓缓醒来，感到眼中一片平和，忐忑不安地睁开双眼，先是一片模糊，依稀可见二人站立眼前。片刻之时，二人身影渐渐清晰起来，却是历历在目，正是灵动和商鹤羽。

张翼轸一时惊喜交加，忙又轻揉双眼，只觉双目柔软真实，与先前双目无二，心中大安。当即起身向商鹤羽揖了一礼，说道："幸亏商兄鼎力相助，婵儿、灵动师伯和我三人才得以保全，此情翼轸当铭记在心。"

商鹤羽却是摇头一笑，见张翼轸双目全然恢复，也是心情大好，难得也开玩笑地说道："翼轸此言差矣，我这性命也是得你相助，否则说不定早在灭仙海中灰飞烟灭了。些许小事你便出言相谢，莫非是要提醒我，要我以后对你肝脑涂地不成？"

"哈哈，商兄说笑了，你我二人就不要见外了！"张翼轸也是大笑不止。

笑声未完，却听灵动迟疑说道："翼轸，你这双眼一眼看去倒无异状，若是细看，却是隐含青气，颇为诡异。"

商鹤羽闻言也是一怔，方才一心助张翼轸疗伤，倒未仔细观看，此时定睛一看，果见张翼轸的眼睛若不细看也是寻常，若是细细看来，却发觉其上隐约有无数青丝交错，更有蓝、红、黄细丝隐现，数条细丝时隐时现，令人心生惊诧。

张翼轸听了，微一思忖，便将方才体内灵性自行注入双眼之事说出，商鹤羽沉思半晌，才摇头说道："此事闻所未闻，不知何故，也不知好坏，一切只看翼轸自身机缘了。"

张翼轸双目所视之处，较之以前并无丝毫不同，反而感觉更加清晰真实，也不在意，开口说道："且不管他，有眼可用便是好事，是好是坏以后再说不迟。眼下最为重要之事，便是先听灵动掌门详细说来，别后是何情景，为何会流落到玄洲之地。"

灵动连连点头："我也正有此意，别后之事众多，便是翼轸有何际遇，我也是好奇得很。不如约上灵空、戴婵儿还有画儿等人，一起说来听听。"

张翼轸自是应允，见商鹤羽脸露疲惫之意，便好心相劝让他先行休息片刻。商鹤羽却是不肯，说道："如今我也置身事中，一应之事说不得也与我有相干之处，知晓其中的来龙去脉倒也有助于理清眼前局势。我不过是稍感疲倦而已，不必多虑，稍事休息便会恢复如初。"

既如此，张翼轸想想也对，便和灵动、商鹤羽二人一起推门而出。只一开门，便见门外密密麻麻站立数十人，戴风、戴婵儿、戴戫、戴蛸子，以及灵空、画儿、真平等人，全都一脸焦急关切之意，候在门口。

一见张翼轸现身，戴婵儿和画儿双双扑上前来，两双眼睛直视张翼轸双目，一直看了半晌才确定他双目完好，戴婵儿长舒一口气，无比欣慰地说道："翼轸双目

151

恢复光明，也是吉人天相，可喜可贺。"

画儿却是又哭又笑地说道："主人师兄神通广大，才会逢凶化吉，哼，贼老天才不会开眼保佑主人师兄，全靠主人师兄英明盖世，神通无敌……"

画儿还要絮叨没完，却被张翼轸一脸尴尬地哄劝到一边，省得让她再将他吹上天去。众人被画儿一逗，都是面带笑意，又因张翼轸伤势全好，全部开心不已。

当下又让戴风谢过众人好意，让众人尽数散去，只留数人在此，将会谈之事一提，戴风立时说道："去我书房即可，清静且宽敞，可容下所有人一同前去。"

张翼轸一看，即便走了不少，除去他和商鹤羽、灵动三人之外，场中还有戴风、戴婵儿、灵空、画儿以及真平，人数也不算少，且眼前几人都是重要之人，灵动经历也无须相瞒，当下便点头应下。

一众人等来到戴风书房，屏退无关人等之后，戴风令人守候门口，不让人打扰，又奉上清香茶水，众人分散坐开，静候灵动开口。

不料过了半晌，灵动却是低头不语，灵空一时急不可耐，开口说道："师兄，你我不过一年多未见，怎的变得如此婆婆妈妈？倒也不像你灵动掌门老谋深算老神在在的性子，莫非历经磨难，坏人也会变好人不成？"

灵空此言一出，一众愕然。

灵动却是哈哈一笑，爽朗地说道："我半天不语，就是等你灵空主动开口相问。耳边听了灵空师弟放荡不羁之话，我才心有所感，不再疑心身在玄洲，而是回到平安之地。一切，一言难尽！"

灵空顿时脸红，嚅嚅说道："果然老奸巨猾，我却是又上了一当，当真晦气。算了，你时运不济，流落至今，我且让你一让又有何妨？"

见灵空这般没大没小，而灵动身为掌门师兄也不以为忤，谈笑自若，倒让戴风一时惊呆，难以清楚修道之士如此洒脱心境是何等胸怀。

话说灵动在东海之上被罗远公所制，眼睁睁看着张翼轸和戴婵儿被罗远公打得生死不知，却是全身被封，一动不能动，心急如焚却又无计可施。

再后罗远公意外受伤，也跌落水中。灵动身不能动，口不能言，只能任由海风吹动，一路向北飘荡。也不知飘了多久，竟是来到北海之上。

正飘荡不知所终之时，无意中得遇偶经此地的崔向。崔向也是堪比千年地仙修为，惊见灵动被人所制，当即作法帮灵动解除禁制。灵动得了自由之身，急急向崔向说出罗远公魔心仙体之事，不料崔向听完之后并无一丝惊讶之色，反让灵动不必在意中土世间是非，既然与他相遇，便是有缘，随他前往玄洲居住即可。

若是以前，前往十洲在灵动心目之中自是神圣无比，不过如今张翼轸生死未卜，而罗远公假冒接引使，如此惊天阴谋若不为中土道门所知，不定会有多少新晋地仙上当受骗。灵动坚持要返回中土世间，崔向却是脸色一变，举手间又乘灵动一时不备将其禁锢，却是说道："既然成就地仙，何必再理人间之事？既有玄洲可去，对你来说也是幸事一件，不必啰唆！"

灵动全身被制，心中惊骇万分。若说罗远公是魔心仙体的大魔，将他拿下本是正常，崔向却是真正的十洲之一的玄洲地仙，却也要强行将他带往玄洲，如此行径，怎算得上仙家做派？

只是形势不容灵动多想，崔向携带灵动一路北向，越过无天山，进入无风之地。又一直向北，前行大约三万里左右，便见远处海面之上，赫然有一座巨岛出现。此岛方圆不下万里，四周高林密布，将此岛围得严严实实，令人无法看清全貌。

正是传闻已久的十洲之一的玄洲！

崔向来到近前，双手飞舞间做了数个古怪的手势，口中念念有词，随后双手一分，一道灵力随双手飞出，进入密实的森林之中。只听一阵隆隆巨响传来，排列成行密不可分的树林竟缓缓分开，自行形成一道木门。

木门宽有丈许，门内向外闪出一道白光。白光只一映照到崔向和灵动身上，灵动只觉猛然间一股巨大的吸力传来，瞬间便将他二人吸入其内。随后只觉犹如斗转星移，场景变化不断，也不知过了多久，蓦然眼前一暗，二人竟是置身一处鸟语花香的所在。

空中群鸟飞翔，既有传闻中的凤凰和极乐鸟，又有孔雀、鹦鹉以及共命之鸟，更有无数仙鹤齐鸣，啾啾之声空旷而辽远，犹如仙乐。

好一副仙家气派！

灵动一时浑然忘忧，顿时心情舒畅，心道仙家福地果然不凡，便是此情此景一望之下便令人物我两忘，一时不知身在何处。

灵动却不知道，如此仙家福地，却是隐藏着一个令他无比震惊的真相！

仙家福地无平安

崔向见灵动一时震惊当场，也是得意一笑，问道："如何？如此福地，既可忘忧，又可精进修行，修道之人，何必理会世间杂事，只安心在此间静修即可，灵动道友，你道如何？"

灵动正被四下景色吸引，沉浸其中，被崔向一语道醒，答道："我被上仙所制，是走是留却是身不由己。既是上仙强行将我带来此地，怕是我不留下也是不可，只有恭敬不如从命了。"

崔向岂能听不出灵动话中的埋怨之意？也不恼，挥手间当前一步领路而去。灵动回身见森林已然合拢，其内隐现波动，定是有禁制或是某种阵法，若要离开定是不能，只好紧随崔向身后。

走不多时，二人便来到一处到处布满亭台楼阁的宽阔之地。但见各式楼阁全由黄金白银所成，随意散落在各处，不过若是细看，却也不觉杂乱，反觉情趣昂然，深得自然之道。

所有楼阁皆有人居住，见崔向和灵动二人走过，也无人招呼，各自喝茶、下棋，或是静默无语，视二人如无物，倒让灵动暗暗称奇。

崔向领灵动来到一处闲置的楼阁面前，说道："此处以后便归你所有，其内物品一应俱全，可以随意用之。此间天地元气较之世间浓郁不下数倍，修行起来事半功倍，灵动道友，可安心在此静修，不必再作他想。若有不明之处，可随时找我。我便在离此不足千里的望海阁居住……可是记好了？"

灵动心中诧异，以为崔向将他捉下定有所图，不料却是如此安排，倒一时让他不解其意，只好先一口应下，谢过崔向的盛情。崔向也不多说，挥手间便驾云而去，片刻消失不见。

灵动入得阁楼一看，果然应有尽有，所有用品皆由黄金白银以及美玉而制成，比起世间之物，精美奢华百倍以上，更有瓜果飘香，也是凡间之物所远不能相比。见此情景，灵动更是心生疑惑，如何妥善安排，究竟何为？地仙不过是地上之仙，并无天福，为何一来到玄洲之上，便有眼前此等享受，消受的又是谁的福分？

按捺住心中无数疑问，灵动只得先行住下。说来也怪，崔向一去便无踪影，一连数月不见出现。灵动闲来无事，一边静心修炼，一边四处走动，有意熟悉一下四下环境。周围之人对灵动的到来不闻不问，即便灵动有事相问，也是无人理睬，无人作答。

见周围地仙如此奇怪，灵动心中疑问加重，想起崔向所说他在望海阁，再也按捺不住心中焦躁，驾云前往崔向住所。灵动一连飞了一个时辰，按说早已飞出何止数千里，一眼望去却仍是一片苍茫之色，哪里有什么望海阁所在！

灵动一时疑惑，一回头顿时大吃一惊，原来他以为飞空一个时辰，早已远离亭台楼阁之地，不料回头一看，却依然未出此地范围，不过离自己阁楼数百丈之远！

再看其余人等，皆是一脸讥笑和嘲讽之意，有人摇头，有人叹息，却无一人上前解释一二。灵动心下明白，只怕此地乃是自成结界，看似天地广阔，实则众人全数被围困于此，不得出离。

只是为何眼前众人非但不好言相劝，且还对他只是嘲笑，也并不直接明确告之？难道同为地仙，不应相帮一二？

不解归不解，有气归有气，不管灵动如何出口相问，或出言相激，或好言相求，所有人皆是摇头不答，或是干脆转身离去，无一人透露哪怕一丝有用的讯息。

好在此地一切无忧，除去心中疑问不解，倒也并无杂事。灵动无奈只好静心修行，倒也感觉进展神速，不但稳固了地仙之境，且隐隐有所突破，灵力较之以前大为浓厚。

虽是心中挂念张翼轸和戴婵儿生死，灵动又暗中试过几次，但此处结界甚是强大，他绝无脱困而出的神通，最后只好作罢。

又过了数月，终于又见崔向现身此处。此次崔向却是前来问询众人，谁愿同他一起出海接引地仙来此。谁知崔向连问数声，竟无一人相应。灵动忽然灵机一动，忙越众而出，声称他愿前往。

崔向一愣，一脸为难之色，又见众人仍是无动于衷，只好说道："也好，便由灵动道友随我走上一遭！不过有言在先，接引地仙之事非同小可，必须小心从事，是以你必须服下特制妙药，以方便出入玄洲的密林禁制。

灵动一听自然大喜过望，若能自由出入密林禁制，正好可寻机逃离此地，虽然

06
重见光明

155

也一时心生疑虑，不过也并未多想。毕竟来到此地有些时日，所见之人全是地仙，所居之地也是福地，此地应是仙家府邸不假，崔向先前虽然行事粗鲁了些，不过或许别有好意也不得而知。当下灵动便接过崔向手中药丸，一口服下。

服下之后开始也不觉他，正要跟随崔向出海，忽见他又脸色一变，愣了半晌，却又说道："应缘地仙有些反常状况，先不着急接应，灵动道友先在此等候，时机一到我再来寻你。"

崔向走后，灵动体力药力发动，猛然间感觉头昏脑涨，心神恍惚，竟是再难静心凝思，一时忽有失魂落魄之感，不由大为心惊，忙运转灵力试图化解药力，不料灵力一动，只觉一阵天昏地暗，顿时昏迷过去。

不知过了多久，灵动自行醒来，却见一人守在身边，一脸惋惜之意，看着他说："中土世间千年未晋地仙，不想你是千年以来第一人，也难逃如此下场，可悲可叹！"

此人长相清瘦，倒也精神矍铄，双目有神。灵动见状急忙起身向此人请教，此人却避而不答，只是说道："你身中离魂术，若以南海珊瑚泪辅以元洲五芝茶可解之……此法你可记在纸上，否则离魂术一旦发作，你失魂落魄之时连自己是谁都不会记得，更不会记得解救之法！"

灵动听信此人之言，急急匆匆记在纸上，随后藏好，还要再向此人请教一二，不料此人挥手说道："不必多问，若你随同崔向出得玄洲，可寻个机会逃离。不过莫怪我事先不提醒你一下，这离魂术阴毒无比，若是崔向悍然催动之下，你当即便会失魂落魄，或终身疯癫，或如同行尸走肉。至于逃或不逃，你自己决定便是。"

说完，此人转身返回自己的楼阁，再也不与灵动交谈一句。

灵动自是不会强行追问不停，眼下众人唯有自保，哪有余力顾及他人，此人能够透露这些便已是天大的幸事，怎可再强人所难，万一将祸事引到此人身上，倒是自己的罪责了。

灵动在不安中又度过了十日，十日后，崔向忽然现身，声称时机已到，令灵动随他前往接引地仙。出离玄洲之时，崔向也不隐瞒，对灵动实言相告，说道："灵动道友，你先前所服药丸并非什么妙药，乃是无药可解的离魂术。这离魂术厉害无比，若我催动或是我身死，离魂术便会发作，到时你生不如死，可莫要怪我。所以切莫有逃跑之想，更不要相助新晋地仙，与其串通一气，试图将我拿下。只因这新晋地仙身边恐有帮手，所以令人陪同，关键之时可以助我一臂之力，你道如何？"

灵动这才明了原来崔向真实目的在此，心中隐有怒火，却也只好强行压下，一脸惶恐地答道："灵动不敢再有二心，愿听从上仙安排。"

崔向对灵动的表现大为满意，不免一时高兴，向灵动透露了一些玄洲之秘。

这玄洲位于北海极北之处，过无天山北行一万里的无风之地。无风之地正好克制神人金翅鸟的御风之能，再有天地禁制，是以即便飞仙前来，若无出入之法，也一时难以发觉玄洲所在。而先前他二人一眼便可看到玄洲现形，只因崔向身具秘法，只要近身玄洲千里之内，便可破去玄洲的天地隐形法，得见玄洲真身。

崔向甚是健谈，一路说个不停。不过他为人倒也机警，只是泛泛而谈，一旦涉及关键之处，便自动略过不提。灵动旁敲侧击两次，被崔向一时警觉看了灵动几眼，惊得灵动忙转移话题，不敢再提。

"倒也幸运，正好遇到翼轸来此，将我救下，否则不知再次返回玄洲，不定会被围困多久，也不知最后会是何等结局！"灵动一时感慨万千，却又说道，"玄洲之中，谜团重重，不知将一众地仙围困在内，究竟意欲何为？崔向身为玄洲接引使，定是知道不少机密之事，可惜并未从他口中打探出来多少！"

灵动说完半晌，众人皆是沉默无语。全未料到，传闻中无比神秘、无比神圣的海内十洲，身为其中一洲的玄洲，竟行此不端之事，打着堂堂上仙的名号，将一众地仙或骗或掠到玄洲，然后囚禁，到底有何种不可告人的目的？

"呵呵，这有何难……"

正当众人各怀心思、各自思忖之时，忽听灵空嬉笑出声，他站将起来，来到众人中间，摇头晃脑地说道："我已然猜到玄洲此举是何用意了……"

四海化蛇有事端

除却灵动一脸轻笑，不以为然地看着灵空，认定他不过于故作惊人之举外，其他人等，包括张翼轸在内，都是一脸期待之意，倾耳细听灵空有何高论。

灵空却是得意非常，见众人都是无比关注的神情，更是装腔作势，咳嗽几声，才慢条斯理地说道："其实只要略微动动脑子，便可猜出玄洲此举看似玄妙无比，实则目的早已昭然若揭，丝毫不难推测出……"

灵空故意停上一停，环顾四周，见无一人不是一脸紧张之意，突然"扑哧"一乐，却是说道："不管玄洲的主事人是谁，此举实则也并无多少深意，不过是将地仙围困于此，不让一众地仙为他人所用罢了。"

灵空话音未落，未等张翼轸反驳一二，早有画儿开口说道："真的就这般简单？我却不信。灵空道长，为何画儿觉得你有时聪明绝顶，有时糊涂透顶？当真是古怪得很。"

灵空被画儿一闹，讪讪一笑，自顾自地摸了摸酒糟鼻，摇头说道："画儿你有所不知，假假真真，真真假假，世间之事也好，天上之事也罢，可不像小孩子玩过家家一般，一是一，二是二，分得清清楚楚。要知道，有时笑是哭，有时哭是笑，你小孩子家家的，知道什么？"

画儿不服气地一撅嘴，"哼"了一声，说道："小瞧画儿，有你后悔的时候！"

众人哄堂大笑。

自然无人再想灵空方才之话是真是假，都自行忽略过去，只有张翼轸心中暗道，只怕将一众地仙囚禁在玄洲，不让地仙为他人所用，最根本原因，或许还是不让他们滞留凡间对抗魔门？若真如此，玄洲此举竟是偏袒魔门，难道玄洲的主事之人也是大魔不成？

再推而广之，若是十洲全是如此举动，天帝竟然坐视不管，难不成天庭也有变故？

胡思乱想一番，又听戴风提出大摆宴席庆祝，张翼轸推辞不过，只好随同众人前往。商鹤羽飞仙之体，不食凡间食物，借故回房。张翼轸也不挽留，转身又与戴婵儿私语几句。

戴婵儿心情大好，总算与张翼轸修成正果，且还比倾颖早了一步，虽无心相比，但有时想起，不免小小得意几分，同时在张翼轸面前也一时收敛不少，勉力假装端庄一二。不过戴婵儿实在嚣张惯了，也一向被宠坏太多，若真要她安稳还当真不易，是以她拿捏了不过半个时辰，小模小样让张翼轸连连皱眉，不明白她为什么突然之间变得这般拘束起来。

又过了片刻，张翼轸实在按捺不住，悄声问道："婵儿，其实若是你行走之时自然一些，大方一些，说话随意一些，倒也不失为一位如花女子……"

戴婵儿先是一乐，随即怒道："好你个张翼轸，话里话外莫不是嫌弃我扭捏作态？要不是我不想让你难堪，哪里用得着这般受罪假装？"

张翼轸啼笑皆非。

众人正欢聚一起，猛然听到二人争论，细心一听竟是为了此等小事，不免会心一笑，随即又把酒言欢。

灵动也是一时高兴，不免多喝了几杯，微有醉意，便连向张翼轸细问中土道门之事也暂时忘到了一边。

张翼轸心中挂念华自在和华风云之事，次日一早，便与商鹤羽一同来到囚禁二人之处。华风云被商鹤羽所制，华自在身中离魂术，二人全是沉迷未醒。

想了一想，张翼轸问道："商兄，华自在所中离魂术，是否可解？"

商鹤羽略一探查，点头说道："举手之劳。离魂术虽是独家法术，不过毕竟也分境界。飞仙施展断难破解，地仙做法便可以飞仙仙力强行去除，此二人乃天生神人，不过是相当于地仙之境，当可解之。"

张翼轸面露喜色，微一思忖，却又说道："有劳商兄先将华自在唤醒，待我详细问来所为何事，再定夺是否为他解去离魂术。"

商鹤羽也不说话，只一点头，屈指一弹，一缕仙气飞入华自在双眉之间。只见华自在脸上红光一闪，随即睁开双眼，醒转过来。

华自在视线由模糊变为清晰，看清眼前之人，顿时惊道："张翼轸！我怎会身在此处？这是哪里？华风云何在？"

他扭头一看，见华风云在一旁昏迷不醒，顿时一脸愤懑之色，伸手便打，却被张翼轸拦下。

"华将军切莫动怒，当时你在北海之上身中离魂术，我正好路过，便将你救下。此地乃是无天山，不在北海势力范围之内，可保你暂时无虞。不过若是你不以实情相告，说不得我便会唤醒华风云，将你交与他手，到时有何后果，你自己心中清楚。"

华自在听了却是一脸坚决，冷冷说道："张翼轸，要杀要剐随你处置，若要言语威胁，我却是不怕。我华自在虽非什么人物，不过在北海隐忍多年，今日反了北海，也就将生死置之度外……你且说来，将我捉来意欲何为？"

张翼轸哑然失笑，说道："我不过是路见不平，不忍你被华风云所制，才出手将你救下。有意问你为何叛离北海，你不想作答也就罢了，还胡乱指责我一番。华自在，不如我现在就将你和华风云放了，至于你生死如何，便听天由命吧！"

华自在低头不语，沉思半晌，突然问道："灵空道长何在？我见你与倾米眉来眼去，唯恐你与北海暗中勾结，信你不过。我只信灵空道长一人，若灵空道长在此，我愿如实相告！"

张翼轸哭笑不得，竟被华自在说得如此不堪，说什么与倾米眉来眼去，天地良心，他张翼轸何曾与倾米有染？当真是红口白牙污人清白。不过些许小事不值一提，张翼轸无奈笑笑，转身来到门外，令人速速请来灵空。

不多时便听到门外灵空抱怨声远远传来："究竟翼轸有何事烦我？今日阳光明媚，丽日晴空，大好时光，无限风光……正好睡觉，却一大早将我唤醒，要是没有要事，小心我将你拆了烧火……"

灵空一惊一诈唬得请他之人唯唯诺诺，不敢多说，灵空也多少觉得面上有光，才舒心了许多，他几步来到房中，正要再向张翼轸质问一二，一眼便看到华自在，惊道："自在，你怎的在此？"

昨日张翼轸和商鹤羽二人将华自在和华风云二人捉来，并未声张，只将二人禁制在房间之中，并无几人得知，是以灵空一见之下，一时惊讶。张翼轸也不隐瞒，当下将北海之事简略一说，灵空顿时双眼一瞪，问道："自在，莫非小北因为你私自放我之事，要拿你问罪不成？"

华自在见灵空来此，也是心中大宽，将心一横，摇头说道："并非因为此事，况且当日我暗中放走道长，其实也是倾北授意所为，我不过是照令行事而已。不过，灵空道长当时顺手取走我身上宝物，却是我故意为之，不过是特意送道长一个人情，也好日后有难，可得道长相助一二。"

被人提出糗事，灵空假装没有听见，脸不红心不跳，却又问道："那小北为何派华风云捉拿于你？难道你勾引倾米不成，被小北发觉，一怒之下要置你于死地？"

华自在一脸苦笑，答道："道长莫要取笑在下了，华某在倾北手下受屈多年，实在再难忍受，有心逃离北海，不料倾北也是不肯，非要将我留在身边，听张道长所言，还让华风云用离魂术控制我的心神，嘿嘿，当真也是用心良苦。"

华自在如此看重灵空，看来当日在北海水牢之中，灵空海阔天空的吹嘘之术令华自在深信不疑，是以才万般无奈之下，竟寄希望于灵空身上，倒也是自助之举。

话说四海之中，虽然化蛇无比稀少，不过倒也有近千条之多，单论北海，也有数百条。最初之时，华自在不过是北海数百条化蛇之中，并不起眼的一人。

十多年前，在一次三年一届的化蛇比试大赛之上，华自在与当时已然名满四海的华风云对战，竟一时得了先机，以移情同扉术令华风云弃械认输，当时震惊北海上下。倾北欣喜若狂，当即金口一开，将华自在封为北海两大化蛇大将之一，与华风云并列。

自此，华自在平步青云，不离倾北左右，成为倾北最得力的手下之一。华自在也是踌躇满志，以为以后定有大好前途，一心一意尽心辅佐倾北，以报龙王知遇之恩。

只是时日一久，华自在却暗中发觉，虽然表面之上他与华风云为并列大将，诸多机密之事却全由华风云办理，而他不过追随倾北左右，却并无要事要办。一旦商议机要之事，倾北必定将他支开，从不让他知晓一丝关键之处。

发现此点，华自在不免心生疑虑，既然龙王并无重用之心，何故又将他留在身边，假装他是不可或缺之人。且跟随倾北数年以来，华自在也是心中明了，倾北此人心机颇深，从不做无用之事，既如此，将他留在身边，莫非有何企图不成？

华自在也不清楚，他不过是一名小小化蛇，论神通不及普通龙族，论智慧不如千年海龟，倾北为何有意将他抬高身份，令他对他忠心耿耿？除去他可以施展移情同扉术之外，其他神通全然一般，倾北究竟看重他哪点与众不同之处？

逍遥自在难如愿

华自在不甘就此浑浑噩噩度日，一心要暗中弄个明白。平常之时，华自在表面忠心不贰，却暗中细心留意倾北所有机密之事，并精心一一推算比较，一心要查个清楚，即便被倾北谋害，也要死个明白才是。

不料没过多久，华自在有所异动便被倾北发觉。倾北忍而不发，依然对华自在一如从前，却在趁华自在不备之时，暗中在华自在身上留下禁制，令他无法运用神通逃走。

华自在至此已然心中清楚得很，倾北对他定有所图，至于究竟是何目的，目前仍不得而知。华自在已知被倾北暗下禁制，却假装不觉，依然终日侍奉倾北左右，并暗中四处探查解除禁制之法，他心中拿定主意，不管倾北将他留在身边有何所图，先解除了禁制，先行逃命要紧。

正当华自在遍寻龙宫而不得解除之法时，突然水牢之中押来一人，正是灵空。倾北令华自在前往水牢看管灵空，一是与灵空交友，二是让他伺机施展移情同扉术，探听灵空虚实，看灵空此人究竟是何来历。倾北之命不得不从，华自在便时常来水牢之中与灵空把酒言欢，几次想施展移情同扉术，却总被灵空在有意无意中打断，张口便吹嘘他是天上神仙下凡。

华自在哪里肯信，不料一连十数次刚一动念要施展移情同扉术，却总是无巧不巧便听灵空说起神仙下凡之事，以及天庭之秘。且灵空说来也头头是道，真如亲眼所见一般，直惊得华自在心中忐忑不安，一想世间哪有如此巧合之事，他一动念便被灵空打断，莫非正是暗示他莫做错事。又听灵空讲述西王母的蟠桃盛会，犹如亲临，华自在再一想起倾北交代之事，正是要让他暗中打探灵空来历，顿时悚然心惊，再难生起丝毫怀疑之心。

灵空定是来历非凡之人！至于他为何被华风云捉来此处，只怕是天机浩渺，另有隐情也不得而知。华自在心中认定灵空是隐世高人，立时改变了主意，决定与灵空套些交情，以便日后若是逃亡，到时能得灵空相助，或许可保性命无忧。

其后不久，忽一日华自在接到倾北之命，令他喝酒之时假装喝醉，暗放灵空逃走。领命之后，华自在心中忽生一计，决定将他化蛇角特意显露出来，看灵空是否顺手取之，也算赠个人情，好让灵空日后记得他赠宝之谊。

华自在心下明白，他这化蛇角虽非不世宝物，却也是极其难得。只因化蛇之角一向稀少，且生长缓慢。不过与其余化蛇不同，华自在的化蛇角却生长极快。寻常化蛇一年不过生长数寸，他却一年可得数尺，是以每年他都可得两根数尺长的化蛇角，若不取下始终长势不断，倒也烦人。

化蛇角可治世间百病，另外也可助地仙增进灵力，提升修为，若是运用得当，一枚化蛇角可救活七名死去不过三日的凡人。放到凡间，也算是万金难求的妙药。

果不出华自在所料，灵空顺手牵羊取了化蛇角，随后逃之夭夭。

此事完结之后，不知倾北忙于何事，整天忙碌奔波，不见人影，倒正好给了华自在以可乘之机。功夫不负有心人，华自在终于在一处密室寻到了解除禁制之法，当即趁人不备自行将禁制解去。不料此禁制竟与倾北暗中有感应相连，立时便被倾北发觉。

事已至此，多说无益，华自在一不做二不休，当即闪身跃出水面，急急逃走。

不多时便见身后有人追来，不是别人，正是华风云……

"自在，你名自在，却原来一直不得自在，倒也是好笑之事……"

灵空听了却嬉笑几句，见华自在一脸悲愤之色，忙又讪笑两声，说道："倒也是怪事，论本领，自在你确实不过尔尔，论智谋，也不出类拔萃，到底倾北将你困下意欲何为？难道他看中你长角的本领高强，想拿你的化蛇角熬制成药，然后饮下以求延年益寿？"

华自在苦笑连连，说道："灵空道长莫要取笑在下了，倾北身为一海之主，奇珍异宝不知凡几，手下也有化蛇无数，别说龙王根本无须化蛇角入药，即便需要，随意取之即可，何必非要一心留我。此等想法说不通！"

灵空眼睛一瞪，正要反驳几句，却被张翼轸拦下。

张翼轸在一旁思忖良久，也是不得其解，不过种种迹象表明，倾北此人，用心之深，谋算之重，怕是四海无人可及。华自在一事，应该只是其中之一。如今救下华自在，四海之大，他又该如何处容身？

商鹤羽突然开口问道："翼轸，华风云如何处置？"

张翼轸微一沉吟，心中不免有些作难，若是放走自是不妥，定会让倾北心生提防。若是直接杀了，又于心不忍，忽又想起华风云当日在南海龙宫斩杀华独行之事，张翼轸心中顿时有了主意。

当即让商鹤羽作法唤醒华风云。

华风云只一醒来，见眼前局势，也心知讨不到好去，只好装傻充愣，一言不发。

灵空见状嘻哈一笑，说道："怎么，真当不开口便拿你没办法？跟我较真，不如先尝尝我的移花接木大法！"

张翼轸顿时一愣，从未听灵空说过什么移花接木大法，不知灵空何出此言，正疑惑时，却听灵空又继续说道："不如我说来给你听听，什么叫移花接木。此法也是无上仙法之一，其实也是简单，便是将你的左臂卸下，安到右腿之上，自然右腿也便转移到左臂之上。如此将手臂全数调换一遍，若是你还是不说，也可以将眼珠拿下，接到额头之上……"

"灵空，你身为修道之人，怎的比魔门中人还歹毒百倍？"华风云再也无法忍受，急急说道。

灵空背起双手迈着方步，悠然地说道："风云，你却是大错特错了，此法乃是小北私下传我，说是用来惩罚办事不力的手下所用。我不过是先提醒你一下，等你返回北海龙宫，恐怕不出一时三刻，你这手脚便会上下换位，到时求生不能求死不得，又是形如怪物，想想看，到时追悔莫及，不要怪我没有事先好意劝你一劝。"

华风云自然不信灵空所言，不过却也对灵空此人行事出奇不意却又总能歪打正着多有耳闻，一时心悸难安。又见四周几人，单是华自在便恨不得立时置他于死地，如此一想，不由叹息一声，说道："实不相瞒，我也并非不识时务之人，也不想为倾北父子卖命，只是他父子二人行事周密，凡是要事绝不经他人之手。我也只是奉命行事，至于捉拿华自在究竟所为何事，我也不得而知。"

张翼轸冷冷一笑，却是问道："华风云，我且问你，当日在南海龙宫，你与华独行争斗之时，倾化暗中助你，偷袭华独行令其失控，随后你借故斩杀华独行，又暗中运功调息，是何隐情？且说来听听。不要以为我没有发觉你二人联手暗算华独行，如实说出还则罢了，如若不然，此处乃是无天山所在，随意一只金翅鸟都不会介意吞食你这一条小小的化蛇。华自在究竟身负何等秘密？你当时斩杀华独行又是出于何种目的？说与不说，你可要想好了……"

"我也不会介意亲手杀死同族化蛇！"华自在也在一旁一脸恨意地说道。

"好吧……"华风云一时气馁，垂头丧气地说道，"若我实言相告，北海再无我容身之处，我等化蛇又不可离水，张道长，如有万全之策保我不被倾北父子所杀，我便如数说出。若是不然，不如一死了之，倒是来得痛快。"

张翼轸想了一想，淡然笑道："这有何难，若不嫌弃，东海之大，华将军可得一官半职不在话下。即便不是高官要职，闲散之位可保此生无忧倒也容易。"

华风云自是知道张翼轸在东海的身份，得他亲口一诺，当时面露喜色，点头说道："有张道长此言，我华风云便无后顾之忧，定当知无不言！"

华风云当下便将他所知实情一一说出。

不出张翼轸所料，华风云所知也是极其有限，只比华自在稍多一二。当时前往南海之前，倾化叮嘱华风云，到时如何如何联手将华独行斩杀，华独行一死，华风云务必当场运动调息，感应华独行身死之后，由体内逸出的化蛇气息，然后将全部气息吸入体内，与体内血脉融为一体。

华风云不解其意，问有何用，倾化却故作神秘不答，只是再三强调必有大用，或许日后可令华风云成为化蛇之中第一人。华风云见倾化信心十足，又深喜化蛇第一人之名，当即一口答应。

斩杀华独行之后，华风云依言而行，华独行身死，化蛇气息逸出之后，他刚将其中小半儿吸入体内，只一运息便觉体内气血翻滚不停，顿时全身僵硬，几乎站立不住。

华风云顿时大惊，为何不是如先前倾化所说一般，气息只一收体内，便会令他修为大进，如同平白将华独行修为据为己有一般？

哪里出了差错不成？

移花接木了恩怨

华风云一时呆立当场，动弹不得，心思却翻转不停。其后倾景举鞭来打，倾化举刀将他救下，华风云看在眼里，却无法做出一丝反应。直到倾化暗中抬手一指，华风云才蓦然感觉全身一松，恢复知觉。

再后自南海返回北海，华风云问起斩杀华独行之后的古怪之事，倾化却避而不答，只敷衍几句，说可能是华独行气息过于强大，导致一时积聚无法吸收才有此等意外。华风云听了却是不信，只因他心里清楚得紧，华独行身死之后，气息大多数逃逸而走，只有少数被他吸收炼化，或许不足十分之一。

华风云情知被倾化利用，心有不甘，也是暗中寻查一二。一来二去还真让华风云无意中听到倾北父子谈论此事，只是断断续续听到一点，似乎说是拿他先行试验，若是有效，再取华自在血脉不迟。

"血脉？又是血脉，莫非华自在体内有何异常不成？"张翼轸顿时想起先前在北海龙宫之中，倾米无意之中说起华自在血统珍稀，再与华风云所说两相对照，心中依稀有了一丝模糊所得，怕是问题的根结之处还要落在华自在身上。

事到如今，张翼轸也知此事不可操之过急，需得从长计议，便对华风云和华自在二人说道："你二人先前恩怨自此一笔勾销，谁也不可再出手伤人。其实你二人并无深仇，不过是受倾北父子驱使才反目成仇，化蛇目前人丁稀少，若再自相残杀，再难有复兴之日。稍后我前往东海之时，你二人一同前往，到时在东海藏身，谅倾北即便知道也不敢如何。你二人意下如何？"

华自在和华风云自然不会因为张翼轸一句话而完全摒弃前嫌，不过如今受人所制，且日后还要寄人篱下，只好对视一眼，齐齐向张翼轸躬身施礼："是！"

随后张翼轸又让人为二人安排房间，各自住下，安排好一切，忽又想起中土道门之事还未向灵动师伯详细说来，忙又动身准备前去寻找灵动，不料还未出门，却见灵动和画儿一同前来。

却原来画儿正好遇到灵动，便一五一十将中土道门之事说出，还将张翼轸前去海角天涯寻他，结果却意外发现戴婵儿音讯，随后又一路追到南海等，一并说出。画儿所说尽是拣一些她认为的重要之事，虽不免琐碎，但也八九不离十。

灵动得知中土道门有变，顿时心急如焚，再也无心在此停留片刻，便要急急返回三元宫。

听明灵动来意，张翼轸微一沉吟，也是赞同："如此甚好，灵动师伯重回三元宫，可令天下道门认清罗远公险恶用心。只是罗远公法力高强，万一与他相遇，只怕难免被他所害……"

"怕什么？罗远公不过是宵小之辈，哪里敢光明正大与我打上一场？惹恼了我，定要将他打得抱头鼠窜。翼轸无须担心，我便陪灵动师兄走上一趟，好回三元宫正正名声，省得让别人瞧扁了我灵空。他们认定我是躲藏不出，却不知我灵空神机妙算，前来搭救灵动老儿来了……"

前面还说得像煞有介事，后面又不免自吹一番，连带灵动也不再称呼师兄，竟是成了老儿，张翼轸只好无奈摇头，又不好说他什么。

灵动却是早已习惯灵空这般德行，也是笑道："也好，由灵空师弟作陪，此行回到三元宫，定叫你师徒二人恢复名声，将真相大白于天下……"

"再加我一个！"

却是真平一步自门外迈入，一脸慨然说道："眼下魔门蠢动，道门中人犹自未知，恍如做梦，正是需要我等地仙振臂高呼，还道门清净之时。我和灵动掌门同回三元宫，随后再回极真观，将此间事情告诉极真观上下，至少也要确保三元宫与极真观同仇敌忾，也可令罗远公不敢轻举妄动。"

两位地仙携手，再加一个灵空，张翼轸斟酌一番，也觉即便几人不敌罗远公，凭灵空扯天扯地之能，保得几人逃命应是不成问题，他心中大定，笑道："既然这样，就有劳师伯、师傅和真平道长了！"

灵空却在一旁嘟囔道："真平道长也真是，怎么又与我同行，还真是赶不走撵不跑的累赘！"

真平道长却听得真真切切，回头冲灵空笑道："灵空道长此言差矣，此行回三元宫，你无飞剑可御，只怕还得借助我和灵动掌门带你一路，谁是累赘可是一目了然之事。"

灵空脸皮虽厚，却天生惧怕真平，被真平一调侃，当即闹了个大红脸，一把拉过画儿，借机掩饰说道："画儿，昨天我二人去了一处好玩之地，今日再去转上一转，可好？"

画儿也不卖灵空面子，摇头说道："不好，我好久没有陪主人师兄了，我要和主人师兄说话，不理你。"

灵空顿时无地自容，自嘲地说道："不想我灵空也有今日之败，惭愧，惭愧！算了，不如我一人寻到一清静之地反思一番，看看到底是我灵空太过高深莫测，还是如今世情淡薄如纸，人情清淡如烟！"

说完，一转身便快疾如风，消失得无影无踪。

众人见状，不禁一时莞尔。

本来戴风有意让灵动再停留一两日光景，灵动却难耐回归之心，执意要即刻动身。无奈，张翼轸只好连同众人一同送灵动几人启程。尽管戴风挑选了一把最为上乘的神剑赠给灵空，毕竟时日尚短，无法通灵，灵空只好愁眉苦脸地任由真平驾云将他带起，可怜巴巴地挥手向众人告别，一脸古怪模样惹得众人想笑又不敢笑。众人强忍笑意，目送三人片刻远去。

待灵动三人走后，张翼轸心中多少有些失落，他暗自调整一番，告诫自己眼下要紧之事应该是前往东海，面见倾颍，一是将他与戴婵儿定亲之事当面告知，二是探望倾颍之母病情，三来也好将华风云、华自在二人安置在东海，相信以倾东之能，定能将二人管教得服服帖帖。

张翼轸当即将此事向戴风一提，戴风点头应允。戴婵儿毫无疑问自当跟随张翼轸前往，画儿也是不甘落后，商鹤羽何去何从，一时让张翼轸难免踌躇。

前思后想一番，张翼轸还是决定让商鹤羽留在无天山，毕竟白凤公子是在无天山失踪，若是无明岛来人追究，商鹤羽在此至少可以周旋一二。

商鹤羽对张翼轸的决定并无异议，戴风听了却是大喜，连连说道："还是翼轸

重见光明

想得周全，倒要多谢翼轸照应之情。"

如今戴风已是张翼轸名副其实的长辈，张翼轸自然不敢托大，还未说话，却听戴婵儿说道："父王，不必与翼轸客套，一家人不用说两家话。再者商前辈在此也不必拘泥，便当成自家一样随意即可。"

商鹤羽微微点头，笑而不语。

本想即刻动身启程，张翼轸稍加思索，又决定再停留一晚，是夜，与商鹤羽相谈一番，细细交代一应事宜。次日一早，张翼轸连同戴婵儿、画儿一起，作别商鹤羽、戴风等人，又带上华风云、华自在二人，动身往东海而去。

出得无天山，来到北海之上，张翼轸暗中留意到华风云与华自在脸色有异，情知二人惧怕北海水族的巡查，当即心意一动，控水之术施展，立时方圆数十丈的元水罩形成，将几人全数笼罩在内。虽然以心意支撑元水罩飞空要稍慢上一些，不过为了安全起见倒也值得。

二人见晶莹湛蓝的元水罩被张翼轸动念之间便施展出来，一时又惊又喜。喜的是四海之内所有水族无人可破元水之力，惊的是不想张翼轸如此年轻，竟有这般惊人的修为，居然还能操纵元水之力，即便龙王亲临也不是张翼轸对手。

二人一时大为心宽，心中仅有的一丝乘机逃跑之意也荡然无存，不敢再起丝毫二心，格外规矩地一左一右分立张翼轸身后。

果不出所料，一路之上，北海之中时常有巡海使以及巡海夜叉现身，小心翼翼地四下打探一番，显然是在刻意寻找什么。不过寻常水族面对元水罩，别说能够识破，便是从他们身边一尺之内经过，他们也是一无所知。是以数个时辰后，几人轻松自如地过了北海之界，越过海角天涯，来到东海之上。

东海气候温和，或是和风细雨或是丽日晴空，直让众人心情大好，便连华风云和华自在一路同行，也渐渐收起敌视之意，偶尔也交谈几句，不再如先前一般怒目而视。张翼轸看在眼中，稍稍心安，心道即便北海暗中探知此二人藏匿于东海之中，若无真凭实据，断然也不敢与东海翻脸。尽管尚不知北海有何目的，不过失去华自在和华风云下落，对倾北隐秘的计划来说，应该是个不小的损失。

隐隐之间，张翼轸总是有意无意将北海与玄洲以及无明岛相连成一条线，神人、地仙和飞仙之地全有相干，哪一点是关键之处？

张翼轸猛然惊醒：对了，离魂术！

咫尺天涯人心远

先是白凤公子，随后崔向，再后华风云，也不对，其实早在南海龙宫之中，最先得见的却是倾化施展，只是当时不知是何等法术而已。白凤公子应是作法催动，倾化也是以神力催动，而崔向和华风云却是以药物施加于人，如此看来，这离魂术作法好用药也罢，当真也是运用便利。

既然离魂术是无明岛的独创法术，由此推算，玄洲也好，北海龙宫也罢，所用离魂术也定是传自无明岛。如此看来，无明岛上抗天庭，下联玄洲、北海二地，究竟意欲何为？

"华风云，我且问你，你先前所施离魂术学自何处？"

不出张翼轸所料，华风云答道："倾化所传！"

"可知倾化从何得来此法？"

"不得而知！此等绝密之事，倾化向来都不会让我了解一二。"

"那离魂术如何施展？"张翼轸仍不甘心，继续追问。

"倒也简单，不过是一粒药丸，以神力注入其中，乘对方心神懈怠之时暗中发动即可，一旦及身，便可将其控制，妙用无比。不过此药丸极其珍稀，便连倾化也没有几粒，是以他百般叮嘱我务必一击而中，不可浪费一粒！"华风云不敢有所隐瞒，一五一十如数说出。

张翼轸暗暗点头，又将所经之事前后对应一番，心中更加断定北海所图不小，到了东海面见倾东，定将此事详细说出，以倾东的超绝智慧，说不定会看出端倪。

只是一直令他心生不安的是，北海先前绑来灵空有何用意，且又将他敬为座上宾，又是何盘算？

戴婵儿见张翼轸想得入神，打趣说道："翼轸，眼见便要与倾颖相见，不必这般想她至深吧？虽说我不敢心生妒意，不过你也多少假装一番，也好让我心中觉得受用一些。"

张翼轸哂然一笑，正要开口解释，却听画儿说道："婵儿姐姐你说错了，主人师兄并非是在想念倾颖姐姐，他是在思念画儿……"

戴婵儿咯咯一笑，说道："画儿真会说笑，你如今在他身边不离左右，他又如何会想念你……所谓想念，是指二人相距遥远，不得相见却一心想要相伴左右，才会牵挂对方！"

画儿却是小脸一沉，平白增添无限伤感，目光越过东海烟波，直直望向东海与南海相交之处，却是答道："婵儿姐姐你可知道，在东海与南海相交之处，有一处古怪之地，名叫咫尺天涯。相近咫尺，二人之心却有天涯之远。画儿只觉现今尽管与主人师兄不离左右，心中却总有莫名悲凉之感，仿佛一步步走去，便与主人师兄渐行渐远，直到终有一日，二人相见不相识，形同路人……"

画儿一时哽咽，满眼泪水，痴痴地望向张翼轸，流露出说不尽的无奈之意，说道："主人师兄，你一定要答应画儿，不管以后天上地下，不管以后画儿是何等模样，你一定不会忘记画儿，不会记恨画儿，好吗？"

张翼轸正心思深沉，思忖无数事件的相连之处，以为画儿又是孩童心性发作，也未多想，哑然失笑，安慰说道："画儿切莫胡思乱想，主人师兄是画儿的亲人，定会照顾照看画儿，永不分离！"

画儿听了连连点头，一脸粲然笑意，却仍是止不住泪雨纷飞，直让戴婵儿无比心疼，忙将画儿拉到一边，好生劝慰一番。

又前行了数个时辰，终于来到东海龙宫所在之处，张翼轸忽然想起一路之上只顾思索事情，却忘记撤去元水罩，怪不得临近东海龙宫，也未见到一个水族现身相迎。他当即摇头一笑，立时心意一收，元水罩随即化为乌有。

几人身形现于海上，张翼轸正要犹豫是直接入水前向龙宫，还是等来人通报一声显得礼数周到。还未拿定主意，忽然波涛翻滚间，无数虾兵蟹将涌出海面，个个手持兵器，威风凛凛，将众人团团围在中间。

为首一人是名化蛇，张翼轸却不认识此人，正要上前说话，却见此人手中兵器一挺，直指张翼轸，厉声喝道："来者何人，报上名来！东海龙宫乃神人之地，岂容乱闯！"

张翼轸按下性子，淡然一笑，说道："不知这位将军尊姓大名，在下张翼轸，前来东海龙宫面见东海龙王，有要事相商。"

此人一愣，显然听过张翼轸大名，脸上闪过一丝喜色，却又随即一冷，冷冰冰地说道："在下华连苍，久闻张道长大名，本应恭请张道长前往龙宫，不过……"

华连苍面露为难之色，忍了一忍，终于还是咬牙说道："不过龙王有令，若是张翼轸前来，只管轰了出去，不必多说！"

什么？张翼轸顿时呆立当场，怎么可能？

就算他与戴婵儿定亲之事传到东海，莫说倾颖不会如何，便是倾东即便恼怒他不先与倾颖定亲，也不会如此大张旗鼓将他拒之门外，连龙宫之门也不让进。

"华将军，可是听错了名字？你也知道我与倾颖之事，再者我与东海龙王也一向交好，龙王怎会下此命令？"张翼轸情知华连苍不过是奉命办事，与他争吵并无用处，反倒显得小家子气，是以拱手相问。

华连苍一脸迟疑之色，有心一脸肃然，却始终板不起来，努力几次只好作罢，叹息答道："好教张道长得知，此令确实是龙王亲口所下，我等只有遵命而行，别无他法。尽管东海将士无不敬佩张道长昔日力敌无天山，救龙宫于水火之中，不过龙王金口一开，我等又断然不敢不从，请张道长勿怪，在下实在是……身不由己！"

说着，华连苍将手一挥，一众将士哗啦啦一声将几人围在中间，只等一声令下便要将众人拿下。

张翼轸自是不愿与东海将士冲突，戴婵儿却一步迈出，展颜一笑，说道："想要动武不怕，翼轸担心伤了你们不好向倾颖交代，我却不怕。哪个不服，可以先来试试……"

说着，戴婵儿金翅鸟气息立时外放，波及之处，东海将士无不胆战心惊，华连苍也是一脸惨白，连退数步才站稳身子，惊叫出声："金翅鸟！"

四海之中除龙族之外，其余水族对金翅鸟的天生感应并不灵敏，若不刻意外放气息，一众水族也不知眼前的戴婵儿竟是金翅鸟。惊见金翅鸟现身，一些胆小的将士竟是吓得扑通一声跳入海中再也不敢露面，哪怕被龙王处罚也不愿被金翅鸟吞掉。

张翼轸虽然不想恐吓华连苍，但也知若要强行闯入龙宫，不将华连苍等人吓跑，事后华连苍也无法向龙王交代。正要令华风云和华自在二人向前再加些威势，好让华连苍有台阶可下，可得个理由让路，不料华连苍倒也生得聪明，眼睛一转，立即大喊一声："各位将士，金翅鸟神通广大，我等并非敌手，快随我速回龙宫禀报龙王！"

随即扯呼一声，众人一拍而散，片刻之间跑得无影无踪，甚至还有数人讨好似的冲张翼轸暗中挥手，更有人竟是一脸愧意，抱拳而退。

华风云哈哈一笑，说道："不知东海龙宫为何演此一出闹剧，当真可笑！"

华自在却是瞪了华风云一眼，说道："恐怕并非闹剧。如果不是迫不得已，便是东海龙王对张道长定亲之事心生芥蒂，一时恼怒便要与他断绝关系。"

"啊……若是东海龙王不再看重张翼轸，那我二人跟随他前来东海龙宫，岂非白跑一趟？东海若无我二人容身之处，天地之大，我二人将何去何从？"华风云顿时一脸焦急，不管不顾地大声质问。

张翼轸正在心烦，被华风云一吵，顿时脸色一沉，怒道："华风云，休要多事。东海即便不容你，无天山也好，或是跟随我左右也罢，总归会保你周全，你当我张翼轸是不守信诺之人吗？"

华自在轻笑一声，说道："枉你名叫风云，却这般胆小。天地之广又非倾北一家独大，再说若真不能在东海容身，便是追随张道长左右，四海为家，岂不更是逍遥自在？"

华风云讪讪一笑，忙随声附和："说得也是，是我一时急躁，所说欠虑，还望张道长勿怪！"

张翼轸才懒得理会华风云，想了片刻，下定了决心，说道："今日说不得也要硬闯东海了，我在前，婵儿你和画儿在中，华风云和华自在断后，且看东海究竟发生了何事！"

说完，张翼轸当前一步潜入水中，控水之术施展开来，方圆百里之内所有异动都难逃感应，却发觉四周安静异常，莫说水族巡逻将士，便连寻常鱼儿也不见几只，他不由心中大惊，难道东海龙宫真的出了大事不成？

当即顾不上多想，忙全力疾飞向前。

几人之中，除却戴婵儿在水中本领稍弱一些之外，其余几人都是游走如飞，不多时便来到东海龙宫大门之外。几名守卫见张翼轸数人气势汹汹前来，竟无一人上前阻拦，任凭张翼轸从容通过，片刻之间，他们便来到水晶宫大殿之上。

张翼轸原以为倾东定会避而不见，不料一步迈入大殿，却见正中端坐一人，一脸冷峻，不怒自威，正静候他的到来，不是倾东又是何人！

只当今生有良缘

"张翼轸，你还有脸前来东海龙宫？"倾东一见张翼轸，开口便怒气冲冲地质问。

张翼轸也不客套，当即回应："莫非龙王所指之事，乃是我与婵儿定亲之事？若真为此事，龙王如此不问青红皂白便将我拒之门外，也是小气得紧。"

倾东依然脸如冰霜，点头说道："怎么，你与戴婵儿先行定亲，不问倾颖同意，不理东海态度，如此失礼之举，莫非我身为东海龙王，还要再礼让你三分不成？"

倾东虽是一脸怒气，说话也是怒气冲天，不过在张翼轸看来，却总有那么一丝虚张声势的感觉。仔细看去，倒也看不出有何异常之处，只是在倾东一脸肃然的掩饰之下，双眼之中莫名地流露出一丝无奈和恐慌之意。

张翼轸心生不解，以倾东为人，即便对他在无天山之事心生不满，也不会如此大张旗鼓地与他对峙一番，非要你来我往说得明白不成？以他对倾东的了解，此事倾东即便略有不满，也不过是让倾颖与他自行解决，断不会亲自端坐大殿之上，剑拔弩张地与他争论此事。

不过倾东有问，张翼轸不得不答，只好说道："好教龙王得知，翼轸与婵儿定亲，却也是形势所逼。当时，婵儿身中离魂术，失魂落魄，而我也是双目失明，说是定亲，还不如说是两个身残之人的相互依靠和安慰罢了。还有当时金王万念俱灰，翼轸实在不忍拂他好意，只好应下。再者说来，婵儿为我九死一生，我与她定亲也是心甘情愿，乃是水到渠成之事……不知此说，龙王是否满意？"

倾东先是一怔，失神说道："翼轸，你双目失明……是怎么回事？"

旋即他又意识到自己失态，忙又正襟危坐，咳嗽一声，慨然说道："倒也说得冠冕堂皇，或许你觉得理由充足，应当与戴婵儿定亲，不过在我东海龙宫看来，是为大大的失礼。既然不将我东海放在眼中，张翼轸，你也不必在此再多说什么，速速离去即可，本王也不再治你不敬之罪，从此你与东海再无瓜葛，东海与你也再无情义可言……送客！"

张翼轸心中更加狐疑，倾东闪烁其词，只以与戴婵儿定亲却不先行知会东海为由，要与他恩断义绝，这断断说不通。且他与戴婵儿定亲之事，先前戴风曾派人前来东海禀报，也算礼数周到，且方才倾东听闻他双目失明之事，一时失神之下，脸露关切之意，并非假装，也可以看出是真情流露。

此事，定有大大的不对。

张翼轸哪里肯就此离去？张口问道："龙王有命，不敢不从。不过我既来龙宫，当与倾颖见上一面，是非曲折，恩怨情仇，全因我与倾颖而起，总要由我二人了结，此事龙王应该不会阻拦吧？"

"想见倾颖倒也不难，不过难的是倾颖并不想与你见面。张翼轸，莫要枉费心机了，还是速速离开东海为好，且听我一劝，日后也切莫再踏入东海一步，否则即便你神通广大，无人可敌，东海所有水族也会与你周旋到底。"

倾东此言说得过于决绝，同时也是一副愤愤不平的表情，更让张翼轸心生疑虑，以倾东之镇定自若的性子，不过是他与戴婵儿定亲之事，断然不会小题大做，上升到整个东海与他为敌的地步。此事，定有蹊跷之处！

只是看倾东神情，张翼轸自知若是当面相问，倾东定是不会作答，既然再三推托，又令他速速远离东海，莫非东海龙宫有何莫名凶险不成？

张翼轸岂是临危而逃之人？当即异常坚定地说道："龙王，在下不才，若是有何难言之隐，我虽修为不高，不过勉力一试之下，也可抵挡一二。所以，龙王不必刻意瞒我，尽管说来便是。"

"张翼轸，你这人也忒啰唆，真当自己神通广大无人可敌不成？任你法力有多高强，合我整个东海龙宫之力，不信不能将你拿下。若再不走，休怪本王翻脸无情！"倾东一时大怒，大声喝道。

随着倾东话音一起，哗啦啦一阵乱响，无数兵将从殿外涌入，各执兵器将众人团团围住。

不见倾颖、张翼轸怎会甘心离去？忽间心念一动，悄然从身上取出蚌泪，暗中催动，向倾颖传讯。不料呼应半晌，却无一丝回应，正诧异时，却见倾东手中举起一物，正是倾颖的蚌泪。

"张翼轸，蚌泪在此，不必再费心费力，倾颖此生不会再与你相见……你便只当今生与她无缘吧，世间万事一向如此，不必刻意强求，否则害人害己，非要等到追悔莫及之时，岂非悔之晚矣……且听我一言，你身边既有戴婵儿相伴，有无倾颖也无须过于在意，且以翼轸之才，也不愁身边没有佳丽追随……我言尽于此，若再多说，刀枪伺候！"

倾东说完，竟是将脸扭到一边，看也不看张翼轸一眼。

戴婵儿强忍多时，虽也瞧出其中定有端倪，却再也无法忍耐，当前一站，开口便问："敢问龙王，若是东海非要以定亲先后为难翼轸，我自愿认倾颍为姐，甘居其后，你道如何？名分此等小事何必计较得如此分明！既然我与倾颍不顾仙凡之别愿与翼轸相伴，再如凡人一般非要分出大小先后来，岂非自打嘴巴？我只求与翼轸长相厮守，谁大谁小，谁先谁后，又有何妨？"

倾东本来将头扭到一边，听了戴婵儿之话，忽然间回头直视二人，目光红赤，脸色狰狞，咬牙切齿地说道："你等怎的如此不明事理，不知好歹！来人，乱棍打出，生死不论！"

说完，竟是起身不看众人一眼，拂袖而去。

众兵将得了龙王命令，你推我搡却无人敢向前一步。张翼轸见此情景，情知留下无用，又不好为难众位兵将，只好喟叹一声，对众人说道："事已至此，多说无益，我等……离去便是！"

正要抬脚迈步向殿外走去，忽见一名传讯官急匆匆从外面跑进大殿，边走边问："龙王何在？快快禀报龙王，南海公主倾景求见！"

倾景为何来东海？

张翼轸顿时收回脚步，心思一转，若是东海真有变故，倾景来此也难免引火烧身。本来张翼轸打算先和众人一起出海，然后让几人找一处隐秘之地藏身，他再悄然返回，隐匿身形再来龙宫打探一二。不料倾景意外来此，一时打乱张翼轸部署，他只好暂缓行动，且看倾景来此何意再行定夺不迟。

接到禀报再次现身大殿的倾东见张翼轸未走，并未多说，只是有意无意看了张翼轸一眼，随后坐定在龙椅之上，派倾洛出海迎接倾景。

倾洛低头匆匆从张翼轸身边走过，眼神躲闪，想笑却未笑出来，只是微一点头便急急出海。此时，大殿之上气氛无比微妙尴尬，张翼轸几人站在殿下，四周围绕无数兵士。兵士们一脸无奈，勉强举起兵器对准几人。大殿之上端坐着倾东，倾东却是一脸平静，微眯双眼，也不理会众人。

此情此景，倒也无比诡异，令人惊诧莫名。

不多时倾洛便返回大殿，再次经过张翼轸身边之时，终于大着胆子以低低的声音说了一句："姐夫，多保重！"便闪身到后面，消失不见。

不及理会倾洛，便听倾景的声音响起："南海倾景拜见东海龙王！父王有言，令我代他向伯父问安！"

倾东勉强挤出一丝笑意，答道："好，好，一转眼景儿便出落得如此清丽不俗，可喜可贺。也请景儿转告倾南，向他问安。不知景儿来我东海，所为何事？"

倾景眼睛一转，无比俏皮，环顾四周，岂能看不出此处场面的古怪？却也不慌不忙，轻身一跳闪到张翼轸面前，却是说道："回龙王，我前来东海龙宫，其实是为了张翼轸……"

倾景盈盈一礼，口中称道："景儿拜见师傅！"

张翼轸方才以为倾景闪身进来，只顾参见龙王，并未注意到他，不想这丫头却也机灵，怕是早就发觉他站立此处，却是假装不知，与龙王周旋一二，才前来问安。

张翼轸淡然一笑，问道："小丫头，南海一别，看你如今修为长进不少，应当是并未懈怠，不错！你来东海所为何事？"

倾景嘴角一翘，调皮地说道："徒儿前来东海只为寻找师傅，至于所为何事，暂且保密……"话未说完，身子一转却看到华风云在张翼轸身后站立，当即脸色一变，说道："师傅，徒儿先告个罪，待我杀了华风云再说不迟！"

"放肆，东海之地，岂容你在此随意杀人！倾景，你可将东海龙王放在眼里？"倾景身子一动，还未出手，便听倾东无比威严的声音立即响起。

倾景顿时一滞，急忙收住身形，回身向倾东施礼说道："伯父勿怪，只因此人本是北海大将，却在南海斩杀南海大将，无比嚣张，若不杀他难解我心头之恨。方才一时情急，忘记身在东海龙宫，就此赔罪。敢问伯父，倾颖姐姐何在？我无比想念姐姐，想与她见上一面。"

倾景说完，却是朝张翼轸挤挤眼睛，言外之意张翼轸却是清楚，心道这小丫头当真古怪精灵，一眼便瞧出关键之处，开口便提出要见倾颖。

张翼轸认为倾东定会找个理由回绝倾景，不料倾东微一沉吟竟是点头允许，说道："说得也是，倾颖自回东海，对景儿也是念念不忘，挂念得紧，既如此……颖儿，景儿来此，不妨现身一见！"

07　咫尺天涯

　　极目远眺，但见远方海天相连，仍是海水不绝。张翼轸心中纳闷，其余三处两海相交之地，一到相交之时，行不多远便可见奇异之处，此地为何偏偏不同，眼下前行不下两万里，怎的还不见咫尺天涯所在？

不想平地起波澜

张翼轸一愣，顿时一颗心提了起来！

倾东高声一喊，只听后面一个熟悉的声音应了一声，随即只听叮咚作响，众人只觉眼前一亮，倾颖娉娉袅袅现身眼前。但见倾颖盛装打扮，锦衣凤冠，头顶珠花，身着姹紫嫣红的凤衣，当真是艳丽绝伦，令人叹为观止。

众人一时惊艳，呆立当场。只有张翼轸一眼望去，却顿时愕然万分，差点惊叫出声！

只因在张翼轸看来，虽然眼前此人一眼望去确实与倾颖一般无二，不论举止还是相貌与他所熟识的倾颖并无一丝分别，只是若是定睛一看，却能透过倾颖看似真切无比的面容看到躲在后面隐藏的倾屠！

用倾屠假扮倾颖，这是何意？

张翼轸尚未想通此处，猛然间又想起一点，不禁悚然而惊：先前他能够认破倾屠的化物拟幻之术，一是依靠感应，二是由诡异场景推断而出，从未如此次一般，竟是一眼识破，并未运用任何法术或是神识感知，为何会有此等怪异之事出现？

张翼轸赫然而惊：莫非重新生成的双目有天生识破幻术之能不成？

只是此时不容多想双眼之事，张翼轸心思转念间，心生一计，悄声对倾景说道："小丫头，你且上前与倾颖叙旧，随后便告辞出海，提出让倾颖送你到海面之上，到时我自会在一处等你。"

倾景会意地一笑，却是吐吐舌头，小声说道："徒儿明白，做些牵线搭桥之事，定当手到擒来。"

见倾景一脸促狭的笑容，张翼轸情知她心生误解，却也懒得多说，微一点头便朝龙王一拱手，说道："龙王，翼轸……告辞了！"

倾东也不说话，只是微一挥手，算是应答。张翼轸大手一挥，带领众人鱼贯而出，随即来到海面之上，心意一动，元水罩便将众人罩在其中。

"主人师兄，怕是东海龙宫出了事故，要不老龙怎么如此古怪，说话颠三倒四，令人摸不到头脑！刚刚明明倾颖姐姐现身，你却为何不上前说话，转身便走？难道主人师兄真的生气了？"画儿也是难得思虑此事，将心中疑问说出。

"翼轸应该不会如此小气，不过刚才举动确实令人不解。再说那东海龙王与无天山打了多年交道，为人一向老成持重，即便刀兵相向之时，也是沉稳不动，令人摸不透底细。今日大反常态，定有隐情。"戴婵儿也是百思不得其解。

张翼轸点头应道："此事无须多想，一眼便可看出龙王定有难言之隐，此事暂且不提，我只问你几人，方才倾颖现身，可否看出异常之处？"

几人均是见过倾颖之人，听张翼轸问得奇怪，便静心一想，却一齐摇头，便连画儿也是不解地问道："主人师兄何出此言，方才之人确实是倾颖姐姐不假。如此大好机会，你为何不上前向倾颖姐姐问个清楚，却又急急出海，到底出了何事？"

张翼轸见华风云与华自在二人在侧，心知不便解释过多，只好含糊答道："倾景来此找我有事，我出海等她。既然东海龙王不许倾颖与我相见，我何必自讨没趣。"

过不多时，便见海水汹涌间，倾景和倾颖一前一后出得水面。张翼轸见此情景，冲众人说道："你等莫要出此元水罩，且在此等候片刻，我去去就来。"

说着，闪身出得元水罩，近身到倾景和倾颖二人面前，随即风匿术施展开来，在保持元水罩成形的同时，竟又唤起元风隐藏身形，将自身连同倾景二人一同与外界隔绝开来。

倾景被张翼轸围困其中，镇定自若，倾颖却脸色微寒，开口质问："张翼轸，你这是何意？"

张翼轸没有心情与倾靥周旋，直接点破，说道："倾靥，莫再假装，快快现身，速速说来倾颖如今身在何处，东海龙宫究竟发生了何事？"

倾靥被张翼轸一语道破，也是吃惊不小，旋即嘻嘻一笑，身形一晃，便恢复倾靥模样，低声说道："姐夫，你好生厉害，一眼便能将我识破，快告诉我，到底是哪里出了差错？为了拟幻倾颖模样，我可是精心练习了许久。"

倾景一见顿时愣在当场，不敢相信方才还和她谈笑风生的倾颖，转眼之间竟变成倾靥，她张大嘴巴，一时无法合拢。

张翼轸心中挂念倾颖之事和龙宫变故，并不理睬倾靥的问询，说道："倾靥，事关紧急，快说正事要紧。"

倾靥一脸不满，毕竟小儿心性，却又不得不说："姐姐被一人带走，去了咫尺天涯。那人威胁父王，说是不许将此事告诉你，否则定叫东海灭门。也不知那人是何来历，父王对他无比惧怕，对他言听计从，便连生性倔强的姐姐也是自愿随他而去。"

自愿？张翼轸一时心生不解，随即转念一想心中释然，定是此人以龙宫所有人等性命相威胁，倾颖无奈，只好委屈跟随。只是此人能令龙王心生惧意，至少也应该是飞仙之境！

怎的突然之间，有如此之多的飞仙现身世间，不理中土道门之事，不管魔门为害世间，却个个下凡强抢神女，究竟意欲何为？

更主要的是，不抢南海龙女，不抢北海龙女，偏偏要抢无天山的戴婵儿和东海的倾颖，而此二女，却全是他心仪之人！

只是巧合？

张翼轸心中疑问未去，继续问道："那你父王为何不如实相告，那人不是已经不在龙宫了？"

倾靥虽是幼小，见张翼轸前所未有的一脸凝重，自然知道事情轻重，当即答道："那人临走之时特意交代，他在龙宫之中留有法术，且在每人身上留有印记，可以查看每一人的动向。所以父王严令龙宫所有人等，一律不许与你有任何接触。"

飞仙神通广大，留有法术禁制，可以探知众人去向也不算难事。既然如此，为何倾东又让倾靥化成倾颖模样，送倾景出海？难道那人不曾在倾靥身上留有印记不成？

倾靥倒也聪明，竟猜出张翼轸疑问，自行答道："父王遍查经典，推算而出那人所留法术应该只是一道弥漫于龙宫之中的波动禁制，若是我几人走动，便会触动其上反应，令他心生感应。因为龙宫出入人数颇多，若是只要有人出入，禁制便生起反应，一是无法维持较长时间，二是如此之多的频繁出入，只怕也会令他厌烦。所以父王推测，此禁制应该只对龙宫之中数名重要人物有效，也就是说，当时那人发动法术之时，刻意将重要之人形象留于其中，只有特定之人经过才会生起反应。"

倾颖既然被那人带走，自然禁制之上也无须再留倾颖影象，是故倾靥变化成倾颖模样，出得龙宫，自然也不会引起那人注意。且那人恐怕也不会料到，龙宫之中竟有倾靥这般天生可以化物拟幻之龙。

只是先前为何龙王不直接令倾靥化形为倾颖，与他相会，再将事情说个清楚？

听了张翼轸疑问，倾靥想了一想，半晌才说："我也不知，父王只是令我出海送倾景姐姐，其他事情，都未交代。我对你说了这么多，已经违背了父王旨意……姐夫，那人为何要带走姐姐，姐姐不是最喜欢你吗？"

张翼轸心中喟叹一声，却又不好回答倾屐所问，只好转移话题，问道："可知那人姓名？带走倾颖之时，说了些什么？"

倾屐低头一想，答道："那人自称常子谨，他来龙宫带走倾颖姐姐之时，我并没有亲眼所见，所以不知道当时情景，后来此事父王也是闭口不谈。常子谨将姐姐带向咫尺天涯，我也是偷听父王和哥哥说话才知道的……"

张翼轸心潮翻滚，一时再难平静。思虑半晌，只得安慰倾屐几句，再三叮嘱此事万万不可向任何人透露，包括东海龙王，以免被常子谨发觉。

见张翼轸郑重其事，倾屐倒也不敢不听，满口答应下来。随后又在张翼轸要求之下，重新变化成倾颖模样。

张翼轸收回风匿术，假装挥手向倾颖告辞。倾景得了张翼轸授意，也是依依不舍地连连挥手。

送走假冒的倾颖，张翼轸心思电闪间，忽然拿定了主意，随即心意一动，将他和倾景以元风笼罩其中，以低低的声音说道："小丫头，此事极为重要，切莫对戴婵儿和画儿说起，切记，切记！前往咫尺天涯万分凶险，我一人以身试险即可，若是她二人知道之后定会执意前往！"

倾景眼睛一转，一歪头，想了一想，却是说道："好说，好说。师傅有命，徒儿不敢不从。不过我却有两个条件，若是师傅答应还则罢了，定是皆大欢喜之事！若不答应，徒儿一时心情沮丧，万一一不留神脱口说出师傅要瞒着二人独自前往咫尺天涯，说不得坏了师傅大事莫要怪我！"

万里红袖一线牵

见倾景说得一脸慎重，张翼轸心中不快，脸色一沉，正要训斥倾景几句，不料倾景脸色一变，低声下气苦苦哀求道："师傅，徒儿不远万里从南海前来东海寻你，你却问也不问所为何事，只顾一心挂念倾颖姐姐。不过你二人倾心对方，关心则乱，徒儿自是无话可说。不过我也是一心追寻师傅，此情对天可表……师傅别多心，此情是尊师之情……两个条件嘛，第一个便是请师傅一定收下此颗珊瑚珠！"

说着，倾景一扬手竟取出一颗珊瑚珠，郑重其事地交到张翼轸手中，说道："南海一诺，千金不换。师傅走后，徒儿苦思冥想，历经数次失败，终于自珊瑚谷的地火之中取出此珠，总算一偿夙愿，虽然并不确定师傅是否身在东海，不过姑且一试，特意前来送珠。若不亲自将此珠交到师傅手中，徒儿便会寝食难安……"

倾景说得轻巧，把珊瑚珠放到张翼轸手中，便急急缩手回来，张翼轸眼尖，瞧得分明，倾景白嫩如玉的右手之上，赫然多了一道长约一寸的伤痕。

伤痕犹如圆形，显然是烫伤！

张翼轸心中一暖，不由柔声说道："小丫头，珊瑚珠虽然是无比珍贵，却哪里有你的性命重要？何必以身试险，非要自地火之中将之取出！师傅也并非迫切需要，你手上之伤，可是要紧？"

说着，伸手间捉住倾景右手，打量两眼，察觉只是留了伤疤，并不严重，才放下心来。

倾景被张翼轸拿过手去，一时神色慌乱，双颊飞红，手足无措，想要收手却又心乱如麻，只想被他紧紧握住，细心查看。

张翼轸哪里会察觉倾景的小小心思，一想到珊瑚谷地火汹涌，不免责怪说道："以后此等事情，一要请示龙王，二来听从师傅之令，切莫再一人乱来，可是记住了？"

虽是训斥，倾景听了却是无比受用，忙不迭点头，说道："徒儿只想一心替师傅着想，再者说了，徒儿也想借此机会见上师傅一面，好向师傅当面请教一些法术，师傅就原谅徒儿，好吗？"

张翼轸见倾景既惹人怜又爱惹事，当真是打不得骂不得，不由苦笑点头，说道："念你初犯，又用心至诚，此事暂不追究……第二个条件又是什么？"

倾景听出了张翼轸一时心软，见他主动问及第二个条件，顿时大喜，脱口而出："我要追随师傅一同前往咫尺天涯！"

"胡闹！"

张翼轸一时心生怒气，正要拿出为师的威严好生教训倾景一番，却见倾景眼眶一红，眼泪如断了线的珠子一样滚滚落下，哽咽道："师傅好凶，徒儿不过是想跟随师傅闯荡一番，万里送珊瑚珠此等小事暂且不提，徒儿常年深居南海龙宫之中，不得外出，总算寻个机会以送珠之名前来与师傅相会，师傅却想一人偷偷前往咫尺天涯游玩，不带徒儿，天下之大，哪里有如此狠心的师傅？要是师傅不允，我便哭闹不停，就算我不说出咫尺天涯之事，也要哭上半天，让大家都认定是师傅在暗中欺负我！"

张翼轸哭笑不得！

且不说倾景万里送珠之情，单是她以身试险，深入珊瑚谷采珠一事，便让张翼轸心生感动，只觉小丫头虽然调皮古怪，又多惊人之举，不过总体来说却是一个重情重义，知进退识大体的女子。不过若是让她追随前往咫尺天涯，张翼轸却是万万不能，毕竟此去凶多吉少，万一有个闪失，倒是他的罪责了。

不过眼下倾景倚小卖小，哭闹不停，若被众人看到，即便不被误解，也是不好。不如如此这般，先将倾景哄下再说。

张翼轸主意既定，便开口说道："也罢，既然小丫头如此执念，我且放任你一次。不过师傅有言在先，此行过于危险，不可乱跑，一切听从师傅号令，还有，稍后我会寻个理由让婵儿和画儿一同回无天山，你也要在一旁顺着我说才是。"

倾景立时大喜过望，装模作样地施下一礼，说道："徒儿谨遵师傅法旨！"

张翼轸无奈摇头，动念间收回元风罩，正要向前近身到戴婵儿等人身边，却觉衣袖被人拉住，回头一看正是倾景低眉顺首，无比乖巧地牵着张翼轸衣袖，一脸讨好地说道："师傅尽管放心，徒儿就是你的影子，师傅向东，徒儿绝不向西！"

张翼轸假装严肃地点头，也不说话，闪身来到戴婵儿几人面前，心意一动，便和倾景穿透元水罩，现身众人眼前。

戴婵儿却是心急如焚，忙问："翼轸，究竟出了何事？又为何和她暗中交谈半晌？"

倾景察言观色，自然清楚戴婵儿身份，忙弯腰施礼，说道："南海倾景拜见师母！"

画儿一把拉住倾景，说道："景儿，倾良、倾辰、倾美三位姐姐可好？"

难得画儿还记得南海良辰美景四朵金花，倾景一见画儿也是格外高兴，二人便如两个久别重逢的寻常女子，竟是手拉手说个不停。

张翼轸不理会二人，微一沉吟，说道："东海有变，发生何事目前不得而知，倾颖也是闭口不谈，恐怕有难言之隐。婵儿你和画儿一起，且先带两位华将军返回无天山，让金王将二人好生安置下来，然后再让商鹤羽前来东海寻我！"

"翼轸，为何你不同我等一起回去？"戴婵儿一脸疑问。

"以我控水之术，东海无人可以识破，你等却是不行。所以我先在东海龙宫暗中打探一番，正好可等你和画儿将商鹤羽请到，有他相助，一切应可迎刃而解。"

尽管张翼轸说得倒也理由充足，戴婵儿却总觉有不妥之处，究竟哪里不对，一时又无法说清，又见张翼轸说得坚决，情知拗不过他，只好应下。

画儿却是不肯，非要留下与张翼轸相伴。张翼轸自是不愿，连哄带骗总算说动画儿，随后又向华风云和华自在交代一二，言语之下令二人不得心存他想。华风云信誓旦旦地保证定当一路安稳，华自在却是轻笑一声，说道："张道长尽管放心，华风云若有二心，我倒非常乐意乘机将他除去，以绝后患！"

戴婵儿动念间施展风匿术，将众人围在其中，说道："翼轸不必担心，华风云为人虽然油滑，却是识时务之人，他心里清楚得很，以眼下局势投靠无天山比再回北海安全得多，定不会有丝毫不轨行径。"

华风云被戴婵儿直指内心，竟是一脸坦然，朝戴婵儿深施一礼，说道："无喜公主所言极是，风云自知无路可退，断然不会做一些得不偿失之事！"

一切安排妥当，张翼轸送走戴婵儿等人，愣了片刻，见倾景一脸期待之色紧随左右，随即哂然一笑，说道："小丫头，莫怪师傅骗你，实在是此行过于危险，我岂敢令你以身涉险！代我向南海龙王问安，就此别过，他日我定会亲自前往南海，和小丫头再好生说道说道！告辞！"

张翼轸方才便已经打定主意，无论如何也不能让倾景随他前往咫尺天涯，不说倾景远不是飞仙敌手，若她跟随左右，也令他缩手缩脚，难以施展，且万一有个闪失，他也无法向倾南交代。是以只好虚与委蛇，先让倾景安心，好配合他演好劝走戴婵儿等人之戏。如今戴婵儿已走，即便落个失信之名，张翼轸说不得也要强行独自离去，以免倾景追随。

流光飞舞一经催动，其快如电，不比飞仙慢上多少，倾景的驾云之能，远不能与之相比。是以张翼轸话音一落，人便置身于百里之外，转瞬间便不见了踪影！

倾景见此情景，直气得双眼通红，连连跺脚，只差大骂张翼轸身为人师，竟然也耍此等无赖之法，当真是为师不尊！

呆立片刻，却见倾景微闭双目，右手一翘兰花指，口中小声说道："疾如流星，莫如一线通灵，定！"

一股轻烟由倾景右手之中升起，轻烟缭绕之间，张翼轸的身形蓦然闪现，清晰无比，只见他正全力催动流光飞舞，疾飞不停。

片刻之后，轻烟散去，倾景得意非常，遥望张翼轸飞去之处，笑道："师傅，身为你的徒儿，若是没有一点小手段，岂非平白折损了师傅的威名？嘻嘻……"

说完，微一定神，脚下云雾腾升，直朝张翼轸的去处飞奔而去。

倾景走后不久，在她站立之处，突兀间一个人影由淡到浓，渐渐现身空中，眉眼如画，艳绝天下，竟是画儿！

画儿现身之后，微一定神，双手一分一合，蓦然空中一阵波动，凭空现出倾景身形。只见倾景衣裙飘飘，云雾弥漫间，恍如九天仙女。

画儿凝视片刻，调皮地一笑，却道："主人师兄还想瞒过画儿，却连倾景也骗不过，待我追到你后，看你还有何话说！"

一闪身，画儿竟凭空消失了身影，竟如飞仙施展移形换术的大神通法术一般！

玄妙却在咫尺间

再说张翼轸一人闪身间置身百里之外，微一静心感应，不觉倾景追来，虽是心中稍有愧疚，不过好在能让倾景不再追随，即便让她怪罪自己，也是值得。

咫尺天涯位于东海与南海相交之处，远离东海龙宫不下十几万里之遥。张翼轸的流光飞舞再是快捷，毕竟还不是飞仙，是以尽管全力催动之下，一连飞空数个时辰，仍置身苍茫的大海之上，目光所及，海水翻腾不停，不见两海相交之景，情知离咫尺天涯尚远。

曾经历过海角天涯、海枯石烂和沧海桑田三处天地奇景，张翼轸心中并不清楚咫尺天涯是何种所在，只知犹如沧海桑田一般，变幻不断，咫尺之遥却有天涯之远，令人难以判断远近。

猛然间灵光一闪，却是想起在关西城外五十里的方丈山上，华服男女所留之字：方丈仙山，咫尺之间，莫非便是暗指在方丈山上，却有如同咫尺天涯一般的神奇之处，或许天涯易得，咫尺难寻。若是寻到关键之处，一步迈出，便可到方丈仙山？

又或是在说，若要寻到方丈仙山，尽在咫尺天涯之间？张翼轸不知何故蓦然想通此节，一时心中大震，直觉仿佛抓住了关键之处！

不对，若是寻到方丈仙山的关键之处在咫尺天涯，华服男女为何在远在相反之地的关西之西的方丈山上留字，倒是难以说通，若非要将两者连在一起，也是牵强。

思来想去，张翼轸不免摇头苦笑。以他如今修为，即便得知方丈仙山的真实所在，也难以飞空到空无可依之处，一步踏入方丈仙山。以商鹤羽飞仙之能，尚不知方丈仙山确切方位，以他的地仙修为，更是难上加难，无法亲身飞临。

只是若要成就飞仙，也不知要到何年何月？张翼轸不免暗叹一声，不知亲生父母为何给他出此难题，非要让他亲赴方丈仙山。听商鹤羽所讲，三仙山之上飞仙性子淡然，应无不平之事，为何声称要让他前往搭救他们？

先前一心追寻十洲是否真实存在，以及三仙山所在何方，如今十洲已然确定无疑位于四海之内，三仙山也在方外之地，更有无明岛和无根海现世，张翼轸心中再无质疑之想，却又更多迷茫之意。先是不解亲生父母之事究竟是真是假，还是只是有人假借此事，令他在世间一路走来，探寻什么。再有刚刚确定十洲三仙山之事，以为终于可以轻松一下，转回中土道门，全身心对付魔门，不料先是戴婵儿有事，现今倾颖再被人掠走，接二连三所发生之事，看似只是寻常巧合，却件件全是因他而起！

再细细想来自出得未名天以来，虽然与魔门有过几次接触，却并无全面对抗，仿佛总有牵挂之事令他无法静心修行或是与魔门相争。如今仔细推算，张翼轸悚然心惊：难道有人暗中操纵，不让他有余力对付魔门不成？

无影棍、声风剑，还有无字天书以及铜镜，无不表明有人在暗中护他周全或是左右他所作所为。只是今日张翼轸绝非昔日懵懂无知的山村少年，自有善恶判断，自有是非公论，更有心仪之人，牵挂之事，再也由不得别人暗中操纵一切，管他是谁，若要再让他犹如傀儡一般被任意操控，却是再无可能！

又飞空多时，张翼轸微一愣神，忽觉眼前景色有异，定睛一看，只见前方水天相交之处，一侧阴雨纷飞，一侧风和日丽，正是东海与南海相交之地！

怕是咫尺天涯也不远矣！

飞快掠过两海相交之处，张翼轸向前飞空不下数千里，却仍觉身下两海交汇之处，连续不断，竟无尽头，不由心中暗暗称奇。东海与北海相交之处，有无底深洞。北海与西海相交之处，干燥莫名，海枯石烂。西海与南海相交之处，万里沙滩，更有沧海桑田天地奇景。而东海与南海相交之处，两海交而不汇，泾渭分明绵延不下万里，也是难得的奇妙之地。

心中推测咫尺天涯应离此不远，张翼轸飞空之势减缓，心意一动，将流光飞舞的飞空之能化为护体之能，脚下清风徐徐，御风而行。

极目远眺，但见远方海天相连，仍是海水不绝。张翼轸心中纳闷，其余三处两海相交之地，一到相交之时，行不多远便可见奇异之处，此地为何偏偏不同，眼下前行不下两万里，怎的还不见咫尺天涯所在？

按捺住心中疑问，张翼轸住身空中，微一思忖，降落到海面之上，控水之术只一施展，便感应到此处海水绝无不同之处，确是寻常海水。心念一动，不再飞空，在海面之上踏波而行。

不料行走几步，不觉脚步多快，却感到脚起脚落之间，犹如一步千里之遥，一时心中生疑，一步迈出，忙回头一看，顿时大吃一惊。

只见一步迈出之时，不觉有他，脚步落下之际，便见身后海水倏忽间远去，竟是连成一片黑色，看不分明，正是瞬息千里之迹象！

缩地成寸大法！

张翼轸虽然并未修习过缩地成寸之法，不过道门典籍也有记载，是以也略知一二。世间自有一些不愿或不会御剑飞空的修道之士，一心研习缩地成寸大法，起步落步看似寻常，实则一步迈出可有数里之遥。据传修为高深之人，一步百里也不在话下。不过千年以来，中土世间多御剑飞空之术，修习缩地成寸之法者极少，大成者则更是寥寥无几，是以此法一向式微，几乎无人修得。

此间天地可令人一步迈出便有千里之遥，直令张翼轸再次感慨，天地之威，**概莫能测**！

既然此地有省时省力的前行之法，何必再自费心力飞空，张翼轸也乐享其成，只管人在水上踏波而行，一步千里，快如闪电。

即便以如此快捷之势前行，一连步行了两个时辰，张翼轸暗暗数来，只怕迈出不下数千步，如此推算应是至少也有数百万里之遥，一眼望去，前方仍一片烟波浩渺，不见尽头。张翼轸不由大感惊奇，这两海相交之地怎的如此宽广，也不知何时才能抵达咫尺天涯。

近在咫尺却又远在天涯，咫尺之间便有天涯之远，若是反之不也是说，天涯之远也在咫尺之间？

张翼轸赫然醒悟，忙停步不前，心知若是就此一直走个不停，怕是走到天荒地老也没有尽头，咫尺天涯不可思议之地，断不可以常理论之。

在水上站定，心中推论，向前一步，倏忽千里。又后退一步，又是千里折返，左右一试，也是一样。他不免心中犹豫，前后左右全然一样，难道或上或下会有玄机不成？

当下纵身跃到半空，却一切如故。随后心意一动，潜入水中，依然位于原地，不见丝毫变化。张翼轸更是心中郁闷难安，原本以为来到咫尺天涯之地会有多少莫名凶险，却不知竟是不得进入之法，连咫尺天涯都无法寻到，何况救人！

按下心中的焦躁之意，张翼轸凝神半晌，细思此地古怪之处有何不同。咫尺天涯，理解表面含义自然容易，真到置身其中，却除了一步千里之外，便是满眼海水，再无异常之处，连咫尺天涯之门都摸不到。

不知何故，张翼轸又忽地想起方丈山上华服男女所留之字：方丈仙山，咫尺之间。若是换作咫尺天涯，咫尺之间也并无不可。只是这咫尺之间究竟做何解释？若只是咬文嚼字，推究字面意思，难免着相，落入玄之又玄坐而论道的窠臼之中，便是摇头晃脑在此坐上数年，只怕也难有发现。

不过华服男女所留之字绝非随意写下，定有具体所指。

咫尺之间莫非是指在"咫"字和"尺"字之间有何蹊跷不成？

张翼轸细想当时在方丈山上远远观看八个大字之时的情景，并未记起两字之间有何不同之处，或是比其他几字宽上几许，或是近上几分。不过当时只是匆匆一观，并未细看，只顾深思其他事情，如今想到此节，张翼轸不免有些沮丧。

咫尺之间便是说两者相距极近，却是正合此时东海与南海相交，两海相汇而不相融，倒也来得奇怪。本是海水，近在咫尺，却一侧东海一侧南海，在此东南之地仍是分得分明，却也符合相距咫尺，却如天涯之远之意。

难不成咫尺天涯便指此处两海相交之处的无边水域？

只是此处水域宽广，若要遍寻此处，即便费时千年也难以查个清楚。如此海天茫茫，从何得知倾颖下落？

张翼轸心生无力之感，颓然坐在水面之上。原本以为拼命前来营救倾颖，即便不是常子谨之敌，至少也可与他见上一面，周旋一二，不料却是连人影也不曾见到，怎不令人心生挫败之感？

张翼轸随意一坐，正好坐在两海相交之处。相交之处犹如一道粗如手臂的水柱，翻滚之间，互不相让。张翼轸只一坐下，便觉身下传来古怪莫名的力道，他顿时心中一动，猛然间脑中灵光闪现！

谁谓阴阳不相干

原来玄机是在两海相交之处！

张翼轸挺身站起，双脚稳稳踏在两海相交之处的水柱之上，微一迟疑，随后坚定地迈出一步。

随着脚起脚落，一步落下之后，只觉眼前一花，如同千里之遥倏忽而过，又如千年光阴一闪而逝，猛然间听得耳边传来无比嘈杂的声音，叫卖声、吵闹声、打骂声、嬉笑声，乱成一团，便如置身一处繁华无比的街道之上。

张翼轸定睛一看，却见眼前人来人往，无数奇装异服之人熙熙攘攘，摩肩接踵，来来往往好不热闹，却无一例外都对他视若无睹，甚至有人还直接朝他撞来，慌得张翼轸忙闪身躲到一边。

不料只一闪身，却与另外一人撞在一起。张翼轸以为定会惹得那人一阵埋怨，不想竟是从那人身子之中一穿而过，如同与虚空相遇！

此情此景，此时此刻，张翼轸一时呆立当场，半晌无语。

相撞而不相遇，身在其中而非在同地，莫非这便是咫尺天涯之地的真正含义？

愣神半天，回神过来，张翼轸犹不甘心，伸手间拦住一人，开口问道："这位兄台请了，在下初来贵地，不知此地何处，可否告知？"

原以为来人不会理会，应当与他相距天涯之远，不料话音一落，却见那人一愣，猛地站住，一脸愕然之色，目光直视张翼轸，震惊当场！

原来此人能够与他交流，张翼轸顿时大喜，又急急说道："兄台勿怪，在下……"

话未说完，却见那人摇头说道："定是听错了，半空之中怎会有说话声，一定错了，错了！"

却原来还是只闻其声不见其人，对面咫尺之遥却无法相见，张翼轸无奈摇头，此天造地设之处莫名古怪，若要参透，恐怕并非一时之功。

只是若要耗费无数时日才得悟透其中关键之处，倾颖却是危在旦夕，并无多少时候可等。张翼轸环顾四周，想了一想，突然间纵身飞空，意欲飞到半空之中，俯瞰此地是何等所在。

片刻之间便跃身云端，低头一看，此地竟是一座大城。城高池深，方圆不下千里，比起中土世间任何一座大城只大不小。只是城池虽大，人也不少，却并不见城门之上书写何地何名。

再向四周远望一番，但见一片云雾茫茫，除了远处有一座影影绰绰看不分明的山峰之外，此地便如一座置身于无边大海之上的一座孤岛，四下苍茫一片，无法看到远方是什么所在。

张翼轸却不死心，更不想困死此地，微一定神随意选定一处方向，疾飞而去。

他一直全力飞空，不信穿越云雾之后，却不见青天不成？

只是不信归不信，张翼轸全力催动流光飞舞飞空，其快如电，瞬间便近身到云雾咫尺之内，本以为一下便会没入云雾之中，不料看似触手可及的云雾，却任凭张翼轸如何飞空，却再难逼近一寸，始终与云雾保持相等距离，犹如云雾以同等飞空之势疾飞后退一般！

怪哉！张翼轸大摇其头，苦笑连连。

猛然收住飞空之势，云雾也是同时止住，再定睛一看，与他相距仍是咫尺之遥，不多一寸不少一寸，无比惊人的精确！

回头一看，只见远处大城威严耸立在身后，微一测算，张翼轸悚然心惊，方才飞空半晌，以流光飞舞之疾，至少也在万里开外，不料身后大城仍在原位，或者可说，他并未飞离一步。

真要被困死不成？

张翼轸一时心生挫败之感，不想咫尺天涯之地比起先前三处两海相交之地，却是诡异了不知多少。无奈，他只好再次返回城中，试图再如上次一样问上几次，或许会有胆大之人即便不见人影，却也会对空回答。

谁知再试之下，却再无一人可听到他说话之声。

张翼轸置身于繁华街道之中，听得到耳边人声鼎沸，看得到眼前人流如潮，心中却比一人独处深山老林之中更加荒凉悲惨，只觉天地之大，竟无人可与他对面交谈，人生悲凉如斯，不如就此死去，也好过一人独来独往独自悲伤。

想到此处，张翼轸心中一股决绝之意蓦然升起，竟是压抑不住地只想一心求死。心意一动，声风剑跃然手中，随后万火之精迸发，映得四下蓝光一片。

剑横脖前，眼见不过咫尺之间便要人头落地，突然，只觉体内土性自生感应，以其厚重之势贯穿全身，张翼轸心意一松，声风剑立时收回体内，他悚然而惊：怎会突生求死之念？

再看四周景色依旧，人流不变，只是一时不再是近在眼前的感觉，而是心生遥远之感。张翼轸心有所悟，体内四种灵性只一运转，猛然间双眼一亮，再定睛去看四周，虽是一切如常，再看众人之时，却见人影影影绰绰，如雾如风，并非常人之体。

原来此地竟是阴间之城！

此间之人定然也是阴间居民，怪不得相见而不相遇，可见而不可谈，却是天地神通无边，一时竟阴错阳差，将阴间之地在此处与阳世交错，自然阴阳相隔，相距咫尺却无法突破生死界限，自是不能随意交谈。

张翼轸恍然一笑，方才突然之间心生求死之念，却是被此间阴气侵袭，被此地居民心绪影响，一时心神失守所致。

略过此节，再一推想，还是没有出离之法，张翼轸难免心绪消沉，不知如何是好。

正恍惚时，忽又想起神识之中被成华瑞印入的《鬼仙心经》，张翼轸一时大喜，忙静心参详一番。

急匆匆翻看一遍，却并无太多关于阴间城镇以及居民的介绍，大多只是修炼功法。正当张翼轸再次失望之际，却蓦然发觉结尾之处却被柳仙娘自行添加了寥寥数语："阴阳相隔，却也相对。凡人所居之地，阴间亦有与之相对应之城。据说阴间东南之地有一座大城，却和阳间的关西城一般无二，若是得了机会，我定当前往一观，以慰思乡之心！"

关西城？

张翼轸顿时愣住，细心一想，猛然大喜，怪不得方才飞空之时，模糊间感觉此地颇有几分熟悉，原来竟是和关西城相对的阴间城池。

当下也不迟疑，飞身跃空，再定睛一看，果不其然，与关西城少说也有八九分相似，或许是完全一般无二，不过当时张翼轸飞临关西城上空之时，并未细心记下罢了。

还有……张翼轸更是无比震惊，向远处一看，远处掩映在云雾之中的山峰依然模糊不定，不过此次他却无比肯定，此山定与关西城外的方丈山遥相对应，绝对一模一样！

天地神通无限，阴阳一正一反，咫尺天涯之地有此与关西城相对之城，绝非偶然。张翼轸按捺住心中的欣喜之意，直向远处的山峰飞去。

不多时便来到山峰之上，除去并无四处盛开的鲜花之外，此处山峰与方丈山果然一般无二，也有一处悬崖，也有一处高台，悬崖之上也有几个龙飞凤舞的大字，不过却只有四个字：咫尺天涯！

此地便是咫尺天涯，还是说，此地是咫尺天涯的入口？

张翼轸站在悬崖边上，定神观看四个大字，字迹与方丈山之处华服男女所留之字却是不同，略显古朴，更得大巧若拙之精髓。而华服男女之字洒脱有余，却苍劲不足，远不如此处之字令人一眼望去便心生豪迈苍凉之感。

向远处望去，仍是云雾弥漫，将天地隔绝在外。且此处安静异常，无风无云，天空之中也无日月，犹如冬日大雪来临之时一般昏暗沉沉。

张翼轸站立良久，沉思半天，却仍一无所获。环顾四周，光秃秃的山顶之上，寸草不生，再无一丝异常之处。再凝视悬崖片刻，也是寻常石壁，直令张翼轸大惑不解。

若说此地便是咫尺天涯，为何除了一座阴间之城外，再无奇异情景出现，天地造化无边，不应只此一处反常之地。

再说，如果咫尺天涯只有一座阴间之城，常子谨为何带倾颖前来此处？常子谨能令东海龙王心生惧意，且有禁制之能，定是飞仙无疑。一名飞仙断不会闲来无事来此阴间之城，何况还劫持了倾颖。飞仙若非身居天庭，便是三仙山或者无明岛、无根海之人，带倾颖离开龙宫，应是回到所居之地，为何不前往以上几地，却来咫尺天涯作甚？

肯定不会做无用之事，以此推断，咫尺天涯并非仅仅如此。

张翼轸一时苦思无解，正烦闷之时，忽然间心有所感，急忙回身一看，只见远处一个人影飞空而来，正急速逼近，离他已经不过数里之遥！

而来人身影厚重，显然并非阴间之人，且直直朝他飞来，张翼轸顿时一愣：来者何人？此地除他之外，怎会还有生人在此？

幽幽心思对君宣

片刻之间，来人已然近身眼前！

眼前来人，一脸阴谋得逞的坏笑，同时又满眼愧疚之意，假装害怕的样子，不是古怪精灵的倾景又能是谁！

张翼轸又气又笑，愣了半晌，却是一句话也说不出来。

"师傅消消气，千万别气成这样。不就是徒儿悄悄跟来，您老人家也不至于气得吹胡子瞪眼不是？啊，不对，师傅年纪尚小，还没有胡子。也不对，师傅只是气得一言不发，并没有瞪眼！"

却是倾景见势头不对，忙不迭胡搅蛮缠一番，试图逗笑张翼轸，不让他大光其火！

张翼轸本来也是怒气冲天，却见倾景一脸讨好之意，还特意哄他开心，再一想既然倾景能够一路跟随到此处，不管用了何种方法，倒也难得她能识破咫尺天涯的玄妙之处，显然也是应缘之人，且已然身在此处，也无法赶走，发火何用？

他只好假装凶了几眼，却是说道："你这个小丫头，真是拿你没法……此地甚是奇妙，你又是如何从两海相交之处来到此地的？"

倾景嬉笑间做了个鬼脸，低下头，一副不好意思的模样，说道："师傅，我要是说了，你可千万不要生气……还望师傅先要答应不会气恼，徒儿才敢说出实情！"

张翼轸只好笑笑，点头应道："师傅不会生气，但说无妨。"

得了张翼轸许诺，倾景俏皮一笑，一转身来到张翼轸身后，伸手间从他的衣袖之上取下一根长约寸许的红线。红线微小如发丝，若不细看还以为不过是一丝红光闪过。

"此物名为红袖牵，乃是追踪法宝。如果将此物附着于一人身上，只要在七万里之内，徒儿便可时刻感应到被牵之人的确切方位，所以徒儿才会一路尾随师傅来到此地……"

张翼轸一时奇道："咫尺天涯之地也应该是自成天地，难道也无法隔绝你的法宝呼应？"

倾景并未去过如玄冥天或是海枯石烂一般自成天地之处，是以对张翼轸所说自成天地并不清楚是何等情况，只是说道："徒儿也不清楚，只是一路远远追随师傅，心中感应无比清晰，丝毫不差地将我引到师傅身边。"

此物竟是如此神奇？

张翼轸伸手间将红袖牵拿在手中，仔细端详一番，只觉入手柔软，微有一丝暖意，其内隐隐蕴含一丝火之灵性，顿时愣住，问道："此宝从何而来？红袖牵，名字起得倒也名副其实，不过听来却如女子之物。"

倾景脸颊突然飞红，一反常态局促不安地说道："当然是女子之物，红袖牵，正是徒儿自己炼制而成！"

张翼轸却未注意到倾景神态，犹自不解地问："不知小丫头从何处寻到炼制此宝的法子？此物又是何物炼成？"

倾景脸上红晕更浓，扭捏说道："此法并无记载，本是徒儿自行所创。此宝本体取自南海火珊瑚的根须，再配以鸳鸯鱼之血，放置胸前，以神力再合想念之意，七天七夜方成！"

什么？

张翼轸却未曾留意倾景害羞之态，而是听闻此法竟是倾景独创，不免愕然，忙问："小丫头，快快讲来，你是如何有此想法，又如何炼制成功？"

倾景偷偷看了张翼轸一眼，见他一脸急切，并无气恼之意，方才宽心，详细说道："师傅有所不知，南海之中有一种鱼名叫鸳鸯鱼，一旦长大，便会寻找另一半，终生相伴，至死不渝！若是强行将两鱼分开，只要不出三万里，两鱼便可互相感应到对方所在，不管经历多少波折，也会寻到对方。

"徒儿前往珊瑚谷采取珊瑚珠之时，随手带回几株火珊瑚，忽然心有所想，既然火珊瑚所产珊瑚泪和珊瑚珠皆是不世宝物，珊瑚本体也应该是上好的炼宝材料。珊瑚生于地火之中，火性偏强，所谓思念如火，何不炼制一种可以时刻得知挂念之人身在何处的法宝？

"徒儿想到做到，便以鸳鸯鱼之血，将火珊瑚最为精华的根须炼化，经历数次失败，耗费无数心血，终有所成。因为辅以神力再加上火珊瑚本有灵性，便将感应范围扩至七万里……只因此物犹如红线，若是系在牵挂之人的衣袖之上更是相得益彰，所以命名为红袖牵！"

想不到，倾景小小年纪竟有如此悟性，竟能自行创制法宝，由悟而入，入而痴迷，迷而生解，最终终有所得，当真是天纵之才，绝世聪慧！

张翼轸一时为收得如此了不起的徒儿而心情大好，不免呵呵一笑，赞道："好，好！小丫头好生了得，倒让师傅我深感荣幸！不过你这法宝之名过于柔情了，犹如痴情女子依依不舍伸手相牵思念之人一般，不如换个更恰当的名字。"

倾景却是一脸坚决，铿锵说道："多谢师傅夸奖，称赞之话徒儿便照单全收，不过法宝之名万万不可更改，此宝本是徒儿独创，想叫什么便叫什么，便是师傅也不许强人所难，非要徒儿改名不可！"

张翼轸不过随口一说，不料倾景竟是反应过激，不由恍然一笑，说道："慌张什么？你的法宝自然随你去叫，我不过无心一说，又并非非要让你更名不可。"

倾景脸色一暗，低下头，不高兴地说："无心就无心，又何必非要说出，诚心惹人心烦不是！"

张翼轸才懒得理会倾景多变的心思，收回心神，凝视眼前四个大字，摇头叹息说道："咫尺天涯……或许只差一步便可抵达，只是不得其门而入，莫非只能在此望字兴叹？"

倾景听了也回转心思，看了半晌眼前的大字，低头想了一想，说道："师傅，先前那座大城人来人往却无人可以看得到我，倒也吓人，幸好我只管一路追随师傅前来，不去理不去想，现在一想，还是不明白是怎么回事。师傅，我们现在是在咫尺之处，还是在天涯之地？"

咫尺还是天涯？如此说法倒也新鲜！

张翼轸一直将咫尺天涯当作一地，不料倾景却是分开来念，当成两地。若是以此推断，先前大城称为咫尺，如今此处悬崖称为天涯，虽然也可说通，不过终究还是有些牵强。

既然倾景相问，张翼轸说不得又将此城乃是阴间之城说上一说，只吓得倾景脸色惨白，手拍胸口连连说道："幸亏当时并未多想，只想快点追上师傅……没想到竟是身陷众鬼之中，真真吓死人也。"

堂堂神女也会怕鬼，张翼轸不免好笑，说道："小丫头，你所说也不尽然。阴间并非全是恶鬼，也有如凡间一般寻常百姓一般的鬼众，平常也和凡间生活相差不多，不过福报却是远不如凡间生人罢了。此事暂且不提，既然你有缘到此，也来说说如何出离此地才是正事。"

倾景静心一想，一脸无辜的表情，说道："师傅莫要怪我，只要和师傅在一起，我便觉得无比心安，也不愿多想事情。既然有师傅在一旁护我周全，我又何必再浪费心力思索，徒儿只管在师傅身旁，静听师傅号令即可！"说着，还特意眨眨眼睛，一脸得意的坏笑。

张翼轸无奈，倾景这个鬼丫头，打也不是骂也不是，有时单纯犹如画儿，有时又多思胜过倾颍，更有刁蛮之时又不亚于戴婵儿，当真是个无比古怪精灵的小小龙女。

他当下也不勉强倾景去想，再细心去想华服男女在方丈山所留之字，以他看来这几个字定是暗有所指。方丈仙山，咫尺之间，方仗仙山与咫尺天涯之地究竟有何关联？

难道说在"咫"与"尺"二字之间有何古怪不成？张翼轸想到做到，当即纵身飞空，一闪便来到"咫尺天涯"四个大字三尺之内，细心一看，顿时愣在当场！

只见两字之间较之其他之字间距要宽上少许，且隐有光芒射出，细细一看，只觉光芒细小如针尖，恍惚间，却又感到光芒粗广犹如天地之宽，与之相比，自身却渺小如同草芥，直欲被光芒吸入其内。

一时心神失守，忽听身后传来倾景急切的声音："师傅，等我一等，不要丢下我不管……"

张翼轸顿时神志恢复清明，急忙静心收神，却觉眼前光芒忽然间旋转起来，他身不由己也被带动，极速转个不停，一时大骇，忙运转灵力，试图施展定身法稳住身形，不料却是丝毫不起作用。

只一惊愕之间，忽觉一只柔软小手紧紧握住自己的左手，正是倾景飞身赶到，她俯身说道："师傅，快看……"

张翼轸顺着倾景所指之处望去，却见"咫""尺"二字之间突现一道巨大裂缝，裂缝无比宽广，竟是宽比天地，犹如无边无际一般，直有天涯之远。

当真还是咫尺天涯，张翼轸只闪过一个念头，便被越旋越快的光芒转得晕头转向，失去了知觉……

近在眼前人不见

昏昏沉沉中了不知过了多久，张翼轸只觉头疼欲裂，浑身疼痛难忍，迷糊中睁开双眼，却见自己置身于一处羊肠小路之上，再定睛一看，身旁还有一人，正是倾景。

当下张翼轸也顾不上思忖太多，忙探查倾景伤势，发觉她只是昏迷过去，并无大碍，随后又暗中调息，体内灵力以及灵性也是运转正常，顿时心中大安。

他起手间一个清心咒打出，落在倾景头上，耳边听得一声呻吟。倾景悠悠醒来，只微微一愣，随即一跃而起，也不管身上沾满尘土，急急问道："师傅，这是哪里？怎么一转眼就天旋地转，然后我就眼前一黑，人事不省了？"

张翼轸没有理会倾景的问话，四下张望一番，脚下是一条咫尺之宽的寻常土路，土路两侧却是一望无际的乱石林立。无数巨石犬牙交错，只余中间仅容一人的小路曲曲折折不知通向何方，他和倾景二人便被乱石围绕，前后有路，左右无门。

"难道此地就是传闻中的咫尺天涯？那方才的鬼城和山峰又是何处？"倾景也发觉不对，一脸愕然地问道。

"咫尺天涯之地无限宽广，怎会只限一处？以我看来，只怕一到东海与南海相交之处，便已经步入咫尺天涯范围之内！"

张翼轸暗中推测，情知此地定是咫尺天涯又一处莫名之地，当下微一迟疑，便让倾景紧随身后，二人一前一后沿着羊肠小路步行向前。

张翼轸却也谨慎，虽也想过试试羊肠小路之外是何情景，不过在尚未熟悉此地有何古怪之时，断然不敢贸然以身试险。倾景却人小鬼大，跟在张翼轸身后，东张西望不老实，不时踢踢两侧的石壁，或是停下拔下路上的小草，还要放到鼻子之下嗅上一嗅，无比调皮可爱。

走了有半个时辰，周围景色依旧，张翼轸耐心十足，不时施放控风之术，四下探查一番，虽然一无所获，不过也并不灰心，不时静心感应一二。倾景却是有些厌烦，趁张翼轸并未留意身后，突然将身一纵，跃上左侧石壁。登高远眺一下，总比憋在小路之上，不知前方还有多远好上许多。

不料倾景刚刚踏上一侧石壁，异变突起！

飞身之时，小路两侧明明还是石壁林立，待到落脚之后，眼前突然情景大变，脚下乱石消失不见，竟一脚踏上一处无比辽阔的草原！

天高云淡，青草无边，微风习习，清香四散，好一派无比惬意的盛景！

倾景却顾不上欣赏眼前美景，急忙看向仍是步履匆匆向前行进的张翼轸，却见他似乎并未发觉四周有变，头也不回地疾步向前，对无边石壁变成无边草原视若无睹。

倾景见张翼轸渐行渐远，情急之下灵机一动，又朝右侧轻轻一跳。刚一跳下，眼前一暗，竟又回到羊肠小道之上，端的是神奇无比。

倾景见回到张翼轸身后，离他不过数丈之远，心中大安，同时不免小小得意。她三步两步追上张翼轸，正想将刚才之事说上一说，转念一想，方才只是试过左侧，不如再试过右侧，再告诉师傅不迟，定教他再夸她一番！

倾景胆大心细，一扬手，一道红线倏忽间飞到张翼轸衣袖之上，正是她的独家法宝红袖牵。随后倾景飞身升空，向右侧一跳，尽管落脚之时早有心理准备，却仍被眼前情景吓了一跳。

只见眼前一片昏暗，天地之间全无色彩，只是一片黑白之色，空中阴云翻滚，目光所及，尽是干裂的土地和累累白骨……竟是一片荒原！

此地干燥异常，便连空中水汽也极其稀少。身为龙族，对水汽感应非常灵敏，身处水汽稀薄之地，倾景顿时便觉周身难受，咽喉疼痛，当下她不也多待，急忙向左一跳，又回到羊肠小路之上。

不管如何，得知小路两侧有此等奇异所在，倾景也是十分欣喜，认定若是将此事告知张翼轸，师傅定不会再指责她偷偷跟来，只是拖累，并无丝毫用处了！

这般想着，倾景小跑几步，三下两下追上仍在一直前行的张翼轸，呵呵一笑，得意地说道："师傅，方才徒儿一不小心跳到两侧石壁之上，虽然不经师傅允许便私自行事也是不对，不过徒儿却是查明两侧之地并非石壁，一旦踏入便另有天地！"

原以为此话一说，张翼轸定会大吃一惊，回头夸奖她几句，不料说完半天，张翼轸依旧头也不回，脚下不停向前走动，竟连话也不说上一句。

倾景不免一时生气，嗔怪道："师傅，堂堂男子，怎么会如此小气？徒儿不过胆大心细地试上一试，用不着这般肚量，理也不理吗？"

话说到这个份儿上，张翼轸仍是置之不理，倾景不免气极，当下一步向前，伸手去拉张翼轸胳膊，口中说道："师傅，到底要我怎样？好吧，徒儿知错了还不成吗？"

谁知一拉之下，入手之处如入虚空，竟是从张翼轸身上一穿而过！

这一惊，直吓得倾景魂飞天外！

近在咫尺却无法触及，看似伸手可得，实际却相距天涯之远，这便是咫尺天涯的天地神通？

倾景却无心惊叹咫尺天涯的莫名神奇，紧随张翼轸身后，不管大声呼唤还是闪身到他眼前相拦，全然无济于事，张翼轸只是如同虚空，徒有其形，并无丝毫反应。

倾景心急如焚，却无计可施。反复折腾了半晌，张翼轸依然如故，一人稳稳地步行前进，也不回头，竟如并未发现倾景不在身后一般。

倾景静思片刻，忽觉不对，方才明明将红袖牵系在张翼轸身上，扬手便得，证明并非相距遥远，为何从右侧跳回之后，便遥不可及了。

随即心意一动，暗中催动法宝的感应神通，心意相通，顿时大吃一惊，眼见与张翼轸不过一步之遥，在法宝的回应之中，却相距不下五万里！

果然天地神奇之威，非人力可思之。倾景一时凝神，倒也静下心来，不再焦急不安，认定张翼轸方向，猛然纵身飞空，腾云驾雾间，越过眼前的张翼轸形象，直朝前方疾飞而去。

以倾景的驾云之能，五万里至少也要飞行七八个时辰，不料刚刚飞空片刻，神识之中却是传来法宝的呼应，眨眼之间，竟是逼近张翼轸万里之内。

如此看来，飞空之时，也与寻常有所不同，不可以常理度之。倾景当下不敢怠慢，急急追赶，又飞了小半儿，猛然间一阵眼花缭乱，再定睛一看，自己竟又来到张翼轸身后，离他已经不足百丈之遥。

倾景大喜，当下落回羊肠小道之中，三步两步来到张翼轸身后，蓦地跳起，伸出右手去拍张翼轸肩膀，看看此次是否一掌落实，也好印证心中所想。

不料一掌拍出，却又是一击落空，倾景大惊失色，不及多想，却觉右手忽然被人捉住，却见张翼轸左手高高扬扬，将她右手拿住，哂然一笑，说道："小丫头，背后偷袭师傅，是何居心？"

倾景真切地感受到张翼轸的存在，被他一逗，顿时喜笑颜开，刚刚笑了几声，不由悲从中来，竟是鼻子一酸，眼泪夺眶而出，一时想起方才种种，不禁悲伤难抑，哽咽说道："师傅，徒儿刚刚和你咫尺天涯，感觉在你身后三尺之内，却是相隔五万里之遥，差一点……就见不到师傅了。"

张翼轸讶然问道："怎么会？方才你明明就在我身后走动，最远离我不过数丈，不过只是过了一个拐弯之处，大概有片刻失去你的所在，随后你便紧追上前，意欲偷袭，便被我捉住……莫非方才有何变故不成？"

倾景止住哭泣，将方才发生之事一五一十说出，张翼轸听了暗暗心惊，愣神半晌，忽有所悟，说道："小丫头，你方才应是在跳到右侧荒原之时与我隔开了距离，照此推测，若是我站立不动，应该不会相差五万里之遥。你跃上荒原到再跳回，我顶多迈出五步，如此说来，定是一步万里……不如这般，我二人分别跳到两侧之上，看有何情景发生？"

倾景好奇之心再起，立时点头应道："太好了，不过师傅你可不要移动脚步，万一跑到七万里之外，我感应不到你，可就惨了！"

张翼轸暗自点头，心中却道，他和倾景来此也不知过了多久，却连倾颖的影子也未曾见到，莫说救人，连倾颖如今人在何处也不得而知，也是多少有些沮丧。

幸好倾景大胆一试，却是试出别有天地之处，说不得也要再冒险一跃，看看会有何等情景出现。

当下冲倾景微一点头，开口说道："我二人同时跃起，我在左侧，你在右侧，落下之时，不可乱动一步，若无不同出现，即刻跳回原位，可是记好了？"

倾景点头应下，二人对视一眼，同时起身一纵，分别向两侧一跳……随着二人脚步同时离地，尚未落到两侧的石壁之上之时，突起变故！

渺无人烟多凶险

只见羊肠小道和林立的乱石全部消失不见，既无草原出现，也无荒原变换，呈现在二人眼前的是一处处亭台楼阁、时时仙乐齐鸣，更有五彩祥云闪烁、无数仙鸟盘旋空中的绚丽仙境！

且张翼轸和倾景二人站立之处，不知是何等宝物铺就的道路，竟是明亮照人，异彩纷呈，便连随处可见的花草和树木也都闪耀金光，令人疑心置身于传闻中的海外仙山。

张翼轸和倾景对视一眼，均是一脸愕然之色，无比惊诧！张翼轸向前迈出一步，伸手间拉住倾景小手，唯恐二人再次走散，感觉二人相离正常，他才放下心来。他们又手牵手向前走动几步，并无异常，张翼轸才松开倾景之手，说道："小丫头，可要跟紧了，切莫再随意乱试，此地看似仙家气象，不定隐藏何种凶险，万万不可掉以轻心。"

倾景乖巧地点头，低声嘟囔一句："牵手而行又有什么了不起，是不想拉还是不敢？随便，反正我也不喜欢被人牵着走！"

张翼轸早已闪身前面数丈之外，并未听清倾景所言。倾景低头想了一想，忽然又展颜一笑，蹦蹦跳跳如同孩童一般，几下追上张翼轸，也不说话，紧紧跟在他身后一尺之内，寸步不离。

张翼轸却是无暇顾及倾景的古怪精灵模样，一心琢磨咫尺天涯的奥妙所在。数次变化场景，若是推测没错，眼前应是咫尺天涯的关键之处，常子谨和倾颖说不定也在此间，只是眼前天地无边宽广，如何才能寻到二人？

倾颖蚌泪留在东海龙宫，与他之间再无传讯之法，难道再无他法，只能任由倾颖被人带走，而他和倾景却束手无策，只在此地转来转去，无法寻到出离之法不成？

这般想着，张翼轸极目四望，却见此处远山层峦叠嶂，点点苍苔铺翡翠，云雾缭绕半山之间，仙鹤飞翔白云之端，平心而论，此地倒还真是一处仙家福地，中土世间任何一地都无法与之相比。

远山如黛，草绿如毯，徜徉其间，倒也令人一时心情大好，无比舒畅。张翼轸和倾景不徐不疾，前行了数里有余，却再无丝毫异状发生。

不如飞空试试，张翼轸与倾景只一商议，倾景也正走得厌烦，当即同意。二人唯恐走失，只好双手相拉，同时飞空。

跃身空中，仍是一切如常。升至高处，张翼轸俯身一看，却见此地并不如所想中宽广无限，约有万里方圆，四周云雾弥漫，犹如一座海上的孤岛。此地山川湖泊一应俱全，无数飞禽走兽时隐时现，唯一异常之处便是渺无人烟。

微一思忖，便与倾景飞身朝边际之处飞去。不多时来到云雾弥漫之处，却是惊奇地发现，云雾之间仿佛有一股怪异之力令人无法穿透，或是某种仙家禁制，并不伤人却将人弹到一边，任凭张翼轸以灵力或是天地元力破之，全数无效，均被云雾之上的力道看似轻柔却坚定无比地全部反弹回去。

看来此路不通，只好悻悻返回，随意降落在一处山顶之上。

脚下山顶应该是此处最高之峰，登高望远，此地情景尽收眼底，山川、树林、湖泊应有尽有，虽然比起中土世间的山川、树林和湖泊小了许多，不过倒也具体而微，更显精致之美。

看了半晌，张翼轸越看越感觉古怪，细细揣测一番，心中竟是有了一丝明悟。云雾将此地围在中间，云雾之内便是无边大水，大水之内是绵延不绝的群山，群山环绕，又将此地团团围在中间……怎的如此格局，与中土世间却是如此相似？

倾景也是瞧出了端倪，惊叫出声："师傅，云雾弥漫之外不知何处，不过云雾之内的无边大水，在我看来却和四海一般无二。大水之内围绕此地的群山，不正是铁围山？"

张翼轸其实早已看出此地是一处微缩的中土世间，见倾景也是道破四海和铁围山，当下又飞身空中，在山川之间穿梭不定，几个跳跃之间，便走遍委羽山、王屋山和华山，又由南山湖瞬间置身于北海之上，一步迈出，却又来到无天山近前，当真是快捷如电。寻常往来需要无数时日的中土世间，在此地不过片刻之间便可全部走上一遍，果不负咫尺天涯之称！

只是此地徒有其形，虽然无论山峰还是地形，其或形状一模一样，却只是微缩了样子，并无宫殿楼阁，更无人居住。张翼轸花费两个时辰将此地细细搜查一遍，全无倾颖和常子谨行踪，不免摇头说道："费尽千辛万苦才到此地，不想却找不到二人藏身之处，小丫头，你可有法子？"

倾景一脸沉思，凝望南海之处出神半晌，恍然答道："此地只显四海，不见十洲，更不见三仙山，直与中土世间全然一样，或许是别有用心之人特意以无上神通建造此地，只为在此布局世间大事，在此可以运筹帷幄，指挥若定，将中土世间一应大事皆收眼底，可随意取舍，随意定夺。"

"若是说到倾颖姐姐被坏人藏在何处，徒儿一时也不好妄下结论，不过师傅你可曾想到，坏人将倾颖姐姐掠到此处，若不是他本人居住于此，便是要借此地掩饰什么，你道哪种可能多一些？"

要说在此居住，此地倒也是难得的方外之地，宁静清幽，尽管不见天日，却也如同白昼，只是少了一些人烟气息。不过看此地情景，并无一处楼阁，是以住人一说恐怕不对。

除非……除非此人住在水中？

张翼轸眼睛一亮，方才巡查之时并未想起铁围山和云雾之间的大水，此水比起真正的四海不知小了凡几，不过也不比世间寻常湖泊小多少，仔细算来，莫说居住几人，便是住上数万人也不在话下。

难道真在水中隐身不成？

张翼轸和倾景来到此间时候不短，二人小心翼翼探查之时，并未发觉咫尺天涯的天地之威再现，是以渐渐放下心来。

张翼轸刚刚想到水中或许可以藏身，倾景也是灵光一闪，双目直视远处，一脸惊喜之色，试探问道："师傅，下水一试？"

张翼轸点头说道："不错，不过下水只能是一人，自然是我。小丫头，你且在此处守候，一是望风，二是也好小心查看，万一有人闪身路过，也好知道他的去向。此事事关重大，切莫掉以轻心，可是记好了？"

倾景情知张翼轸不过是安慰之说，个中缘由无非是怕她入水遭遇危险，另外应该也是怕受她拖累，虽不情愿，也只好应下，答道："徒儿领命！"

张翼轸也不理会倾景的不满，控水之术一经发动，立时飞身跃入大水之中。只一入水，只觉水性沛然且无比纯净，灵气逼人，全无丝毫杂乱之意，心知此水之纯，生平仅见，最是接近元水之精粹。

当下控水之术施展开来，却是惊喜地发现，心意所到之处，畅通无阻，瞬息之间便将水中情景一览无余，方圆万里之内的情景无不清晰得知。张翼轸无比震惊之余又心有所悟，并非是他控水之术提升多少，乃是此地水质清洁无垢，几乎接近元水本质，所以才更得水之本意，与水性完全相融，万里水域竟如咫尺之遥。

既然将水中情景感知得真切无比，心中失望之意也是分外清晰，水中莫说有人有宫殿楼阁，便连一条鱼儿一株水草也不见，一如虚空般空空如也。

仍不死心，反正此处水域也并不宽广，张翼轸在水中瞬水而行，不多时便将水底情景看得一清二楚，和先前以控水之术感知的结果全无二样。无奈，张翼轸只好将身一跃，来到水面之上。

举目四望，顿时愣住，眼前空空荡荡，空无一人，倾景去了何处？

张翼轸一怔之下也未多想，以为倾景定是生性调皮，不定躲到了哪里，想要捉弄他一番，当下高声喊道："小丫头，快快现身，莫要捣乱！"

不料连喊数遍，并无人回应。张翼轸不免愠怒，喝道："小丫头，如今哪有心情玩耍，若再不现身，休怪师傅责骂！"

话音未落，远处大水之中，与世间北海相应的水域，忽见一人冉冉自水中升起，正是倾景。

张翼轸所站之处离倾景不过数里之遥，是以动念即至，正要迈步飞至倾景身边，好生训斥一二，不料尚未抬脚，却忽然察觉有异！

倾景一脸慌乱之意，却是口不能言，身不能动，显然全身被人所制！

出了何事？

张翼轸大吃一惊，立时全身戒备，心意一动，元水元风罩立即护住全身，正要向前瞧个究竟，只一抬头，惊见前方与世间东海对应的水域，又有一人自水中缓缓涌出，直令他脸色一变：正是语带笑嫣、顾盼生姿的倾颖！

08　紫金钹现世

　　蓦然，紫金钹光柱扩展到一丈粗细，张翼轸置身其中，只觉全身猛然收紧，如同十万大山压身，浑身骨骼噼啪作响，直欲被压得粉碎。若无流光飞舞护身，只怕在紫金钹的重压之下，已经心意松懈，当场认输了。

情义两断何太难

倾颖一脸笑意灿如桃花，目光如水，直直朝张翼轸望来，盈盈一水间，脉脉不得语。张翼轸愣在当场，不知倾颖从何而来，不知倾颖为何而笑。

正要迎向前去，却蓦然心头一凛，一股莫名而无比骇然的危险气息自身边一掠而过，却是一名长衫男子无声无息自他身后突然闪出，直到逼近他身侧三尺之内，张翼轸才有所警觉。刚有所举动，只觉恍惚之间，长衫男子离他已经有数丈之遥，有意无意间还回头一望，竟是对他轻蔑地一笑！

长衫男子身形无比迅捷，一闪便近身到倾颖身旁，负手而立，面带微笑，与倾颖低声交谈，也不知说些什么，只逗得倾颖轻笑不断，眼波流转，眉目之间含情脉脉，却如面对相爱之人一般真情流露。

张翼轸只觉脑中"轰"的一声，顿时僵立当场，几乎不敢相信自己的眼睛，不敢相信眼前之人正是他不顾性命危险不远万里之遥苦苦追寻的倾颖！

倾颖她……怎会如此薄情？与身边长衫男子谈笑之时眉眼含笑，喜由心生，一眼望去，无人会怀疑倾颖之笑是发自肺腑的喜悦。

她……真的变心了不成？

张翼轸呆立半晌，心中犹如巨鼓在响，嗵嗵之声，声声痛入骨髓，直至不知过了几时，只觉心中痛意已去，却是抑止不住的凄凉和悲伤，他仍是不愿相信，眼前之人正是他无比思念万分在意的倾颖！

只是，一颦一笑，一举一动，与倾颖相识日久并常伴左右的张翼轸又如何看不分明，眼前之人不是倾颖又能是谁！

身边的长衫男子，应当就是东海龙王倾东口中所说的常子谨。

如此说来，难道倾颖真是自愿跟随常子谨前来此地，只因常子谨是飞仙，可保东海无忧，可让倾颖长居天庭或是海外仙山不成？

胡思乱想一番，张翼轸渐渐恢复一丝清明，按捺住心中的万般不解，微一定神，发觉他所在之处，离倾颖和倾景相距皆是不过数里之遥，随即向前飞空，试图离倾颖近一些，也好亲口问上一问。

不料一飞之下大吃一惊，全力控风飞行了小半会儿，至少也有千里之遥，定睛一看，倾颖仍在数里之外，竟未近上一分！

又是咫尺天涯的神通！

张翼轸心有不甘，转身朝倾景飞去，竟和先前一样，只觉飞行甚快，却不见二人之间距离缩短多少，不由止住身形，心念一动，冲倾景喊道："小丫头，若你可听到我说话，眨眨眼睛，好让我得知。"

等了片刻，见倾景仍是一脸焦急恐慌之意，目光直视自己，并未眨动眼睛。张翼轸心下明白，倾景可以与他遥遥相见，却无法近身或是传话过去。

既如此，倾颖应该也能亲眼见他，为何目光之中只有常子谨，并无他张翼轸？是见无所见，还是并未得见，或者只是亲眼得见，却只当路人，并不过心？

张翼轸强压心中悲愤之意，冲倾颖恍然一笑，说道："倾颖，若你自认从此与我一刀两断，不再有丝毫瓜葛，还请将话说到明处，我倒也不必非要强人所难，追你至此……"

张翼轸本是抱着姑且一试的心理，随口一说，明知倾颖定是如倾景一般，听不到他所说之话，不过常子谨应该能够得知，所以此话实则说给常子谨来听。

不料话音刚落，却见倾颖轻轻扭头，目光直视张翼轸，不以为然地淡淡一笑，竟是说道："我当是谁，原来是朝三暮四、喜新厌旧的张翼轸！你不在无天山享福，做戴风的乘龙快婿，跑来咫尺天涯作甚？你与戴婵儿定亲之际，便是你我恩断情绝之时，从此我二人形如路人，即便相距咫尺，实则却有天涯之远。"

张翼轸顿时气极，怒道："倾颖，你说此话可是出自真心？我与婵儿之事你也是清楚得很，且当时形势逼人，我做出此举也在情理之中，并未做错什么。此事也可听我详细道来，怎可只此一件事情便将我二人之间所有感情一概抹杀……你身边之人，便是飞仙常子谨吗？"

张翼轸见常子谨负手而立，神态从容，举止不凡，随意一站却是自有洒脱之风，令人不敢小觑。只见他脸上洋溢无害笑容，人淡如风，对张翼轸和倾颖之间的争论不插一言，更显淡定自若，胸有成竹。

如此沉稳如山之人，尚未开口说话，便令张翼轸心生无力之感，只觉常子谨不必动手，只是站立不动，便已是无懈可击，隐隐已然立于不败之地。

"不错，在下正是常子谨！久闻张兄大名，今日一见，果然风采照人，令人好生羡慕。"却是常子谨听张翼轸问起，主动拱手施礼答道。

常子谨这一动，四周顿时随之呼应，五彩光华闪动，仙气缭绕，更有云起雾升，随心而动，当真是气象万千，令人高山仰止的飞仙气派！

张翼轸心中暗叹，常子谨是他所见飞仙之中，最有仙家风骨，最得飞仙风范之人，莫说倾颖只是神女，便是九天仙女，一见之下说不得也会芳心萌动。

既然对方彬彬有礼，张翼轸岂能落了下风，也是微施一礼，说道："常兄过奖，其实依在下看来，常兄才是真正的仙人风姿，令人仰视。我与倾颖相识已久，本来好事将成，不料却被阁下横刀夺爱，生生将她从我身边抢走，如此行径，在下认为颇为不合阁下身份……"

"哈哈哈哈，张兄所说莫非暗指在下强抢倾颖？你且问问详情再说不迟！我与倾颖一见钟情，也正好你弃她而去，与戴婵儿定下婚事，是你无情在先，倾颖心伤之下移情别恋也实属正常，就莫要再纠缠不休了。若你识趣，即刻离去便可，我也不会为难于你。"

"当真？"张翼轸淡然一笑，用手一指倾景，问道，"为何将她禁锢？她不过是好奇的小丫头，随我前来，常兄身为飞仙，不会与一名小丫头计较长短吧？"

张翼轸暗中拿话挤对常子谨，是想让他放开倾景，也好让倾景伺机逃走。

常子谨却不为所动，脸上笑意不减，却是扭头看向倾颖，说道："禁锢倾景，却是倾颖的主意……倾颖气不过你先弃她而去，转眼之间又有意哄骗南海倾景，生性如此不堪，直令倾颖伤心欲绝，自此再不信你所说之话。"

张翼轸狐疑地看了倾颖一眼，倾颖却是浅浅一笑，不正视张翼轸。

张翼轸拿不准倾颖心思，却隐约觉得倾颖定不会只因他与戴婵儿定亲之事便离他而去，即便有些气恼，也定会与他说道一二，怎会如此轻易移情？

又见常子谨始终礼数周全，对倾颖呵护有加，张翼轸心中更加疑虑，难道常子谨也是无明岛之人，而倾颖也被他暗中施加了离魂术不成？

不过见倾颖神态正常，谈笑也如寻常一般并无异常，应是并未身中离魂术，当即心念一动，开口问道："常兄所说，在下不敢苟同，不过此事不必纠缠……在下有一事相问，不知常兄可是来自无明岛？"

常子谨本来一脸风轻云淡的笑容，一听此言，猛然脸色一沉，眼神闪烁不定，惊问："你……从何猜测我来自无明岛？"

惊见常子谨如此失常，张翼轸也是心中愕然，不过脸色不变，不慌不忙地说道："只是随口一说，常兄这般吃惊，莫非不巧被在下言中？"

常子谨却是冷冷说道："张翼轸，若我所料不错，你与无明岛之人，定是已然见过。不过我并非无明岛之人，至于来自何处，你却不必知道……"

"子谨来自无根海，如何，张翼轸你还不服气不成？"忽听倾颖插话说道，一脸欣慰的轻笑。

常子谨顿时脸色一变，微带不满地看了倾颖一眼，倾颖却是展颜一笑，娇声说道："怎么，子谨不喜欢我将你的来历说出来？你本是无根海的飞仙，张翼轸不过是小小地仙，与你相比，一个天上一个地下，我张口说出，也是有意打压他的自信，也好一解心中之气，有何不可？"

常子谨脸色大缓，点头笑道："倾颖所言极是，张翼轸此人有眼无珠，正好气他一气，也不为过……张翼轸，若无他事，你和倾景便可自行离去，莫要再来打扰我和倾颖清静！"

张翼轸看了倾颖几眼，见她目光不离常子谨左右，却是看也不看他一眼，不由心生失望，摇头叹息一声，说道："既然倾颖心甘情愿，又与我恩断情绝，我再纠缠不休，是为无礼。也好，还请常兄解除倾景禁锢，我与她这便离去……"

常子谨微一点头，冲倾景遥遥挥手，手起之时倾景人在远处，手落之际倾景已然近身到张翼轸身旁，脸上恐惧之色未去，却是气呼呼说道："师傅，此人法力高强，举手间便将我困住，应是飞仙修为……"还要再说些什么，却见张翼轸一脸失望落寞之色，惊问，"倾颖姐姐真的……与你情义两断了？"

张翼轸黯然点头，说道："倾颖怨我与婵儿定亲，如今又与常子谨两情相悦，眼下我等来此救她已经毫无意义！"

说完，又冲常子谨一拱手，说道："敢问常兄，如何出离此地？我和倾景只是无意中闯入，却并无出离之法，还望常兄相告。我和倾景这便离去就是……"

旧爱新欢风云乱

常子谨微一迟疑，正要开口说话，却听倾颖轻蔑地一笑，说道："子谨，不必担心，张翼轸不过是小小地仙，即便你告诉他出入之法，他也并无仙力可以随意出入此地。这咫尺天涯非同寻常，来得去不得，除非飞仙，地仙就算无意中闯入，也只能困死此地，只因……"

说着，倾颖又有意无意扫了张翼轸一眼，继续说道："咫尺天涯本是天造地设之地，此间如同微缩的中土世间，连同四海在内，全数可以在此一目了然。若是达到飞仙之境者，再有出入此地的方法，才可来去自如，否则的话，即便如你一般误闯而入，也是无法出去，生生困死在此。只因出入之法，需要仙力才可以开启！"

常子谨也是自得地一笑，说道："不错，虽说此地飞仙才可自由出入，但此地一是绝密，知道者不多，二来此地的出入之法更是知者甚少……若你想出离此地，我助你离去即可，出入之法，你无须知道。"

说着，常子谨正要动手施法，却被倾颖拦下。倾颖神采飞扬，笑意盈盈地说道："子谨，大凡女子都有炫耀心理，倾颖也是不能免俗。出入之法虽是飞仙法术，即便张翼轸听了也无仙力催动，对他说出如同对牛弹琴，不过也正好可以气他一气，让他清楚倾颖自有福分可得飞仙青睐……何不说出出入之法，令他心生无力之感，也好让他品尝无奈和挫败！张翼轸越是沮丧，我便越是开心。"

常子谨哈哈大笑，正要说话，却是倾景再也忍耐不住，快语如珠出言相讥："枉你被人尊为四海第一公主，却原来如此趋炎附势，更是见异思迁之人。见此人身为飞仙，便弃师傅于不顾，这还不算，还当着新爱之面打击旧欢，如此行为，不配当我的姐姐！"

说着，伸手便挽住张翼轸胳膊，昂然说道："师傅天纵之才，人又生得相貌堂堂、气宇不凡，身边更是美女如云，佳丽环绕，少你一个倾颖算不了什么。便是我，长大之后，若是师傅开口，我便当即嫁他！"

张翼轸一脸惊愕，常子谨也一时愣住，只有倾颖脸上笑意常在，轻笑一声，说道："景儿如今年纪也已不小，若是愿意，回去便可让你父王将你许配给张翼轸。

不过是一名地仙，有何稀奇之处，谁爱捡便捡了去吧，反正我不稀罕！"

张翼轸看了常子谨一眼，苦笑一声，说道："常兄，女子斗嘴也是可怕，不理她二人，但说这出入咫尺天涯之法，在下颇感兴趣，可否赐教一二！"

常子谨目光一凛，却是说道："张翼轸，你自诩聪明，莫非真当我是傻子不成？我不杀你，放你和倾景安然离开此地即可，至于倾颖之事，还有咫尺天涯的出入之法，莫要痴心妄想，非要逼我大怒之下，将你留在此地？"

张翼轸也是脸色渐冷，淡淡说道："这么说，我二人终究还是无法谈拢？"

"你凭什么与我谈判，你又有什么本领向我提出条件？张翼轸，我不想杀你，不是不敢杀你，而是不愿意与那人结仇。不过你若真是自嫌命长，非要纠缠不休，我便是将你杀了，大不了躲在无根海不出，那人也不敢拿我怎样！"

"我倒是好奇，不知何人有此等神通，竟令堂堂的无根海飞仙常子谨害怕？"

"我说过了，张翼轸，莫要自作聪明想要套我说出实情，此事到此为止……我且问你，你是要在此啰唆不停，还是闭嘴让我送你出离此地？"

张翼轸微一迟疑，哂然笑道："我并非阁下对手，又痛失倾颖，留下何用？有劳阁下送我二人出离此地，先送倾景……"

常子谨轻笑一声："好，要将倾景送到何处？"

微微一怔，张翼轸不解其意："怎么，还可由咫尺天涯送到中土世间任意一地不成？"

常子谨伸出一根手指，摇动数下，却道："不许问，只许回答即可。"

张翼轸只好点头，说道："也好，就请阁下将倾景送回北海，倒也省得她路途迢迢再飞空回去。"

倾景听了却是不肯，大叫："师傅，我不要回北海，我要和你在一起……"

不等倾景说完，常子谨也不说话，一挥手便将倾景卷起，扬手远远将其抛出。倾景人在空中，浑身被一层红光束缚，动弹不得，眨眼间便飞到北边水域，"扑通"一声落入水中。

刚一入水，忽见水中一道无比耀眼的光芒闪起，随后光芒汇聚成一点，一闪便没入水中，消失不见，与之一同消失的还有倾景！

再看常子谨，浑身红光闪耀，双手左右伸出，其上仙气缭绕，显然是催动法术所致。

张翼轸见此情景，忽有所悟，此地与中土世间一一对应，常子谨将倾景直接扔入北边水域，以仙力催动法术，以此推测，若有飞仙仙力，再学会出入之法，便可在此地随意前往中土世间任意一地，当真是妙用无穷。

不过此法虽妙，却也极为难得。即便成就飞仙，若无出入之法，也是不可。

常子谨见张翼轸沉思不语，情知定是让他猜到一二，不过也不以为然，以张翼轸之能，成就飞仙还不知要到何年何月，何况此地的出入之法无比绝密，天上地下也无几人知晓。

当即两手收回，又重新缓缓分开，却是问道："张翼轸，你要去往何处，可是想好？"

张翼轸却是恍然一笑，忽然全身一层若有若无的红光闪过，随即后退数里，猛然站定身形，心意一动，声风剑跃然手中，随即迸发万火之精，遥指常子谨说道："身为飞仙，下凡强抢神女，还暗中留下法术监视龙宫众人，此等令人发指的行径，倒也令人大开眼界。今日我便会会你这所谓上仙究竟有何本领……"

常子谨直乐得哈哈大笑，犹如见到生平最为好笑之事一般，笑了半晌，忽又森然说道："张翼轸，我刚刚说过，若你自嫌命长，我也不怕将你杀死。既然你主动挑衅，说不得也要教训你一番，省得让你不知天高地厚，居然敢以一名小小地仙的身份，主动与飞仙对战。"

常子谨正要错身向前，却见倾颖猛然闪身眼前，挡住去路，嫣然一笑，说道："子谨，何必非要与张翼轸一般见识，他不过是恼羞成怒，也并非与你有深仇大恨，若是与他争斗一番，败于他手虽无可能，不过胜他也是胜之不武，并无丝毫乐趣可言，也无好处可得，浪费心力不说，还平白没了好心情。我二人不必理他，将他留在此地便可，你不是说要带我前往无根海长居，此时不走，更待何时？"

"倾颖不可！"

张翼轸才知常子谨竟是要带倾颖远赴无根海，顿时心急如焚。无根海高居天庭之侧，以他如今神通，绝无飞空到无根海之能，是以情急之下，也顾不上思索为何方才数里之遥，飞空数千里不见近前一点，而现今仍是数里之遥相对，说话却如同面对面交谈一般清晰！

"有何不可？"常子谨身形一晃，便将倾颖闪到身后，近身到张翼轸身前数丈之内，轻蔑无比地说道，"东海龙宫并无人能够拦我，你也不能！"

随即心意大开，向前迈出一步，试图施展禁锢之术，当张翼轸当场定住。

常子谨原以为张翼轸只是地仙之能，即便修为高至地仙顶峰，与他成道千年的飞仙相比，也是有天壤之别。不料向来对飞仙以下修为之人百用百灵的禁锢之术一经施展，却赫然发觉，竟是无法锁定张翼轸气机，禁锢术只一接近张翼轸身前，便被一道莫名之力反弹开来。

而此力中和冲正，淳厚无比，竟是地道的仙力无疑！

地仙之体身内只有灵力，何来如此纯正的仙力？常子谨顿时吃惊不小，微一定神才发觉张翼轸身上的异常之处，只见他周身上下，竟有一层若有若无的仙力笼罩，不管是仙力还是神识探查，竟然全部无法突破此层防护，一时令常子谨大感好奇。

张翼轸早在准备动手之前，便已经悄然催动流光飞舞的防护之力，虽然商鹤羽并未明说流光飞舞的护体仙光能否隔绝飞仙禁锢术，不过想来既然流光飞舞可抵飞仙一击之力，将禁锢术防护在外应该可以。不想大胆一试之下，竟真有隔绝飞仙禁锢术的神通，顿时心中大喜。

与飞仙对战，最怕防不胜防的禁锢之术，如今常子谨无法动念之间将他禁锢当场，即便不胜，也不至于一招落败。

常子谨不过是微一惊讶，随即笑道："原来你身具飞仙法宝，可以躲过我的禁锢。不过嘛，催动法宝需要全身灵力支撑，我倒要看看，你能硬挺到几时？"

猛见常子谨右手屈指成拳，遥向张翼轸一拳击出。

一拳一出，地动山摇，威势惊天，携带风卷残云之势，朝张翼轸铺天盖地般袭来！

不破天涯终不还

飞仙之威怎可力敌？张翼轸当即将身一跃，试图闪身到百丈之外，躲开常子谨的雷霆一击，谁知一飞之下，赫然发现，寻常动念之间便可飞空百丈之遥的本领，在此地竟是施展不开。

全力施展控风之术飞空，连闪三次身形，才堪堪抵上往常一次闪身的飞空之远。如此一来，先机顿失，本以为可以躲开那一拳，却没有完全逃离拳势的笼罩范围，被拳风扫中右腿，只觉犹如被巨山撞击，痛入心脾，几乎疼呼出声。

常子谨不由一愣，脸色凝重，一脸颇堪玩味的笑容，缓缓说道："体内有木性不说，还会控风之术，还有飞仙的防护法宝，不想你这名小小地仙，倒也有些难缠。"又回头望了倾颖一眼，笑问，"倾颖，是将张翼轸扔出咫尺天涯，还是伴他玩耍一番，将他打个落花流水，也好让你一舒心中闷气？"

倾颖笑靥如花，却道："我看他也看得有些厌烦了，不如直接将他赶走才是上策，也好让我二人早些赶到无根海……子谨，咫尺天涯之地可达凡间任意一地还说得通一些，却并无十洲三山和无根海的位置，又如何能从此地直达天庭？"

常子谨轻轻一笑，说道："此事无须倾颖操心，一切由我作法便可。倒是张翼轸此人惹我心头火起，不好生教训他一番，如此轻易放他离去，有损上仙威严。倾颖你且静心在一旁观看，看我如何大展神威，好让张翼轸吃些苦头。"

倾颖听了点头一笑，也不反驳，常子谨心中掠过一丝疑惑，也未多想，回身见张翼轸正手持一把火剑，疾如流星朝他当胸刺来，也不躲闪，在空中站定身形，束手而立，只是口中默念几句咒语，张口说道："咫尺天涯，远近由心，开！"

张翼轸声风剑眼见离常子谨不过咫尺之遥，见他仍是不动如松，全身淡然，连护体仙气也未发动，心道此人也忒是托大，定是以为他这声风剑不过是寻常宝物，无法伤他分毫。张翼轸一念及此，还未催生火剑脱剑而出，却蓦然发觉，常子谨站立不动，而他前行之势依旧快捷无比，二人之间的距离却没有再接近一分！

又是咫尺天涯的神通！

张翼轸顿时心中一凉，此地一念咫尺，一念天涯，远远近近全在常子谨动念之间，可随意凭借天地之威与他周旋。即便他同为飞仙，又如何能与天地神通抗衡！未出手前虽知此战必败，却未想到败得如此彻底，竟是被人耍得团团转，对方来去自如，而他却是拼了全力，也无法堪破咫尺天涯的奥妙所在。

想通此节，张翼轸定住身形，不再飞身向前，正要定神思忖一二，却见常子谨脸带嘲弄之意，说道："你刺我一剑，我来还你一剑！"

右手一扬，手中凭空多出一把一尺多长的短剑，剑光一闪，须臾间便及身张翼轸左臂一尺之内。

张翼轸大骇，回身以声风剑相挡已然来不及，慌忙纵身一跃，意欲跳到空中躲过此剑。不料短剑明明还在一尺之外，却闪念间一剑击中左臂，其势之快，张翼轸见所未见！

飞仙一剑之威蕴含天地之势，非同小可。寻常地仙被飞仙一剑击中，不管是否伤及要害之处，只要身中一剑，剑上所附仙力片刻之间便会将地仙肉体消融殆尽！

张翼轸被刺中左臂，只觉其力沛然如同天地之怒，更有无比纯粹的消融斗志之意，直令张翼轸瞬间以为左臂已失，更是心意消沉，只觉不如就此认输离去，管她倾颍是否愿意跟随常子谨前往无根海，管他常子谨是否强迫倾颍，是否对倾颍真心以待，只管自己远远逃离此地，不与常子谨正面对抗才好。

随后一股难以忍受的剧痛自左臂传来，在体内波动不断，一波三折，竟是硬生生九次冲击全身，一剑刺中左臂，却是浑身上下无不疼痛万分，如同被人以无边巨石碾压数遍一般！

张翼轸再难强忍，疼呼出声，随即嘴角逸出一丝鲜血。

好在定睛一看，浑身一阵红光闪烁过后，左臂并未失去，只是被洞穿一道血口！应该是流光飞舞的防护之能生生化解了常子谨剑上的大部分仙力，不过他毕竟只是以灵力催动流光飞舞，常子谨一剑刺穿左臂，同时有一些仙力沿体而上，将他震伤。

虽然一招之下便已然受伤，不过张翼轸微一定神，心中战意又起。若不是常子谨假借此地的天地之威，他如今凭借流光飞舞的护体之能，再辅以声风剑的万火之精，若是再唤醒体内木性，到时与飞仙勉力一战，即便不能取胜，全身而退倒也并非不能。

张翼轸稳住身形，哂然一笑，说道："常兄也不见得神通如何广大，不过是凭借此地的天地之威罢了，若无此地咫尺天涯的神通相助，你这一剑，也不见得能伤得了我。"

被张翼轸一激，常子谨丝毫不恼，答道："若要杀你倒也容易，不过将你杀了并无好处可得，何必费力。你我二人既然身处咫尺天涯之中，不借助此地的天地之威岂非浪费？张翼轸你也不必多说，何时要认输只需向我低头说上一声，我看你心诚的话，或许一时高兴便会大发善心将你送离此地。"

张翼轸却是铁了心要与常子谨纠缠，淡漠地说道："不劳阁下费心，若是不将倾颍留下，便是死，我也会与你周旋到底。"

常子谨脸色一沉，说道："张翼轸，你非要坏我好事不成？不管倾颍是否对你还有念想，你二人之间永无可能，我劝你还是早些死了此心，省得万一惹出天大的祸事出来，到时天上地下再无容身之处，看你如何追悔莫及！"

便在与常子谨说话之时，张翼轸控风、控水之术依次施展，试图找到常子谨的确切方位，却一无所获。明明常子谨与他相对不过数丈之遥，可控水之术感应之下，百里之内竟然空无一人。

只怕眼下二人相距不下万里之遥，张翼轸暗暗头疼，若是真实面对，还可应对一二，如今咫尺天涯，全然在对方掌控之中，又如何与其周旋？

只是若就此放弃，任由常子谨将倾颖带到无根海也是不能。此去无根海，怕是后会无期，别说他尚未成就飞仙，即便飞仙大成，可以亲身飞临无根海，能否得无根海允许可以顺利进入也是未知之数。只要倾颖被常子谨带走，说是从此永难相见也不为过。

是以张翼轸即便舍命一搏，也要与常子谨勉力一战，或许可得一丝胜算。毕竟上次无意之中一剑刺穿白凤公子飞仙之体，以万火之精将他灼烧，让他大为振奋，才知被众人称为天命之火的万火之精竟有如此威力，说不定运用当得也可以逼退常子谨。

更重要的是，张翼轸心中隐隐觉得，此事绝非表面看来如此简单，白凤公子现身无天山强抢戴婵儿，稍后不久常子谨便在东海龙宫掠走倾颖，一前一后来得如此迅捷，偏偏在他来到龙宫之前，提前一步将倾颖抢走，显是有人刻意为之，绝非巧合！

何人非要从他身边将所爱之人抢走，究竟意欲何为？

眼下若能从常子谨口中打探一二消息，说不定也有大用，所以张翼轸才誓死不让，既为倾颖也为真相，不让常子谨轻易得逞。

不过常子谨竟是道出天上地下再无容身之处的大话，恐怕也非恐吓之语，应是有的放矢。如此说来，张翼轸反而更想知道，到底是谁躲在暗中安排一切事宜，是与魔门重现世间有关，还是与他自身身世有关？

背后之人是助他还是害他？若说害他，不管是白凤公子也好，常子谨也罢，都未特意要取他性命。若说助他，为何又前来抢他心爱女子，且一言不合，也悍然出手？

莫非背后操纵一切之人，也与他亲生父母之事有关莫大干系不成？

两相对比一番，张翼轸心中疑虑更深，再看常子谨之时，目光之中全是疑问之色，问道："想必阁下也心中有数，定是有人暗中指示你前来东海带走倾颖，不知阁下可否告知，究竟是何人躲在暗处，偏要为难我张翼轸？"

常子谨微微一怔，摇头笑道："张翼轸，我劝你莫要胡思乱想，此事究竟有何隐情？实不相瞒，我也不得而知……我只问你一句，你是非要让我将你打得大败而退，还是现在知难而退？"

张翼轸将心一横，手中声风剑一挺，肃然说道："打便打吧，明知不可为而为之，此为男儿生于天地之间，必须面对之事。常子谨，若你有种，便放手与我一搏，莫要再远远近近，借助咫尺天涯的天地之威！"

说完，心意一动，万火之精猛然迸发无边火焰，倏忽间蓝光一闪，一道火剑脱剑而出，直朝常子谨飞去。

张翼轸只是随手发出一剑，并未真正感应到常子谨气息。不料方才激发声风剑内的万火之精时，体内灵性一动，猛然间双眼与体内灵性两相呼应，只觉眼中竟是充盈无数天地元力！

元力一现，张翼轸双眼看似与寻常无疑，不过张翼轸却是看得分明，明明近在眼前的常子谨，此时却与他相隔一万五千里之远，瞬间穿越万里之遥，心意一动，张翼轸蓦然心中狂喜：竟是锁定了常子谨的气机！

裂石穿云十指剑

机不可失，时不再来！

张翼轸虽然并不明白咫尺天涯的天地之威是如何形成，也不清楚为何近在咫尺却有天涯之遥，却在元力的相助之下，真切地感应到了常子谨所在的真实位置。

明在咫尺，暗在天涯，不过张翼轸心中却也明白，一万五千里之遥并非真实距离，而是借助某种神通法术而成，与缩地成寸大法恰恰相反，不过既然被他双眼勘破，被他锁定气机，在他看来，明在咫尺便是实际也近在咫尺！

当下声风剑挽了个剑花，手腕一抖，剑尖轻颤，唰唰唰三道火剑脱剑而出，直取常子谨上中下三路。

常子谨尚未发觉异状，先前张翼轸随意刺出一剑，虽然其上隐含的天命之火令人吃惊不小，又见张翼轸只凭地仙修为便可催生出威力惊人的火力，也不由暗暗赞叹一二。不过在咫尺天涯之地，即便张翼轸身为飞仙，也奈何他不得，是以稍一惊讶，并未放在心上。

第一道火剑在空中飞行不停，却不见前行几分，便如停止不动一般。常子谨情知咫尺天涯的天地之威无比强大，天仙凭借天地法宝才有可能强行破开，普通天仙到此，无法伤他分毫。是以常子谨淡然而立，存了看张翼轸笑话之心，看他能挥舞到几时，待他力竭之时，好举手将他擒获，再羞辱一番。

随着张翼轸三道火剑发出，常子谨认定不过又是随手乱挥，是无奈之举，来不得一丝威胁，当下也不躲闪，负手而立，一脸轻蔑笑意，只看张翼轸还有何本领可以施展。

正轻松写意之时，忽然心生不安之意。飞仙与天地感应道交无比紧密，稍有异动便会心生警觉。一缕不安泛上心间，顿时让常子谨大为意动，晋身飞仙日久，如此强烈的心生感应，千年以来还是首次！

正要静心感应危险来自何方之时，却赫然心中一凛，明明剑走偏峰的三道火剑却倏忽间不知何故竟是突破咫尺天涯的远近神通，逼近正前方三尺之内！其上蕴含的天命之火的骇人威力只一迸发，便令尚未升起护体仙气的常子谨顿生恐惧之感，生生被天命之火的威势惊吓出一身冷汗！

天命之火，其威如斯！

常子谨再难潇洒自如，想起有关天命之火的传言，更是心惊胆战，慌忙升起护体仙气，也不及多想张翼轸为何能够突破咫尺天涯的天地远近神通，急急侧身，意欲躲过三道火剑的来袭之势。

护体仙气刚刚成形，三道火剑却蓦然转向，其势更快，竟是瞬息之间全数击中常子谨，只见一阵红光蓝光噼啪乱响，三道火剑全数被常子谨的护体仙气消弭于无形之中。出人意料的是，常子谨的护体仙气竟也被火剑消融一半威势，红光也在片刻之间暗淡不少！

这一惊，莫说常子谨大惊失色，便连张翼轸也是一脸愕然，不敢相信方才三剑真是由他所发！

原本以为声风剑自无天山强木林中强行收取万株强木之木髓，只得了可随意收回体内的神通，并无其他不同寻常之处，不料方才三剑齐发，竟是生生将常子谨的护体仙气削弱几分。虽然说也有常子谨心意松懈，仓皇之中仙气并不精纯之故，不过与先前丝毫不是护体仙气之敌相比，也是威力大涨，一时也令张翼轸惊喜异常！

再定睛一看，只见常子谨无比狼狈，脸露惊诧之色，头发也被震得有些散乱，猝不及防被击中之后，飞仙形象全无，一时手忙脚乱！

常子谨回神过来，顿时勃然大怒，大失颜面不说，还是在倾颖面前，在咫尺天涯之地竟被张翼轸逼得如此不堪，常子谨再难保持从容心境，心态不免失常，大喝一声："张翼轸，你欺人太甚，也不知你用了何种邪法，竟被你偷袭得手……今日再也饶你不得！"

双手一错，十指之上全数射出七彩光芒，犹如彩虹交错，说不出的诡异之美，却见十道光华交织成网，朝张翼轸当头罩下。

常子谨哈哈一笑，说道："张翼轸，且尝尝我断纹手的厉害！"

十指纷飞，光芒乱闪，如同素手抚琴，更如剑气纷飞，看似绚丽无比，实则万分危险。张翼轸却是明白，每一道光芒便如一把飞剑，皆有裂石穿云之威。

当下不敢小觑，凝神收心，聚全身灵力于流光飞舞之上，同时心意大开，声风剑催动到极致，纵身躲过左手五指的一拂之力，随即一剑狠狠朝常子谨的右手五指齐根斩去。

幻化而出的五道光芒如小儿手臂粗细，其上仙力沛然，离得尚有一丈之远，张翼轸已经可以感应到仙力之上无坚不摧的至强力道，以他目前修为，所能操纵的天地元力与之相比，确实相差不少。不过好在声风剑乃是万年强木木髓而成，更得万火之精锤炼，且自上次得了无天山强木林木髓之后，虽然在张翼轸感应之中其内木性依然无法与火性相助，不过方才三剑一出，他也心中明白，他体内木性虽依然死气沉沉，不见有丝毫呼应，但声风剑的威力与以前相比，却是不可同日而语。

一剑斩下，剑势如虹，堪堪逼近光芒一尺之内，张翼轸便觉仙力的反击之力汹涌而至，几乎令他把持不住，手中声风剑几欲脱手而飞，不禁心中大凛：好霸道的仙力，看似平和冲淡，却隐含狂暴杂乱之意，莫道仙家气象秉承天地纯正之气，却原来也有狂放肆虐之时。

紧咬牙关，任凭仙力的反击之力激荡得护体红光几乎溃散，张翼轸誓死一剑斩下，剑过如入虚空，蓝光切入红光之中，不觉有丝毫阻挡，长驱直入，只一剑，便斩断常子谨右手五指之中的拇指光柱。

张翼轸剑过无痕，正心觉不对之时，被斩断的光柱却是神龙摆尾一般，在空中一个回旋，从张翼轸脚下一闪而过，又从他身后折回，只听"啪"的一声，结结实实打在张翼轸后背之上！

这一击虽然只是十指之一，也不过是常子谨十中其一的仙力，也是打得正着，只听张翼轸一声惨叫，身子直飞向前，直如坠落的流星，直直跌落尘埃。

常子谨一击得手，面露笑意，回头一望倾颖，却见倾颖花容失色，面露关切之意，紧盯张翼轸跌落之处。常子谨心中暗道，你二人倒也真是心意相通，一个假装无心，一个故作有意，且看看谁会笑到最后，在绝对实力面前，花招终究不会奏效。

当下也不点破，再回神去看张翼轸伤势如何，若张翼轸真是死了，还要费心向那人解释一二。若是没死，管他伤势如何，直接扔出咫尺天涯完事，不再与他啰唆什么。

刚一低头，忽然感到背后一阵波动传来，竟是极为纯粹的天地元力疾飞而来，直取后心。常子谨自然知道天地元力是与仙力齐名的天地之间至强的力量之一，不过他却感应得知，来袭元力虽然精纯却不深厚，并无伤他之能。

不过经方才一事，常子谨不敢托大，急忙回身，双手一合，双道手指光柱虚空一合，正好将一物拿在手中，定睛一看，却是一把元水剑。

控水之术！

没来由心中一愣，随即仙力运转，将元水剑化解为水汽。不料元水剑刚一消散，竟是从中闪出一把近乎透明的元风剑，一闪，又向前挺前三尺。

控风之术！

常子谨心中又是莫名一惊，手中继续用力，立刻又将元风剑击溃。元风剑刚一不见，又如凭空生成一般，惊现一把土黄之剑，又是向前三尺，逼近眼前两尺之内。

控土之术！

常子谨心中一凛，不由想起张翼轸手中的木髓剑以及其内蕴含的天命之火，此子不但身具控风之术，还可控水控土，一身具有如此多灵性之人，天上地下也是屈指可数，脑中灵光一闪，突然惊叫出声："张翼轸，莫非你是……"

话未出口，元土剑又被仙力化为一团黄气，黄气尚未消散，竟是在空中自行凝成团，倏忽间化为一道蓝光，直朝常子谨当胸刺来。

又是天命之火！

好厉害的操纵天地元力的神通，好娴熟的控风控水之术，好强悍的天命之火！

常子谨暗中长叹一声，顿时心意一转，下定决心，也不躲闪，双手不停挥舞，不停抵挡，生生将十道光柱全部消融殆尽，将完全逼近到身前的天命之火全部扑灭。

不过常子谨受天命之火的消融之力，也受了一点轻伤，护体仙气几乎难以汇聚成形，不过他也并不在意，旋即一声长笑，说道："张翼轸，今日杀你，错不在我，而是在于你的身份让我留你不得。莫要怪我，怪只怪……你那多事的父母吧！"

张翼轸悚然心惊，听常子谨口气，莫非认识他的亲生父母不成？正要开口相问，却见常子谨忽然间身形气势一涨，伸手间从身上取出一物。此物犹如铜铃大小，一端各系有一条红缎。

常子谨一手抓住一端，张口间喷出一口仙气，只听一阵撼人心魄的嗡嗡声传来，此物眨眼间涨大成圆盘大小，通体紫磨真金色，闪烁诡异的暗红之光。

张翼轸一见此物，顿时大吃一惊，后背猛然间直冒丝丝凉气！

只因张翼轸先前虽未亲眼得见此物，不过一见此物形状以及一听方才的摄魂之音，他立时想起三元宫大典之上，罗远公曾经提到的无上法宝，也是令无数飞仙闻之色变的威力无比的天地之间至强的宝物之一：紫金钹！

魂飞魄散心胆寒

"紫金钹？"却听倾颖一声惊呼，再难矜持，惊慌失措地大喊出声，"常子谨，万万不可伤害翼轸性命！"

常子谨法力催动，紫金钹紫光缭绕，缓慢转动，渐渐一分为二。自开裂之处弥漫一片氤氲之气，似雾非雾，似云非云，如烟如光，旋转不定，映照得天地之间充斥无边诡异之意。

"有何不可？"

常子谨轻笑出声，手上催动法术不停，回身轻描淡写地看了倾颖一眼，却是说道："你二人方才一唱一和，当我如同傻子一般，企图套我话头，想要得出咫尺天涯之秘，当真也是用心良苦。我也不过顺水推舟，逗你二人玩耍一番，以你二人些许伎俩，还想在我面前讨了好去，无疑是白日做梦。"

说到此处，常子谨心意微动，倾颖身形站立原地不动，却蓦然感觉眼前二人倏忽离她远去，片刻之间便觉天地之大，犹如宽广无限，而张翼轸和常子谨二人明在眼前，却已然远离何止十万八千里之遥。

此时紫金钵已经悍然发动，锁定张翼轸气机。张翼轸只觉四面八方全是紫金钵无所不在的凌厉气息，上天入地，前后左右，全数封死，当真是逃无可逃，无路可退！

想到当日罗远公所言，紫金钵便连飞仙之体也可消融，他不过是肉体凡胎的地仙，一入紫金钵，只怕片刻之间便会灰飞烟灭，只怕连神识也会被湮灭其中，永久消散于天地之间。

张翼轸再难镇定自若，语气中微带颤抖，惊恐问道："常子谨，紫金钵怎会在你手中？"

常子谨对张翼轸的惊慌失措颇感满意，说道："紫金钵本来就在我手中，有何惊奇？倒没料到你二人都识得紫金钵，也算有些见识。张翼轸，你今日是自取灭亡，若是早早逃了，何有眼前之难？速速受死吧！"

张翼轸突然面临魂飞魄散的下场，一时难免惊慌，忙暗中强行稳定心神，体内水性一转，清凉之意流遍全身，倒也冷静了许多，情知常子谨拖延时间，只是等他心神失守之时，好将他收入钵内。如此良机岂可错过，当下也是暗中全力运转全身灵力，将流光飞舞的防护之能催动到极致，同时声风剑在他的心意激荡之下，剑身隐隐轻吟不止，只等时机一到，迸发致命一击！

紫金钵本是天仙打制，只因此名天仙心存善念，是以收服仙魔各有不同。若是收服魔人，只需当空一抛，全力催动即可。不过若是用来收炼仙人，须得在其人心神失守之时，才可强行收入。如若不然，在其人神志清明之时，大声喊其姓名，其人开口答应，也可收入。此二点张翼轸当时听罢罗远公炫耀，一直牢记在心，不想今日竟然派上用场，也是天机渺渺，无意之中得之大用。

常子谨法术已成，扬手将紫金钵抛到半空之中。紫金钵一分为二，分列左右两侧将张翼轸笼罩在内，蓦然散发万道紫光，两道光柱互相交错，在空中合二为一，又猛然转向当头朝张翼轸射来。

张翼轸怎会甘心坐以待毙，早在常子谨扬手抛出紫金钵之时，声风剑一抖，数道火剑锁定常子谨真实所在之处，疾发而出。

随后更不迟疑，不管是否有用，心意大开之际，数道风水相应的元力剑迅捷飞出，分别直取空中分为两片的紫金钵。整个动作一气呵成，毫不拖泥带水。

不过令张翼轸失望的是，数道元力剑飞到空中，在离紫金钵不到一丈之处，便如泥牛入海，悄无声息消失不见，连一丝激荡也不曾看见！

好在数道火剑瞬间逼近常子谨身前，常子谨正全力催动紫金钹，只因此法宝虽然威力无比，不过若要施展起来倒也颇费仙力，他也未曾料到张翼轸竟是深知紫金钹运用之法，只微一慌乱便镇静下来，居然还能乘机反击，猝不及防之下被火剑逼得急急跳蹿，险些火烧眉毛，一阵手忙脚乱之后好不容易扑灭火剑，却也是弄得灰头灰脸，无比狼狈！

倾颖被常子谨引发咫尺天涯的天地神通，远远弃置一边，虽然相隔遥远，却又如同近在眼前一般看得真真切切。她心急如焚，却只能远离场中，无奈旁观。无意中听过紫金钹威力的倾颖情知若是张翼轸被吸入钹中，必定魂飞魄散，也是吓得肝胆欲裂，有心助张翼轸一臂之力，却奈何无法突破咫尺天涯的神通，若是只凭飞空之能，怕是飞上数十个时辰也无法近前。

倾颖又急又怕，几乎站立不稳，便要晕厥在地！

再说常子谨被张翼轸天命之火逼迫，又是折损了不少仙力，更是恼羞成怒，当下也顾不上浑身伤势，大喝一声："紫金钹，收天魔，乱其心，毁其神。炼仙人，也亦然，善恶道，皆灭断！"

蓦然，紫金钹光柱扩展到一丈粗细，张翼轸置身其中，只觉全身猛然收紧，如同十万大山压身，浑身骨骼噼啪作响，直欲被压得粉碎。若无流光飞舞护身，只怕在紫金钹的重压之下，已经心意松懈，当场认输了。

一时剧痛难忍，却又听到耳边一声大喊："张翼轸何在？"

正在开口回答，脑中灵光闪现，想到罗远公所说之话，情知若一回答必定被吸入钹中，话到嘴边又生生咽回，紧咬牙关却不说话，心道紫金钹端的厉害，若是死不开口，再守得神志清明，看常子谨又能如何？难不成他会拼了耗尽仙力，一直与他硬拼到底？

张翼轸心思翻转，随即哈哈大笑，说道："常子谨何在？哈哈，我二人便如此硬撑下去，看谁最先气力全失，谁便输了。"

其实以常子谨之能，若是正面与张翼轸对抗，以他的飞仙神通，不出一时三刻定会将张翼轸拿下。尽管张翼轸有流光飞舞，毕竟他只是地仙修为，不敌常子谨三次攻击便会溃散。不过常子谨被张翼轸可以突破咫尺天涯的天地神通所震惊，又被天命之火逼得一时慌乱大为意动，不免暗中揣测张翼轸不定身负多少不世法宝，也是惧怕天命之火传闻中的骇人威力，所以下定决心以紫金钹将张翼轸收服，从而将其炼化。

不料张翼轸竟也知晓紫金钹运用之秘，被他喝破名字，竟不作答，倒让常子谨更是气急败坏，不想张翼轸不过是一名区区地仙，被他凭借天地之威围困于此，争斗半晌却没有占据上风，怎不让他心生沮丧之感！

先前只当张翼轸瞎打误撞勘破咫尺天涯的奥妙所在，闯入此间，既然来此，在他看来犹如瓮中之鳖，还不是任由他捉弄于股掌之间？不料张翼轸不知为何竟能不受此地天地远近的神通所制，突破远近界限锁定他的气机，以天命之火将他护体仙气减弱少许。这还不算，关键之处在于张翼轸身负飞仙法宝，可以克制他的禁锢术，如此一来，常子谨赖以轻松应对的两大依仗全告无效，也一时令他隐隐担忧。

待其后惊见张翼轸控风控水控土之术全数施展开来，更令常子谨心中猛然惊醒，想到此来东海之前，无根海之主王文上暗中叮嘱之事，虽然有人相托莫要伤及张翼轸性命，不过王文上之言却让常子谨将那人之话抛到脑外，当下不管不顾掷出紫金钹，管他有何后果，先将张翼轸杀了再说！

谁知张翼轸非但身负无数宝物，竟也清楚紫金钹之秘，更是凭借护体法宝与紫金钹的吸力相抗，更令常子谨震怒，心中愤愤不平，张翼轸以地仙之体，可得如此不凡修为，并与他抗衡如此之久，还不是因为传闻中张翼轸身在方丈仙山的亲生父母！

常子谨心中恨意高涨，脸上却是不动声色，一边全力催动紫金钹的吸附消融之力，一边思忖如何可得妙法令张翼轸心神失守，也好被紫金钹吸入炼化，眼光一扫之间，看到远处一脸焦急的倾颖，心生一计。

"张翼轸，你我二人就此僵持不下，恐怕一时三刻也难以分出胜负，不如这样，你便放弃抵抗被我炼化，我可保倾颖安然无恙，也不再寻东海麻烦，你意下如何？"

张翼轸以全身灵力维持流光飞舞与紫金钹抗衡，再难分出心意锁定常子谨所在，向他激发万火之精，眼下也只是强行支撑而已。不过张翼轸心下明白，常子谨目前也拿他无可奈何，只等他心神失守，才可乘机将他收入紫金钹之中，是以也不甘示弱，哂然一笑，说道："鹿死谁手还不一定，说不定稍后我硬挺过去，你却是仙力耗尽，被我一剑斩杀也未可知。我这声风剑的天命之火可灭飞仙之体，想必你心里也是清楚得很。"

"张翼轸，你也不要嘴硬，真当我拿你无法不成？"常子谨脸色一变，一脸肃然杀意，右手遥遥一指倾颖，说道，"倾颖生得倒也貌美，不亚于九天仙女，虽然我也是怜香惜玉之人，不过为了杀人，也不怕先将倾颖杀死。我却不信，倾颖一死，你还能心神稳固，安稳如山。"

张翼轸也是脸色无比阴寒，冷冷说道："也不怕阁下知道，我既然来此，也是存了必死之心。若你将倾颖杀死，我也自有办法与你同归于尽，令你魂飞魄散，从此消散于天地之间，你可相信？"

神通无边无所限

常子谨自是不信，右手手指一屈，倾颖顿时被束缚当场，随即动念间便将倾颖拉近到身前，手中短剑抵在倾颖颈间，傲然说道："如何，张翼轸，你还敢再口出狂言？"

张翼轸却是明白，不管如何今日都难逃一死，不免凄然一笑，对倾颖说道："倾颖，你我相识相知一场，本以为可以做一对神仙眷侣，从此四海遨游，长相厮守，不料时不我与，天不作美，我二人却被人强行拆散。其实我知你心意，便是牺牲自己性命，也要保我周全和东海平安。你却不知，既然常子谨敢明目张胆到东海抢人，自然有恃无恐，如此上仙，却行强抢神女之事，自然不会信守承诺。既然我追你到此，自然存了必死之心，我无法将你救出，却自有法子与常子谨同求一死，不过此法过于威猛，定会连你也一并杀害，不知倾颖可愿意与我共赴黄泉？"

倾颖被常子谨禁制全身，动弹不得，不知是常子谨刻意为之还是仙力不济，却并非全部禁锢，还可开口说话。倾颖泪流满面，却是喜极而泣，说道："翼轸知我心意，倾颖死而无憾。翼轸尽管作法便是，便将我三人一起杀死，你我黄泉之下相会，也好过被常子谨污我清白！"

张翼轸见倾颖心意已决，也是慨然说道："好，既如此，常子谨，今日能得你这名堂堂飞仙陪我二人同死，也算死得其所，倒也值得，哈哈……"

早在张翼轸被紫金钹定在当场之时，心中便闪过必死之念，想到在未名天死绝地之时，玄真子前辈所说，死绝之气若是与体内灵力相交，定会引发剧烈反应，爆体身亡。张翼轸自知死绝之气的威力，以他目前的修为，若是将体内隐含的死绝之气全数放出，与此间无比浓郁的天地元气混合，只怕整个咫尺天涯也会毁于一旦，三人身处其中，定是无一幸免。

张翼轸说到做到，当即心意沉入体内，暗中催动中脉之法。自出得未名天以后，一直在中土世间奔走不停，玄真子前辈所传授的化解中脉之法，一时忘记且并未暗中将中脉炼化，不料留至今天，竟有大用，也令张翼轸感慨不止。

见张翼轸说话之间毅然坚决，倾颖也是一脸决绝之意，常子谨一时心慌，心中猜测张翼轸确有威力巨大的法宝也不得而知，看二人模样，也是将生死置之度外，若真要葬身于此，他却是万万不肯，当即也不迟疑，瞬间后退数里之外，喝道："张翼轸，且慢！"

张翼轸已然催动中脉之中的死绝之气，脸上黑气闪过，浑身气势一收，体内中脉的死绝之气眼见便要逸出中脉，与体内灵力相交。常子谨也瞧出事情不妙，急忙催动咫尺天涯的神通，瞬间远离张翼轸数十万里之遥，连紫金钺也来不及收回，同时惊叫出声："张翼轸，切莫做此等傻事，有事好商量……"

只是为时已晚，张翼轸却是心如死灰，不顾一切正要全力催动死绝之气，哪怕落个神魂俱灭的下场，也要将常子谨杀死，蓦然间耳边听到一声娇斥："主人师兄不要害怕，画儿前来助你！"

画儿……她怎会前来此处？

张翼轸悚然而惊，暗道不好，他与倾颖生死相依，一同死去并无不可，同时杀死常子谨，也算赚头。画儿却是不同，万万不可一同陪他丧命于此。

万分危急之时，张翼轸只得大喝一声，强行逆转死绝之气的逸出之势，生生将只差一丝便要从中脉汇入体内的死绝之气压制回去！只是方才存了必死之念，并无留下后路，是以张翼轸只觉中脉一阵紊乱，险些失控，再难被他平稳地隐藏于体内，而中脉之中的死绝之气也一改先前的温顺，一时狂乱无比，硬生生在中脉之中暴乱一番，将中脉拉扯得差点断裂。

张翼轸拼了全身力气，好不容易才将体内的中脉稳住，将死绝之气重新理顺，刚刚回神过来，定睛一看，却见画儿从他身旁掠过，回头嫣然一笑，说道："主人师兄，画儿今日要大展神通，将眼前的恶人拿下！"

张翼轸想要拦下画儿却是不能，全身仍被紫金钺定在当场，动弹不得，只好急得大喊："画儿不可，此人乃是飞仙，莫要前去送死！"

画儿也不回头，声音远远传来，缥缈不定，似近还远："主人师兄不必担忧，画儿跟随主人师兄以来，一直承蒙主人师兄关爱，却从未帮过主人师兄什么。今日即便画儿身死，也要将恶人打败！"

常子谨初见画儿现身，未及多想，便见张翼轸强行收回法术，脸色恢复正常，一时大为宽心，静心一想，忽然间脸色大变，才意识到眼前女子竟是悄无声息来到咫尺天涯之中，以他飞仙之能，竟未发觉此女是何时现身于眼前！

更让常子谨难以置信的是，他已经发动天地神通，远离张翼轸不下数十万里之遥，眼前女子刚刚才与张翼轸擦肩而过，眨眼间却逼近他身前数十丈之内，无视此地任何天地限制，数十万里之遥一步跨越，比起他尚须催动法术才可转化咫尺天涯相比，如此任意往来的神通，显然高了不止一筹！

即便是天仙来此，若无咫尺天涯的转化法术，若无天地宝物，只凭天仙神通与天地神通抗衡，也是难以为继，不是天地之威之敌。

如此小小女子，修为不高，年纪不大，却有勘破天地限制之能，究竟她是何人，这般神通无限？

只此一想，常子谨惊恐万分，再看眼前这个美如九天仙女的女子，只觉犹如面对传闻中的九天玄女，直令他万念俱灰，只想远远逃离此地，再难生起一丝反抗之意。

画儿却淡然站定，素手一指常子谨，说道："坏人报上名来，也好让我将你杀死之后，为你记上一笔！"

常子谨一时愕然，见画儿虽然勘破天地之威，举止说话却犹如孩童，暗中感应一番，心中长舒一口气，原来来人是木石化形！

传闻中木石化形各不相同，各有异禀，或可自由穿梭阴阳之间，或可自由来往天地之上，或可无视天地之威和所有结界、禁制。眼前来人应该不过是天生可无视天地限制的木石化形，却将他吓得魂飞天外，不免心中愠怒，微一定神，傲然答道："在下常子谨，不知你是何人？不过是小小木石化形，能否长存于天地之间还不得而知，却口出狂言要杀死飞仙……倒也难怪，木石化形怎知天高地厚，若要详细论之，木石化形可以归为精灵一类，与妖物相同，本不应存在于天地之间，理应被天雷击杀才是。"

常子谨借此长篇大论，一是恐吓画儿，二是为自己壮胆，好恢复自信，不料画儿听了却是"扑哧"一乐，笑道："我名画儿，你这人倒也无聊，怎的废话连篇？

木石化形是否存于天地之间，你说了不算，天帝说了也不算，无人可管也无人该管……我怎么也与你说起无用之事来，既然你想杀我主人师兄，我便杀了你，省得你日后再为难主人师兄，让他心生不快！"

画儿说完，双手开合之间，无数星光从手中逸出，便如无数萤火虫汇聚在常子谨四周一般，星光闪烁，形成一道方圆数十丈的星网，将常子谨围在其中。

常子谨也不慌乱，既然断定画儿身为木石化形，以他推断，画儿定无可以将他围困的本领，更无将他杀死之能。只因木石化形乃秉承天地灵气所生，虽有一些不可思议的神通，不过并无多少威力可言。自保尚不足，何况用来杀人？是以常子谨只当画儿生性单纯，不知飞仙之能，所以信口开河，也并未在意画儿的星网将他团团围住。

"画儿，若你识趣，最好速速离去，我见你修成人形不易，不忍将你毁去。你自行离去无妨，我不伤你性命，不过张翼轸和倾颖二人却是不可放过，你可有话说？"

常子谨方才耗费不少仙力，正好借此恢复一二，怎会放弃如此良机，便假装劝导画儿。

画儿歪头一想，随后摇头说道："不好，你这人好不知趣，还敢和我讨价还价。我本来心中犹豫是要将你杀死，还是只将你一身仙力抹去，任由你自生自灭，不过听你所言，我还是下定决心将你仙体毁去，神识抹杀为好。即便你再转世为人，也再难忆起今日之事，对你而言，生生世世再难重修为仙，也算是不小的惩戒。"

常子谨闻言大吃一惊，上下打量画儿几眼，心中疑虑又起，暗道以木石化形的微末修为，就算与天地感应道交，也不过初入门径，而画儿方才所言之事，却是天仙才可对飞仙施加的惩罚，且凭借天福才可施展。若说画儿只是寻常的木石化形，她又从何得知此等对飞仙最大的惩治之事？

常子谨一时心中狐疑不定，正要开口问上一二，好再拖延一时半刻，待仙力恢复大半，也好一举得手。谁知画儿话一说完，随即口中念念有词，声音空灵而缥缈，如同来自九天之上，响彻四周，常子谨听在耳中，却觉直入脑海之中，在脑中盘旋回响，直令他神识恍惚，难生一丝抵抗之意！

紧接着，四周星光一紧，便将常子谨密密实实地包裹在其中。星网只一及身，常子谨便觉护体仙气如雪遇沸汤，顿时消融殆尽！

灿然星汉落九天

常子谨顿时惊吓得魂飞魄散！

自他成就飞仙以来，经历凶难无数，不管阴风还是天雷，护体仙气都可抵挡一二，即便是天仙法宝，也无法一举击破护体仙气。只因仙气得天地无上精华而成，天地之间难有法宝可以轻易破去仙气，是以飞仙之体万物难伤，绝非虚言。

先前张翼轸的天命之火将他的护体仙气消耗少许，也是因为天命之火得自天命而成，本身便由天地间至强之力提纯而得，且有天命可借。饶是如此，也只是与他的护体仙气纠缠一番方才双双消融而灭，且他并未全力施展护体仙气，是以相比之下，他还是占了上风。

自然常子谨并不知晓的是，张翼轸的天命之火得了万株强木的木髓之助，否则以张翼轸的地仙修为和初步的控火之术，即便全力催动天命之火也难伤飞仙分毫。

这些暂且不提，常子谨更是清楚，即便天仙全力相拼，也无可能一击之下便将他的护体仙气全数消融殆尽。只因天仙仙力也与飞仙相同，不过更多了天命相助而已。

画儿不过是寻常木石化形，举手间施放的星网也不知是何物，竟有如此威力，一触之下竟能将护体仙气全数破去，护体仙气一去，飞仙仙体更非星网之敌。虽说飞仙仙体万物难伤，不过是相对而言，寻常宝物的攻击或许无效，不过如星网这般可以轻易消融护体仙气的法术，常子谨却是心中清楚，星网只要及身，他的飞仙仙体定会荡然无存！

一时心中大骇，仙体一失，成为灵体，或被眼前之人举手间消散于天地之间，万劫不复，即便侥幸逃走，天帝也不许飞仙灵体存在，强行打入轮回，历经千千辛万苦修到的飞仙之境极可能会就此失去！

常子谨感到一股从未有过的恐慌，止不住地全身颤抖，忙惊叫出声："画儿饶命！"

他当下哪里还顾及身份和颜面，性命攸关，只得面如死灰地向画儿开口求饶。

画儿尚未有所表示，便听身后张翼轸急切的声音远远传来："画儿不可伤他性命，我有要事问他！"

张翼轸此话一出，画儿微微一怔，似乎犹豫一下，终于住手，手指轻抬，星网稍稍远离常子谨身外一尺，却仍是将他牢牢围困其中。

常子谨惊魂未定，正要开口说话，却见画儿脸色一沉，阴冷如冰地说道："稍后一切听我主人师兄吩咐，有问必答，如若不然，取你性命不过举手之劳。"

常子点头应下："在下不敢，定当如实相告。"

二人飞身来到张翼轸身前，见张翼轸仍在紫金钹的光柱之中苦苦支撑，画儿说道："还不收了紫金钹，放了我主人师兄！"

常子谨却是一脸苦笑，无奈地答道："实不相瞒，这紫金钹乃是我暗中从无根海之主王文上手中偷来的，只知施放之法，并不清楚如何收回！"

什么？张翼轸顿时愣住，又气又急，忙道："怎会有你这等偷鸡摸狗的飞仙？偷个紫金钹，不会运用也敢放出，你还真是……"

见张翼轸生气，常子谨忙讨好地解释道："张兄恕罪，不偷学到收回之法，是我的过错！不过这紫金钹也是有灵性的宝物，若是收取魔人，是不死不休，若是收取仙人，只要能挨过一个时辰，紫金钹便会自行放弃，不再收取。眼下已然过了半个时辰有余，张兄辛苦一二，再撑上半个时辰，自会一切无忧！"

张翼轸啼笑皆非，他如今已是强弩之末，若要再坚持半个时辰也并非不能，只是怕要竭尽全力累个半死，当下也顾不上再责怪常子谨，说道："那好，就先放了倾颖再说……"

常子谨哪敢不听，忙动念间将倾颖禁锢术化解。倾颖一得自由之身，急急来到张翼轸面前，先是冲画儿微一点头，随即定神凝视被困在当场的张翼轸，哽咽说道："翼轸，由我一人受罪便可，你又何必非要救我？我意已决，一到无根海便以死明志，想必当着诸多飞仙之面死去，常子谨也会觉得颜面无光，不会因此再下凡为难东海龙宫……你又为何非要前来送死？"

张翼轸哂然一笑，强忍身上剧痛，却是说道："我与婵儿定亲，再与倾颖同死，倒也是一件雅事！"

倾颖又哭又笑，怪道："如今这般模样，还要打趣说笑，当真也是难为你了……"

张翼轸唯恐倾颖越说越担忧，忙示意倾颖稍事休息，转头问常子谨道："先前听你所言，竟是一语道破我的身世来历，常子谨，你可认得我的亲生父母？"

常子谨不敢怠慢，忙点头答道："自然认识，非但认识，我与令尊还有一些过节儿……不过若是翼轸饶我不死，将以前之事一笔勾销，我也绝不敢再去追究。"

张翼轸一听之下心神激荡，追寻良久的亲生父母之谜眼见便有着落，怎不欣喜若狂！谁知心中喜悦之意刚起，猛然间只觉全身一紧，身形几乎要拔地而起，情知不妙，忙定神收心，才又堪堪稳住身形。

常子谨见状，忙讨好地说道："翼轸千万不要慌乱，否则心神失守，被紫金钹吸入便绝无生还的可能……怪我，怪我！"

见倾颖眼神凌厉，画儿面沉如水，常子谨自知话多，忙低下头去，不敢大声说话。

张翼轸却顾不上与他计较这些，心中挂牵亲生父母之事，暗中调息片刻，恢复清明，又问："常子谨，你快快说出我的亲生父母究竟是何人？"

常子谨微一迟疑，吞吞吐吐道："若我说出，还请翼轸先答应不为难我，不恼我，不杀我，我……我才敢据实相告。"

张翼轸一时气极，怒道："堂堂飞仙怎的如此啰唆，些许小事，说便说了，再要推托，现在便将你杀了。"

常子谨身子一滞，忙点头说道："也罢，反正如今生死全在你等掌握之中，说便说了，怕有何用？你的亲生父母便是……"

常子谨话未说完，猛然止住，双目圆睁看着画儿，一脸难以置信的表情，却是想起了什么，喃喃说道："无视天地限制，手持灿然星汉，我说怎会如此神通广大，却原来你竟是……"

却见画儿冷淡一笑，双手一合，星网蓦然一收，便如无数星光没入常子谨体内，闪耀之间，便见常子谨身体化解为万点星光，点点消散于天地之间！

画儿怎会如此？

张翼轸大吃一惊，正要开口质问画儿为何突下杀手，却见常子谨飞仙仙体一灭，倏忽间一团晶莹透明且无比沛然的气息自他灭身之处凭空生成，正是飞仙灵体。

飞仙灵体一成，先是一时慌乱，转来转去，随后定在空中，光亮一闪一暗，犹如在思索事情的来龙去脉，猛然忆起前事，倏忽间便要远离此地。只见画儿一声冷笑，手指遥遥一指，娇喝一声："定！"

灵体顿时犹如被无形巨手凭空抓住，左冲右突却始终无法逃脱。张翼轸见此情景，当下顾不上身处紫金钹的吸力之中，大喝一声："画儿，还不快快住手！"

画儿却置若罔闻，并不理会张翼轸的呵斥，手指轻舒，如挽兰花，随即吐气如兰，一口青色香气由口中吹出，飘荡间便飞到灵体身边。只见青气蓦然化为一颗小球，滴溜溜一转，竟将灵体全数吸入其中，随后只听"噗"的一声，青气连同其内的灵体一起，化为一股轻烟消散于空中！

"画儿，你，你……你怎能如此？连主人师兄的话也不听了？"张翼轸从未见过画儿这般作态，非但对他的话不听不闻，且神通大进，举手间眼睛不眨便将一名飞仙湮灭，令其魂飞魄散，令人惊骇万分，不敢相信方才所见真是画儿亲手所为。

画儿缓缓回过头来，却是冷艳如九天之云，冰冷若万年玄冰，声音冷漠而空洞，说道："张翼轸，你与画儿缘份已尽，自今日起，画儿回归本体，与你再无丝毫干系！"

说着，画儿手指当空一指，陡然间自天而降一道五彩光芒。光芒照在画儿身上，映照得她美轮美奂，灿然出尘，浑然不似身在世间。

张翼轸却是千言万语不知从何说起，身在紫金钺的定力之中，无法动弹，却觉心如刀绞，只低低呼唤一声："画儿……"便再无一句话语。

画儿也是微微一怔，脸上闪过一丝迷茫之意，不过一闪即逝，随后不再看张翼轸一眼，光芒一收，画儿身形倏便随同光芒一起消失不见，只余一丝淡淡的清香四处飘散，不知最终消散到何方！

惊见此等巨变，倾颖一时震惊当场，不清楚为何画儿会突然变了性子，竟是如此神通广大，却又淡漠无情，而且还在转瞬之间飞离此地，不知所踪！

正呆呆不知所措之时，忽听身边张翼轸惊叫一声，急忙转身一看，不由惊吓得魂飞天外，只见张翼轸身形渐渐缩小，浑身颤抖不停，尚未僵持片刻，便倏忽一闪，便被紫金钺吸入其内！

一死一生一念间

紫金钺一收取张翼轸，便左右一合，严密无缝，再无半分光线逸出，犹如寻常的钺器一般无二。

倾颖对紫金钺之威早有耳闻，见张翼轸眼见便要挨过一个时辰，竟是在最后关头被紫金钺收入其内，当场惊吓得肝胆欲裂，直欲晕厥过去。

正是张翼轸目睹画儿突生变故，再难稳定心神，一时心态失衡，紫金钺顿生感应，猛然加大吸附之力，张翼轸只觉脑中轰然巨响，神志恍惚之间，便被紫金钹收取。

一入钹内，张翼轸反倒感到浑身轻松，再无吸附之力，也无束缚之感，竟是格外舒适。再看眼前是一望无际的戈壁，天色昏沉却也明亮，无日无月，无草无树，也无一丝声息，却是一处无声无息的世界。

张翼轸按捺住心中的慌乱，随意走动几步，见并无一丝异常，心境渐渐恢复平静，不再如初入之时恐惧莫名，缓步走到一处石头之上坐定，神思渺渺，一时发愣出神。

张翼轸愣神半晌，不想如何出离此地，只是呆呆忆起和画儿相识以来的点点滴滴。画儿自画卷之中化形而出，与他相伴于小妙境上，其后他前往东海，不想被罗远公所害，误入未名天死绝地，一年之后才得出离。再后返回三元宫，却意外得知画儿被灵空骗走炼化，不料随后在极真观发觉画儿竟被吴沛掠走，险些被那厮炼化。

待救回画儿，回到龙宫之后，画儿成形而出，从此脱离画卷所制，自由来往于天地之间，随他前往海角天涯、海枯石烂、沧海桑田，又过南海到南山湖，又经北海而到无天山，一路追随一路相伴，直至再来东海寻找倾颖，却又发觉倾颖被人劫走。

想到此处，张翼轸怦然心惊，若说倾景尾随他前来是因为他身上留有红袖牵之故，画儿又是从何得知此地，又如何越过一道道关卡，最终来到咫尺天涯？且方才以画儿只一飞空便近身到常子谨身前来看，咫尺天涯的天地神通对画儿全然无用，且星网如此威力非凡，画儿她究竟是何许人也？

似乎星网之术本是自画儿成形而出之后，便灵犀大开，自行施出。后来大战玄冥和烛龙之时，画儿也是凭借星网之术，将玄冥和烛龙困住片刻，不过当时他虽有惊讶，却并未深思，只当是木石化形天生之能。

谁料画儿不知何故来到此处，还用星网之术将飞仙常子谨束缚，这还不算，竟是冷酷无情地将常子谨打得魂飞魄散，永世沉沦。星网究竟是何惊天法术，竟有如此之威，生生将万物难伤的飞仙仙体消融殆尽！

灭掉常子谨已大大出乎张翼轸意料，随后画儿如同换了一人一般，冷峻如高不可攀的星空，遥远如高居九天的神明，更说出与他缘分已尽之话，飘然而去，直令张翼轸错愕之余，万分震惊，不知画儿到底是何方神圣，本体又是何人，为何转瞬之间与以前有天壤之别，非但杀伐果断，还冷酷绝情，弹指间便让一名飞仙灰飞烟灭！

更让张翼轸感到奇怪的是，常子谨似乎不但知道他亲生父母之事，还认出了画儿是谁，难道画儿急急杀掉常子谨，是为了杀人灭口不成？

这画儿，与他相识以来，一直当他为至亲之人，一心护他周全，一意追随他左右，却又转眼之间形同陌路，且高深莫测，怎不让他心痛难安？既为画儿的离去而无奈留恋，又为画儿不知因何变成此等模样而后怕，不知画儿在他身边埋藏如此之久，究竟是在助他还是别有用心？

也不知一人呆坐了多久，张翼轸心思飘摇，痴想了半晌，越想越觉难以弄清其中的来龙去脉，更觉头疼难安，索性停下不想。他起身站起，正要舒展一下筋骨，却突然发觉身上一动，有几件事物掉了出来。

定睛一看，竟是身上所带的无字天书和《金刚经》，还有其他几件零碎物品，以及烛龙临死之时相赠的逆鳞，更有一颗黑红相间的珠子引人注意，张翼轸捡起一看，正是倾景带来的珊瑚珠。

身上物品怎会掉落？张翼轸低头一看，不禁大吃一惊，原来身上此时未着寸缕，他正赤身裸体站立，身上衣物全数化为缕缕灰尘，飘飘荡荡间洒落一地！

却原来是时光飞逝，不觉物我两忘，不知不觉中不知过去多少年光阴，便连身上衣物也全数风化成尘！张翼轸一时心生感叹，环顾四周，但见一片苍茫，空无一人，不禁哑然失笑，心道幸亏此地无人，否则如此形象还真是不雅。

俯身将遗落之物一一捡起，书还好拿一些，逆鳞大小如同铜镜，随手便夹在书中，珊瑚珠小得出奇，拿在手中唯恐滚落，想了一想，张翼轸竟是将珊瑚珠放入口中，含在嘴里。

做完这一切，猛然间心中一凛，恍然惊醒，自言自语道："我如今身处紫金钺之中，也不觉危险，也没有心生害怕，怎未见天地轮回大阵发作？还有我方才迷糊之间，做事仿佛身不由己，又觉心神不定，难道眼前一切是幻境不成？或是我自心生幻……"

张翼轸细心一想，却无论如何也无法想起方才所做之事，更觉奇怪，怎的仿佛前念一起，后念即忘，恍恍惚惚，犹如失魂落魄一般。

一念清醒，一念糊涂，生不知死，死不知生，张翼轸怦然心惊，莫非天地轮回大阵已然发动不成？方才呆坐不过片刻，却不知过了几千几万年，连身上衣物也化为尘埃，不正是时光飞逝，天地轮回演变的迹象？

刚想到此处，张翼轸又猛然想起罗远公所说，天地轮回大阵发作之前，先是发作一个幻阵。此幻阵变化万千，直指一人一生之中最为难堪最为难忘或是最追悔莫及之事，正是心劫。为何未见直指心劫的幻阵发作，天地轮回大阵已然悄然启动？

正疑惑时，张翼轸忽见眼前人影一闪，却是一人凭空现身，来到眼前，顿时吓了张翼轸一跳。定睛一看，不由大吃一惊，来人不是别人，竟是青丘！

张翼轸顿时又惊又喜，忙问："青丘，你从何而来，莫非也被紫金钹吸入不成？"

青丘一脸从容之色，肃容说道："张翼轸，我从该来之处而来，要到该去之处而去，不想正好与你相遇，也算巧合。不知你所提紫金钹为何物，此地乃是海枯石烂之所，哪里有什么紫金钹！"

海枯石烂？名字怎么这般熟悉？张翼轸静心一想，蓦然想起海枯石烂不正是烛龙藏身之处吗，不是刚刚被吸入紫金钹之中，怎的青丘却说是身在海枯石烂？

当下定睛一看，顿时大吃一惊，只见四周处处是干裂的土地和风干的石头，地面鸿沟宽约数丈，石头烂如碎泥，不是海枯石烂又是哪里！

再看身上，完好如初，衣物全在，不再是赤身裸体的尴尬形象，心中稍安，微一愣神，不及思索为何突然会置身海枯石烂，急忙询问眼前的青丘："青丘，当日南山湖一别，甚是担忧你的安危，如今见你安然无事，我也大为心安。不知你是否将化身收服，可是又想起了什么？"

青丘不冷不热地笑了一笑，说道："张翼轸，你倒会装腔作势，明明一心想要置我于死地，却还装得如此关心我，也难得你有心，竟还记得我的化身之事……也不怕让你知道，哪里有真身化身的区别，真身便是化身，化身则是真身，本是一分为二，源自同体，不过是人心之中正面与反面的对照罢了。哈哈，哪里能分得清清楚楚！"

说完，青丘脸色一冷，却又说道："还不快快将我神识之中的禁制去除，否则今日我饶你不得，定将你一杖击杀于此。"一扬手，死生绿玉杖拿在手中，不是一端翠绿一端枯死，而是通体漆黑，笼罩一层如黑烟一般的轻雾。

张翼轸一时震惊，忙后退一步，惊道："你是化身青丘？"

青丘听了大怒，喝道："早就说了，哪有真身化身之分，你这蠢笨之人，怎么如此呆笨？活在世间也是浪费，不如死了的好。"

紧接着，青丘身形一晃，"呼"的一声，绿玉杖便当头打下。

若无真身化身之分，便无真相幻境之分。方才明明身在紫金钹中，却转瞬之间来到海枯石烂，定是自心生幻。眼前青丘说不得也是虚幻，当不得真。若是与他对

08

紫金钹现世

打，便是与自己内心争斗，打来打去，不管是自己打伤青丘，还是青丘击伤自己，实际上都是伤及自身。

张翼轸想通此节，见青丘绿玉杖已然离头顶不足一尺之遥，也不躲闪，闭目待死。

果不出所料，等了半天也不见绿玉杖落下，正暗自庆幸之时，猛然听到一人狂笑出声："张翼轸，好手段，竟能识破拟幻大法，了不起。不过你已经被我困在此地数十年，直到今日才识破眼前幻景，未免也太无能了一些。"

张翼轸尚未睁开眼睛，却已经听出此人是谁，不由心神大震，几乎要惊叫出声：烛龙！

烛龙不是已经被他斩杀于海枯石烂之地，全身自起龙火烧得灰飞烟灭了吗？怎么可能未死？

忙睁眼一看，却见眼前亮如白昼，处处闪烁耀眼光芒，竟是置身于一处宏伟壮观的宫殿之内，再看宫殿正中坐有一人，正是烛龙！

张翼轸一愣，正要向前问个明白，却发觉全身被制，低头一看，原来是数道手臂粗细的铁链将他绑了个结结实实，铁链一端牢牢系在地上，不知通向何处。

这……究竟是怎么回事？

正是：

北海万里波浪猛，惊见俏芳影，露风情。

无边风光任我行，玄洲地，无风也无明。

花前月下行，一山有四季，情义浓。

咫尺天涯人心远，小重山，重重复重重。